だから、悪役令息の腰巾着！

～忌み嫌われた悪役は不器用に僕を囲い込み溺愛する～

登場人物紹介
CHARACTERS
フラン・アイリッシュ
治癒能力を持つ絶世の美青年。
ＢＬ漫画の総受け主人公に
転生してしまったことに気付き、
人を避けるために
悪役令息のサモンに近づく。
サモン・レイティアス
膨大な魔力を持ち、
人々から恐れられている公爵令息。
漫画の中では悪役だったが、
フランと過ごすうちに
過保護になっていく。

ミケーラ
サモンの義母。
前妻の子である
サモンにきつく当たる。
ミゼル
サモンの腹違いの弟。
ミケーラそっくり。
アーモン
フランとサモンを見守る
団体《ファンクラブ》の一員。
ブラウド・ドリアス
漫画でフランを溺愛する
主要登場人物の一人。
常に周りに人がいる人気者。

プロローグ　前世の目覚め

嘘みたいな美少年だ。

真っ白な肌、艶やかな金色の髪の毛。青い瞳、バラ色の頬、小さな唇。

鏡の中に映るのは見慣れた自分の姿のはずなのに、一瞬そうではないような不思議な感覚がした。

頬に手で触れると、ぷにっと柔らかい。

これは自分の顔で間違いないのに……

「今日もフラン様はとても愛らしいですわ」

「フラン様は私たちの天使です」

左右に立つ二人のメイドが僕のことを褒めてくれる。

――フラン。

そう、それは自分の名前なのに、どうしちゃったのだろう。

い、い、い、い、い、い、い、い、
そうじゃなかった気がする。

こんなことってあり得るの？

僕は僕のはずなのに、なんだか他人を見ているような不思議な気持ち。

「顔周りにフリルがあると、フラン様の可愛らしさが引き立ちますね」

「では、午後からは水玉のリボンにいたしましょうね。あぁん、赤色のリボンも素敵ですわ」

メイドたちはあれやこれやと僕の髪の毛に付けるリボンの色選びに迷っている。

シャツだけで何着も着替えて、ようやく今日の服装が決まった。あとは小物だけ。

別に特別なイベントがあるわけじゃない。いつもこうなのだ。彼女たちは何でも似合う僕の着せ替えを心から楽しんでいる。

まるで、生きた着せ替え人形だ。

……あれ？　着せ替え、人形？

その単語に、一気に前世の記憶が頭に押し寄せてきた。

「フラン様？　どうかなさいましたか？」

あまりに突然のことに放心してしまい、メイドが心配して声をかけてくれる。

「え？　あ、ううん。……な、なんでもないよ」

そう言いながら、もう一度鏡の中にいる自分を見た。

八歳とはいえ、男の子の頭に大きなリボンカチューシャはおかしい。

それにこのフリルだらけの洋服はまるで女の子みたいじゃないか。今から履かせようとしている赤い靴も間違いなく女の子用だよね？

……でも、とても可愛がってくれていると、さっきまで受け入れていた。

――前世と同じように。

キャッキャウフフとはしゃぐメイドたちの喜び様は、――まさに前世の姉そのもの。

姉……そう、僕は日本人だった。そして、三つ年上の姉がいた。

もうしっかり前世が思い出せる。

「あ、あのね……」

自分から聞こえる震える声が可愛い。

……あぁ、こんな小動物的な仕草をしちゃったら、メイドたちがますます自分を構いたがる。

落ち着くために一度深呼吸をする。

――いいか、僕よ。前世の記憶を思い出したからといって取り乱して、急に態度を変えるのはよくない。年上の女性に逆らっていいことなど何一つない。うまく味方に付けるのが吉だ。

後ろを振り向いて、彼女たちに笑顔を向ける。

「いつも丁寧にお仕事してくれてありがとう。でも、今からお勉強したいから一人にしてくれるかな?」

前世を思い出した直後なのに、努めて冷静な僕の態度は実に素晴らしい。

前世でも今世でも、年上の女性への対応が身に付いているからできることだ。

「……分かりました。では何かありましたら、お声がけください」

「うん。もちろんだよ」

メイドたちはまだ遊び足りない様子だったが、頷いて部屋を後にした。

「ふぅ……。よし！」

一人になった部屋で改めて鏡台の前に立った。

そこにはメイドたちが褒め称える美少年が映っている。

瞬きしても、口を開けてみても、頬を膨らませてみても、愛らしい以外に言いようがない。

これが自分だと思うと、笑いが込み上げてくる。

「はは、ははは……。なんてことだろう⁉　信じられない、ペン入れをした顔がここにあるなんて！」

この可愛い顔は間違えようがない。

――そう……、ペン入れだ。

美しい僕は、フラン・アイリッシュ。プリマリア侯爵の嫡男《ちゃくなん》だ。

そして、ここは――ＢＬ漫画家である姉の商業漫画『イケメンたちが（重）溺愛すぎる』の世界。

フランはこの漫画の主人公で、絶世の美青年設定。

前世の僕は姉のアシスタントをしていた。自分がペン入れをしていたキャラクターに転生するなんて、実に珍妙なこともあるものだ。

一つ思い出すと、連鎖的に他の設定も思い出した。

物語の舞台は、魔法が発達したルーカ王国。

高度な治癒魔法が使えるフラン・アイリッシュを巡って、イケメン貴族たちが恋の火花を散らす。

フランは彼らに迫られていやらしいことをされるが、いつもタイミングよく邪魔が入る。挿入までに至らないギリギリ感が読者には評判だった。

だけど、この話の結末がどうなるのかを僕は知らない。

ラストが描かれる前に、交通事故で死んでしまったからだ。

フランは多くのイケメンたちに身体を弄られ、口説《くど》かれて溺愛されていたが、結局どのイケメンとくっついたのだろうか。

いや、まさかハーレム？　３Ｐ、４Ｐ……いやだ、考えたくない。

「……」

鏡の中に映る自分のバラ色の頬をつねる。痛い。

今はまだ可愛いだけだけど、成長していくにつれて魔性の美青年となり、街中で噂になっていく。自国や他国やらのイケメンたちにもてはやされ、それを見た女性たちから陰湿な嫌がらせを受けることになる。

虐めとセクハラ三昧《ざんまい》の未来が待ち受けていると思うと、はぁ～～と長い溜め息が出た。

「……最悪。溜め息をつく顔すら可愛い」

なんだよ、このピンクの小さい爪は。ハーフパンツから出ている膝小僧もピンクなのか。

セクハラ設定を受け入れなくちゃいけないのかと思うと、この容姿に腹が立ってくる。

「――ん？　待てよ。今は、まだ……可愛いだけ、か」

今は可愛いだけ。漫画のように男を誘惑する魔性に育つとは限らない。

そう思うと希望が湧いてきた。

僕はまだ八歳だ。これからの長い人生、漫画シナリオと同じ道を歩む必要はどこにもない。

――まだ物語は始まっていない。

そうだ。NO！　セクハラ！　NO！　総受け！

「よし！　これからの人生ルートは僕が決めてやる！」

第一章　腰巾着への道

アンティーク調の可愛い家具で揃えられた、白を基調にした美しい部屋は美少年にぴったりだ。

ベッドフレームの綺麗な曲線を指でなぞりながら、部屋をくるくると小さく回る。考えごとをしている時の癖だ。なぜか身体を動かしたくなる。

「うーん、人生のルート変更っていっても、どうしようか。目立ちたくないと思ってもこの顔だし……」

実のところ、フランの可愛すぎる顔設定は嬉しくない。

そう思ってしまうのは、フランと前世の自分が少しだけ似ているからかもしれない。

フランほどではないけれど、前世の僕もそれなりに可愛かったのだ。

子供の頃は少女のような見た目をしていて、よく姉に可愛い服を着せられた。ヒラヒラワンピース、フリフリスカート。その服がまた僕によく似合った。

〝着せ替え人形〟という言葉で前世を思い出すくらいに姉に遊ばれていた。

中学生になると、さすがに女の子に間違われることはなくなったが、女の子が騒ぐような男らしい見た目じゃなかった。

丸顔、丸い目、小ぶりな鼻と口に、低い身長、色素の薄い髪……可愛らしさが残る容姿だったのだ。

格好よさに憧れて、筋トレグッズを買った。ヘアワックスで髪の毛をセットして、背伸びをして大人びた服を着た。モテを意識し始めたのもちょうどその頃だ。

そんな僕にやってきた初恋。

相手は同じクラスの女の子。委員会で仲良くなって、放課後二人で帰るようにもなった。告白すれば付き合えるかもしれないって浮かれてさ。

でも、その子は別の男が好きだった。僕と仲良くしていた理由は、彼女が好きな男と僕が親友だったから。

その事実を知った次の日、もっと最悪な事態が起きた。

親友が僕のことを好きだと告白してきたのだ。つまり地獄の三角関係。

親友だと思っていた男に告白されて困惑した。女の子がコイツのことを好きなのにどうしようって焦りもあったのかもしれない。

感情がごちゃ混ぜになって、かなり手酷く振った。

「気持ち悪い」って、最悪の言葉をぶつけてしまったのだ。

それが、好きな女の子の耳にも入った。

「君って本当に最悪だよね。キレイな顔して性格ドブス」

「……え？」

「顔がいいってそんなにエライことなの？　その顔じゃなければ誰もアンタのことなんて好きにならないわよ」

好きな女の子の言葉で、僕の心は木っ端微塵《こっぱみじん》に粉砕された。

それから僕に関する悪い噂が広まった。ヤリチンとかビッチだとか、謂《いわ》れない言葉たち。廊下を通れば、くすくすと嘲笑う声。

親友に酷いことを言った自分が悪い。

でも、こんな噂を流すのは違うじゃん？

負けず嫌いな僕は、反発心で学校には通った。噂も全否定した。

でも、ある日、学校帰りに違うクラスの男たちに絡まれたことがあった。

「なぁ、俺らと遊ぼうぜ」

「お前、バイなんだろ？　セフレになってよ」

人通りのあるところだったし、少し身体を触られただけだけど、鳥肌が立つほど嫌な気分になった。

「噂はデマだから」

必死にそれだけ言うと、男は、ははっと軽く笑った。

「お前がそんな見た目をしているのが悪いよな」

そう言われ、噂をする方は真実なんて求めていないことに気が付いた。

——見た目を変えよう。

この容姿が悪いのなら、隠してしまえばいい。

見た目で陰口を叩かれるのにも、変に絡まれるのにもうんざりしていた僕は高校に入って逆デビューをした。

前髪で顔を隠しダサい眼鏡をかけ地味な服装にして、もさもさとしたイケてない男子となった。

案の定、全然モテない。おかしな噂は止まったけど、好きな子ができるどころか、女子には避けられる始末。

あの子の言葉は正しかったんだなって、二度目のギャフン。自分なんてと卑屈になって、人付き合いも一気に下手になった。

陰キャモブ化した僕を姉だけは可愛がってくれたから、姉が描くBL漫画のアシスタントをしていたわけなんだけどさ。

「うーん……」

前世を思い出して唸った。

この黒歴史は忘れていたかったが、今世では失敗しないために必要な教訓だと受け入れよう。

まず、顔を隠しても楽しくない。

本来あるべき姿で堂々と自分をエンジョイしたい。恋人は自分のことを分かってくれる一人だけでいい。

だけど、この超絶美貌でモテずに過ごす打開策は思いつかない。

うーん。ともう一度唸っていると、――コンコンと部屋のドアがノックされる。

――独り言を聞かれたかもしれない。

誰だろうとドアを開けると、メイドが微笑んでいた。

「……あの、僕の独り言が聞こえちゃった？」

「いいえ。何も聞いておりません。フラン様、奥様がリビングに来るようにと」

「なんだ。そう、今行くね」

アイリッシュ家の家族構成は、侯爵の父、母、僕、弟だ。

僕は自分の家族が大好きだ。特に母、ナターシャはフランの母とあって美しい。それでいて賢い女性で頼りになる。

部屋から出て、足早にリビングにいる母の元に向かった。

「母様、遅くなりました――」

「フラン、お客様の前ですよ」

母以外誰もいないと思ったのに、彼女の横には僕と同じ年頃の男の子がいた。その後ろには従者が控えている。

「ごめんなさ、い……」

語尾が小さくなってしまったのは、その男の子に見覚えがあるからだ。

ふわふわとした茶色の髪の毛、人に好かれそうな愛嬌のある顔。そして髪より少し濃い茶色の目。その目が真っすぐに僕を見つめるものだからギクリとする。僕の記憶違いでなければ、目の前にいる少年は公爵令息のブラウド・ドリアスだ。

驚いて固まっている僕に母が手招きをする。

「フラン、いらっしゃい。ブラウド様が学園で貴方を見かけてご挨拶したいと、わざわざ家にいらしてくださったのよ」

僕が口を開く前に、彼はニコリと微笑んで礼儀正しい所作で挨拶をしてくれる。

「はじめまして。ブラウド・ドリアスです」

……やっぱり、彼はブラウドか。

じり……と無意識に足が後退した。

僕たちははじめましてだ。だけど、前世の記憶が彼は〝主要キャラ〟だと騒いでいる。

姉のアシスタントとして長年こき使われていたから、キャラの特徴も悲しいくらい記憶している。

ブラウド・ドリアス――彼の母親は王妹で、王位継承権も持っている。爽やかな見た目と愛想のよさで周囲からの人気も高い。それからもちろん、彼はフランを溺愛する一人だ。

いずれ出会うにしても、まだ接点はないと思っていた。

黙りこくる僕に、母がゴホンと咳払いをして自己紹介をするように促す。

「……申し遅れました。フラン・アイリッシュです」

「ううん、こちらこそごめんね。突然挨拶しに来て驚いたよね。学園で君のことを見かけて、ずっと話してみたいと思っていたんだ」

「僕を見かけて……ずっと？」

魔法学園には全国から生徒が集まっていて、在籍している生徒数は多い。話すどころか、一度も顔を合わせずに卒業する生徒もいるだろう。

……接点なんて全くないのに、見かけただけで——家まで来た？

「ねぇ、フラン」

ブラウドが頬を染めて、僕の全身を見る。子供が物珍しい物を見つけたように目を輝かせている。

「私服もすごく可愛いね。制服とは違ってフリフリでとても君に似合っている」

「え、っと……」

メイドに着せられたフリル服だ。僕の可愛さが前面に押し出されている。

家族以外の人に会うと分かっていたならすぐに着替えたのに。

固まっていたら、母はテーブル席へ案内し、僕とブラウドを隣同士に座らせた。

すぐに紅茶を用意させると母が言っている横で、彼は僕の手を握る。

「ひっ」

「君の手、すごくスベスベしているね」

「……」

額から汗が噴き出る。

——物語はまだ始まっていない、そう思っていた。

だがしかし、この熱い視線はなんだというのだ。

僕という可愛い存在が生まれた時点でモテフラグはそこら中に立っていた、そういうことなのか⁉

漫画の中のブラウドを思い出して、彼の手をそぉっと外す。ササッと立ち上がり、母の後ろに下がった。

「あら？　フラン、どうしたのです？」

「母様、僕、お腹痛いです……。お昼に甘いケーキを食べすぎちゃったのかもしれません」

前世の記憶を取り戻してすぐに主要キャラに出くわすなんて思いもしなかったから、僕は考えることを放棄した。

とにかくこの場から離れたい。

「それはいけませんね。仕方ないわ、お部屋で休んでおいで」

仮病を使うと、母は僕に無理せず部屋で休むように声をかけてくれた。

「はい、お部屋に戻ります。……ブラウド様、せっかく来てくださったのにごめんなさい」

僕はこれ幸いと、ブラウドに謝りながら部屋に慌てて戻った。

この後は社交的な母がうまくフォローしてくれるだろう。

◇

マズイマズイマズイマズイマズイマズイ……！

「どうしよう！」

一人になってグルグルと部屋中を歩き回る。

漫画のストーリーは十八歳で始まる？　とんでもない！　もう既にフラグが立ち始めているじゃないか⁉

「では、フランによろしくお伝えください」

頭を抱えていると、外からブラウドの声が聞こえてくる。

「……」

二階部屋の窓からこそっと覗くと、帰るブラウドたちと見送る母の姿が見えた。

ブラウドはまだ可愛らしい少年姿。だけど、成長した彼は筋肉隆々の逞《たくま》しい美丈夫《びじょうふ》になる。

そして要注意キャラで、彼は作中で最も執念《しつこ》深いのだ。

一見爽やかだけど熱情を秘めていて、教室や屋上、中庭でもフランを押し倒す。

『あっ、ブラウド、ぁっ、やめてっ。おちんちんっ、引っ付けちゃぁ、やぁん』

『嫌だと言っても身体は感じているよ』

腰をグリグリ押し付けられて性器を刺激されれば、誰だって反応する。ブラウドはそれをフランの感度のせいにして、強引にことを進めようとするのだ。

『エッチな君をもっと見せて』

『あぁっ、んんぁあ、やぁん、あんん』

――ぞっ。

これが将来の自分だと思うと恐ろしくて身震いする。

ただ、僕がブラウドに近づきたくない理由はもう一つあった。

彼には熱狂的な取り巻きがいる。未来のフランは彼の取り巻きに嫉妬されて虐められるのだ。

靴の中に釘を入れられ、突き飛ばされることなんて日常茶飯事。オホホと上品に笑う貴族女性の裏の顔は真っ黒だ。

しかも、嫌がらせに傷ついて一人ぼっちで泣いているシチュエーションが、これまた男の庇護欲をかき立てるのだそう。

ブラウドだけじゃない。その姿に誘われた男たちがフランを溺愛する。

この運命には逆らえない？

――いいや、そんなことはない。それはフランの物語、僕の物語はまだ始まっていない。

でも、このまま一人では総受けフラグを折ることはできない。

「そう……、そうか。何も一人ぼっちでいる必要はないじゃないか」

……じゃ、誰を味方に付ける？

モテ具合を考えると、多数を味方に付けることは火種を起こすようなもの。それに大勢相手にうまく立ち回る自信もない。

協力を頼むなら――一人。

そう考えた時、真っ先に思い浮かぶ人がいた。

暴力的な強い魔力を持ち、忌み嫌われている同級生がいる。

ルーカ王国一の財力を持つ大貴族、唯我独尊《ゆいがどくそん》、誰とも群れない一匹狼。

その人は、漫画でも僕に惚れなかった。バラの棘のような人。

「僕を殺そうとする悪役令息、――サモン・レイティアス」

恐ろしい彼の取り巻きになれば、安易に近寄られない？　それに断る理由にも……

――ガチャ。

僕はクローゼットを開いて、学園服を見た。

◇

ルーカ王国の教育は、王族、貴族、金持ちは学園で、庶民は個人が営む寺子屋的な学び舎で学ぶ。

僕が通う王立グランツ魔法学園は、王都の外れに位置し、七歳から二十歳までの生徒が在籍している。

広い敷地には小学部、中学部、専攻学部と各年齢層に分けられた校舎の他、魔法実践場、化学館、運動公園、図書館など様々な施設がある。ほとんどの生徒が貴族なので、魔法や一般教養の他にも社交術や乗馬、ダンスなどが必修科目となっている。

入学試験では魔法適性検査と筆記テストの両方があり、その試験の成績順でクラスが分けられる。秀でた者は特進クラスのA、B組。その他の者は一般クラスのC～F組に分類される。

僕はD組だ。C～F組内は合同授業も多い。

僕がブラウドを見かけたことがなかったのは、彼が特進クラスだからだろう。

「おはようございます」

「フラン君、今日はいい天気だね」

学園の門をくぐり校舎に向かいながら、すれ違う生徒たちと挨拶を交わす。

「おはようございます」

基本の挨拶は愛想よく。

ふっと力を抜いて笑顔を作ると、それを見た生徒たちはポポッと頬を染めた。

前世で大人になった記憶が蘇ったからか、周囲にいる生徒がやけに幼く見える。

彼らを見て可愛らしいと思えるなんて、これから計画していることに若干気持ちの余裕が生まれてくる。

小学部の低学年棟は子供の賑やかな声が廊下まで響いていた。元気な声を聞きながら階段を上ってD組がある二階に到着すると、そこの教室の周りだけやたらと静かだ。

同じタイミングで登校したクラスメイトも、教室の前に着くまではおしゃべりだったのに、今は口を一文字《いちもんじ》に引き結んでいる。

二学年全体がこうじゃない。D組だけが静かなのだ。

担任の先生が厳しいわけじゃなく、むしろ優しいくらいだが……

〝こわいなぁ。近づきたくないよ〟

そんな心の声が聞こえてきそうな教室内に入った。

つい僕もいつもの癖で口を閉じる。

みんな、窓際の一番後ろの席を見ないように視線を逸らして席に着いていた。

腫れ物のように避けられているその席には黒髪黒目の少年がいた。

僕はそこをしっかりと見据え、歩を進める。

「おはようございます。サモン君」

少年の名は、サモン・レイティアス。公爵家の嫡男《ちゃくなん》だ。

レイティアス一族の歴史は長く、国ができるずっと以前に銀行の仕組みを取り入れた貿易商だった。王国の飢饉《ききん》を救った一族でもある。国の経済発展と共に名声は広まり、現在ではルーカ王国のみならず他の近隣諸国にもその名を轟かせている。

そんな名のある大貴族の御令息ならば、幼いながらも周りに取り巻きの一人や二人いてもおかしくない。

だけど、彼の周りには誰もいなかった。

昨日までは彼を避けていた僕が挨拶をするものだから、周りがざわつく。

「今日はとても天気がいいね」

「……」

彼から返事はなく、完全無視。

魔力が高い証拠であるその黒い瞳は、ずっと本に向けられている。

深い眉間のしわに、目の下に刻まれた濃い隈《くま》――何をどうしたら八歳でそんなダークな雰囲気が出せるのか。

「よかったら、三限目にある実技のペアを組まないか――」

そう言いかけた時、ゾクリと悪寒《おかん》が走る。

彼の目がゆっくりと本から僕に向けられた。たったそれだけで僕の身体は鳥肌だらけになる。

――魔力による威嚇だ。

身体が自然と震えるけれど、堪えて笑顔を作る。

「ゴホン。……同じクラスだけど話すのは初めてだね。改めて自己紹介するよ。僕の名はフラン・アイリッシュ」

ガクガクするな、ブルブルするな……、この子はまだ誕生して八年しか経っていない子供だ。他のクラスメイト同様、小さくて可愛いじゃないか。

可愛い、怖くない、可愛い、可愛い……

頭の中で繰り返し、そう念じて話を続ける。

「フランと呼んでおくれよ」

「黙れ」

ピシリ。

笑顔が凍り付くようだ。

なんて取り付く島もない子なんだ。二歳のいやいや期くらいに酷い。それに今もずっと魔力威嚇が続いていて、変な汗が噴き出る。

それでも意地で、笑顔を貼り付けていると……

「キモイ」

「――え？」

その言葉に驚いた。

「貴様の顔、気持ち悪い。二度と近寄るな」

「……」

彼の視線はまた本に戻る。もう話しかけるなと彼のオーラが物語っていた。

視線が外れたことで魔力威嚇が解除され、身体が弛緩する。

「……気持ち悪い？」

僕は首を傾げた。

フランの顔が気持ち悪い？

誰でも魅了してしまう超絶美貌が気持ち悪い？

笑えば大人だって頬を染めるというのに？

思わず、彼の机をバシンと両手で叩いてしまった。

「え、え、えっ!?　えぇぇぇ!?　君は僕の顔が気持ち悪く見えるのかい!?」

驚きのあまり、怯えていた気持ちが吹き飛んでしまう。

彼がもう一度僕を睨むけど、威嚇なんて効かないくらい歓喜に震えている。

まさかこの美少年に気持ち悪いと言う人間がいるなんて。俄然彼に興味を持った。

「サモン君、よかったら、僕とともだ――」

「フラン君！　もうすぐ授業が始まるから席に着こう！」

「わわっ⁉」

クラスメイトが僕の腕を引っ張り、強引に自分の席へ座らせる。

魔法時計を見るともう授業が始まる直前だ。仕方なく鞄から魔法スティックを取り出して、一限目の準備をする。

後ろを少し振り向いて、本ばかり読んでいるサモンを見た。

どんなに魔力が強くても彼は八歳。絆《ほだ》すなら子供の今しかない。話してみて分かったけれど、やはり、彼で決まりだ。

――悪役令息、サモン・レイティアスを攻略する。

だが、ただの攻略ではない。ＷｉｎＷｉｎの関係を築くべきだ。

僕はサモンの腰巾着になり、彼を理由にあらゆる誘いを断りたい。それに嫌われ者の彼の取り巻きになったところで妬みや嫉妬とは無縁だろう。サモンという盾がほしい。

その代わり、僕はサモンを更生させる。彼の悪役ルートはいばらの道だ。周囲には敵しかおらず、破滅へと続いている。

本人だって自分の身の破滅なんて望んでいないだろう。

僕が腰巾着になったあかつきには、しっかり回避してあげようじゃないか。


「なぜ、貴様がそこに座っている？」

次の日の朝、サモンの席の前に座っている僕を見て、彼は不愉快そうに睨む。

「ふふ、席を替わってもらったのさ」

「替わっただと……？」

「そうさ」

今僕がいる席に座っていた生徒は、サモンに大層怯えていた。

そのことに気付いた僕は席の交換を提案したのだ。すると、彼は僕のことを天使だと言って喜んで替わってくれた。

「うん。席が近くなったんだ。仲良くしようよ！」

とびっきりのスマイルを向けたというのに、彼の表情は冷めきって、まるで氷点下。その表情を見た周りの生徒は一斉に僕らから目を背けた。

だけど僕は「やっぱり！」とむしろ嬉しくなる。

「君って、美的センスがズレているんだね」

美しすぎて総受けになってしまうフランの美貌に対してときめかない人間は貴重だ。

味方にするなら権力と魔力の両方を持つサモンがいいと思って近づいた。けれど、彼を選んで正解だった。

サモンなら、僕に惚れることもない！

この計画がうまくいったら、僕は自分を隠さなくて済むかもしれない。

にんまりしていると、彼が「ちっ」と舌打ちした。

公爵の御令息が舌打ちだなんてはしたない。

今後のために注意すべきかと思っていると、ゾワ――と悪寒《おかん》が身体を走った。

サモンが席に座らず立ったまま、冷たい目で僕を見下ろしている。

また魔力で威嚇されている。分かっていても、僕の手が勝手に震え出す。

その震えがバレないうちに手を引っ込めた。

「分かった。じゃあ仲良くしなくてもいいから、君の傍にいさせてほしい」

「……」

驚いたのか、その瞳は見開かれ、一瞬だけ子供っぽい表情になる。しかし、すぐに鋭く尖った瞳に戻った。

「貴様……、何を企んでいる？」

「ふふ、そんなに睨まないでよ」

サモンの肩から黒い靄《もや》のようなものがユラユラと放出され始めた。

すると肌にビリビリと静電気のような痛みが走る。

……さ、さすがに怖い。

「フラン君！　ちょっとお話ししよう！」

険悪な雰囲気を見かねたクラスメイトが慌てて僕の腕を強引に掴んだ。

「え……!?」

「早く！」

腕を引っ張られるままに教室を出て、廊下の端へ連れていかれる。

いきなり移動させられたものだから息を整えていると、後から何名かのクラスメイトが追いかけてきた。

「サモンさんに話しかけるのは、危ないからやめてほしい！」

「……」

彼らが忠告してくることは予想できていた。

眠れる獅子を起こしたくないのだろう。彼の逆鱗《げきりん》に触れることを恐れているのだ。

「フラン君だって、サモンさんの悪い噂を知っているでしょう？」

「――あぁ……そうだね、うん。知らない人はいないよね」

サモン・レイティアスは学園で悪鬼と呼ばれている。

というのも、僕らの入学式は、サモンという〝爆発物〟のせいで中止となったからだ。

『機嫌が悪い』

たったそれだけの理由で魔力の爆発を起こし、講堂を破壊したのだ。式典の開始前だったため怪我人は運よくいなかったけれど、もちろん入学式は中止となり、生徒は家に帰された。

講師たちが急いで壊れた箇所を修繕したから、次の日の授業は通常通り行われた。

そんな問題を起こしてもサモンは、特進クラスから一般クラスに変更となる処遇と注意だけで終わった。学園側も〝レイティアス〟にそれ以上は強く言えなかったのだろう。

それからも、彼の周りではおかしなことがよく続いている。

ある日、D組で飼育していた魔法リスが亡くなった。その前日、飼育小屋の前にはサモンがいたらしい。

それを目撃した生徒は、次の日、流行り病で寝込んだ。

他にも最近、学園の花壇で白骨化した動物の遺体が出てきたことがあった。サモンと直接の関係はないけれど、彼が闇魔法で動物を殺害した後、血だけを奪って埋めたんじゃないかって噂になっていた。

もっと恐ろしいのは、母親を殺して悪魔と契約したという噂だ。

「サモンさんと一緒にいたら、フラン君だってよく思われないよ！」

その一言に、僕は「うーん……」とわざとらしく腕組みをした。

一人が言うと、みんなそうだそうだと僕を説得しようとする。あれもこれもと出てくるサモンの悪評を「でも」と言って制した。

「本当なのかな？」

「え？」

「入学式以外のことは……サモン君に本当のことを聞いたの？」

「……」

入学してから、僕は遠目で彼を見ていた。前世のことを思い出す前だったから、彼が悪役令息だなんてことは知らなかったけど……何か気になったんだ。

サモンは言葉も汚いし、いつもイライラしているけれど、進んでケンカも虐めもしない。

ここ、僕にとってすごく大事。

サモンが一人でいるのには理由があるのかもしれない。

「フラン君、どうなっても知らな……っ！」

そう言う男の子の口を指で押さえ、にっこりと笑う。

「教えてくれてありがとう。君って優しいんだね」

微笑むと、その子の頬はポポッと赤く染まった。

この可愛い顔は、やっぱりサモン以外には有効だな。

美貌チートの力はどれほどのものかと試すため、クラスメイトたちの手をきゅっと握った。

「僕ね、どうしてもサモン君と仲良くなりたいんだ。だからぁ」

お・ね・が・い。

顎《あご》を引いて首を傾げる。キュルンとした瞳で、とどめに上目遣い。

「は、はい、天使……可愛い……」

うっとりした表情でこくこくと頷く彼らに、おまけのウィンク。

邪魔しないように優しく釘を刺したから、ひとまず大丈夫だろう。

◇

窓の外は雲一つない晴天が広がっている。

遠くの青を見つめて、後ろの席に声をかけた。

「サモン君は窓の外ばかり見ているけれど、空を見ることが好きなのかな？　それとも鳥とか虫とか？」

まずは理解と歩み寄りが大事だと、彼の行動に興味を示してみる。

けれど、今日もサモンは睨む、威嚇、無視の三セットだ。今のところ僕らの関係に全く進展はない。

「どうだい、青空の下、中庭で一緒にランチを――あっ」

話しかけている途中に彼は鬱陶《うっとう》しいと言わんばかりに席を立った。そのまま僕のことを振り返らず、乱暴にドアを開けて教室から出ていく。

伸ばした手は下ろした。今日も惨敗だ。

このまま席で一人食事をとろうと思っていると、廊下側にいるクラスメイトに声をかけられた。

「フラン君、お客様だよ」

「え？　お客様？　誰だろう？」

誰とも約束はしていないし……と小首を傾げながら教室を出る。

——げ。

教室の扉を開けたそこには、僕に向かってニッコリと微笑むブラウドが立っていた。

「こんにちは、フラン」

「……ブラウド様、お久しぶりです」

ブラウドが自宅に来た日から二週間が経つ。詫びの手紙は送ったが、実際に会うのはあれ以来だ。サモンのことで頭がいっぱいで、すっかり忘れていた。

「堅苦しい呼び方はお互い抜きにしようよ。今日は、ランチに誘いに来たんだ。天気もいいし中庭に行かないかい？」

「……」

この自信に満ちた表情を見るに、僕が断りたいと考えているとは微塵《みじん》も思っていないのだろう。断る理由を考えておくべきだったと反省しながら、渋々頷いた。

「行きます……」

「嬉しいよ。じゃあ、行こうか」

はしゃぐブラウドと共に向かった先は、中庭にある広い芝生で、生徒に人気のエリアだ。今の季節は特に気候が穏やかで過ごしやすい。

案内された先では、ブラウドの取り巻きたちが待っていて、彼に手を繋がれている僕に視線が集中する。しかも好意的な視線じゃない。

……やっぱり、仮病を使えばよかった。

気遅れしながら、用意されていた敷物の端っこにちょこんと座った。

ブラウドは中心に座ればいいものを、わざわざ隣に座って話しかけてくるので、物凄く居心地が悪くなる。

質問されたことに返答しているだけなのに「一般クラスの人間がブラウド様に媚びているわ」「性格悪そう～」などと囁かれる。

しかも、ブラウドが他の人と話し込んでいる間に、僕の横でこっそりだ。

ぐ……

この雰囲気は前世のトラウマを刺激して気分が悪い。

謂《いわ》れない言葉たちが心の柔らかいところを刺す。

こういう人たちは、僕が何をしても気に入らないのだ。

喉がつっかえてうまく食べ物が飲み込めない。

僕は将来、この人たちに虐められる。もしかしたら、将来と言わず、明日からかもしれない。服を破られたり、階段から突き落とされそうになったり……

たった今、そのフラグが立っていると思うと恐怖で震える。

「震えてうさぎみたい。なんて可愛いのだろう。……ずっと僕の傍に置きたいな」

げ。何を言うのか。

「今度お茶会があるのだけど、ぜひフランにも来てほしい」

空気が読めない男のとんでもない提案に、僕はサァッと血の気が引くのを感じた。

「ねぇ、来てくれるよね？」

ブラウドがぎゅっと僕の手を握る。

ここで断ったら角が立つ。

――断らなくても角が立つ。

「は……はい」

頷く以外の選択肢が僕にはなかった。


まるで敵地のような、あの空間にいることに耐えられなくて、早々と場を辞した。

静かな場所で一人になりたくて、校舎裏を通って遠回りする。

そこは日中でも日当たりが悪く、陰々《いんいん》として人気がない場所だ。

今は日本でいう春のように暖かな季節だというのに、ここにはとても冷たい風が吹く。

それから、ここが不人気なもう一つの理由は、目の前にある大きくて不気味な魔法樹の存在だ。

魔法樹は、学園ができる前からこの場所に生えていると言われている。校舎よりも高く伸び、ここが暗いのは樹のせいでもあった。

なんといっても恐ろしいのは幹の模様。まるで人が恐怖で叫んでいるかのようだ。

都市伝説的な怖い噂が後を絶たず、入学してからずっとこの場所を避けていた。前世の記憶が戻らなかったら、近寄ることはなかっただろう。

初めて見たけど、本当に不気味。……これは怖い噂が出るはずだ。

足早にこの場を突っ切ろうとした時、カサリと何かが動く音がした。

「ひゃぁぁあああっ⁉」

自分でも思っていた以上にここが怖かったのか、大声で叫んで飛び上がってしまった。

その瞬間、何かを踏んづけて、トスンとその物体に乗りかかってしまう。

「う、いたた……」

「貴様」

「え？」

聞き慣れた声に慌てて身体を起こすと、鋭く光る目にキッと睨まれる。

そこにいたのはサモンだった。校舎の建物を背にして地面に座っている。

暗いし、まさかこんな場所に人がいるとは思わず、全く気が付かなかった。

「わわ、ごめん。大丈夫かい⁉　……あれ、君、こんな暗い所で？」

彼の手元には本があった。

夜に近いような暗さだ。本を読むには適しておらず、それがとても不思議に感じた。

まるで、彼自ら孤独になるように選んでいるみたいだ。

「君はどうしてここに──」

「離れろ」

「え……っ⁉」

彼が低く呟いた瞬間、キィンッと耳鳴りがした。

ぐらりと視界が揺らぐ。だけど、それはすぐに収まった。

――今のは、サモンが？

そうだとしたらとても怖い。謝って立ち去ろうと、もう一度彼を見る。

すると、サモンは自分の身体を抱きしめるようにして、苦しそうに蹲《うずくま》った。

「はぁはぁ……」

暗くて分かりにくいが、彼の背中は大きく上下している。

「もしかして、具合が悪いのかい？」

「……」

彼は僕の問いを無視して、歯を食いしばって立ち上がった。

身体を支えようと手を伸ばすと、パンッと力強く跳ねのけられる。

「俺に近づくな。壊すぞ」

「は？　ちょっと、何を言っているの⁉　体調が悪いのなら強がらないで、保健室へ行こう！」

近くで見ると、唇まで真っ青だ。

明らかに体調が悪そうなのに強がる姿には、脅しへの恐怖を感じるよりも心配が勝る。

「貴様には関係ない」

「関係あるよ！　クラスメイトだ」

「っ、黙れ」

サモンは僕に背を向けてふらふらと歩き始めた。

今にも倒れそうな足取りだ。放っておけない。

今度こそ身体を支えようとその腕を掴むと、彼は顔を顰《しか》めた。

「……え？」

嫌な予感がして、彼のシャツの袖を捲ったら、そこには掻きむしった傷があった。

子供の爪痕だ……。これはサモン自身が？

「サモン君……この傷」

「っ、見るな」

眉間にしわを寄せるサモンの表情を、これまでは怒っているのだと思っていた。けれど今は違うように見える。

「さみしそう」

そう呟いた瞬間、身体が飛ばされそうな強くて冷たい風がその場に吹き荒れた。

あまりの強風に目を開けていられなくて、彼の腕から手を離ししゃがみ込んだ。

パリンッパリンッ。

何かが割れる音がして見上げると、二階の窓ガラスが粉々になっている。

「え」

僕は呆然と、ガラスが落ちてくるのを眺めた。

ここだけ時間の流れが遅くなったかのように、その光景はゆっくりな動きに思えた。

慌てた表情のサモンが僕に手を伸ばしている。

くしゃりと歪んで、泣き出しそうな表情……

――あぁ、思い出した。この表情を見るのは二度目だ。

一年前、入学式の日、僕は講堂内にいるサモンを外から見ていた。彼は蹲《うずくま》っていて、今みたいに具合が悪そうだったから声をかけようと思ったのだ。

でも近寄る前に、彼は立ち上がった。そしてその直後、講堂内に爆発音が響きわたった。

ガラスが落ちていく中、サモンは一人そこに立っていた。

歪んだ顔はあまりに悲しそうで、辛そうで――今の彼もそういう表情をしている。

やっぱり。

今の君はまだ悪役なんかじゃない。

◇

「あれ？」

校舎裏にいたはずの僕が目を覚ました場所は、薬品の匂いがする保健室のベッドだった。真っ白い天井と、ベッドを囲むカーテンの白さが目に眩しい。

頬と手に微かな痛みはあるものの、包帯が巻かれ、治療が施されている。

「気分はどう？　君、気絶していたのよ」

起きた僕に気が付いた養護教諭が、カーテンから顔を出して心配してくれる。

「はい。大丈夫です……あの、サモン君は？」

一緒にいたはずのサモンの姿が見えない。

割れた窓ガラスが降ってきた時、サモンが僕を守るように身体に覆いかぶさった。

僕がかすり傷で済んだのは彼のおかげだ。

「サモン君なら、職員室だわ」

「職員室？」

彼は元々具合が悪かったし、僕よりももっと酷い怪我を負っているはずだ。

事情を聞かなくてはいけないとしても、ベッドで休ませるくらいの配慮はしてくれてもいいものを……

きっと今頃、サモンは無理しているに違いない。

放っておけない気持ちになり、ベッドから勢いよく起き上がった。

さっさと保健室を去ろうとする僕を、養護教諭が呼び止める。

「待って、正直に答えてほしいの。サモン君に虐められていない？」

「は？」

何を疑っているかと思えば、虐めだって？　サモンが僕を虐めるために、わざわざ校舎の窓ガラスを割ったと？

そんな面倒臭いことを彼がするわけがない。

「違います！」

「彼に言わされていない？」

「はい、本当です！」

起きたことを全て説明したいが、今はそれよりも、無理しているはずのサモンのことが心配だ。

後で戻ってくることを養護教諭に伝えて、ひとまず僕は職員室に向かった。

「失礼します。フラン・アイリッシュです」

「あぁ、君か。怪我は大丈夫かね」

職員室の入り口で声をかけると、先生方は僕のことをとても心配してくれた。

そして、彼らも養護教諭と同じような反応と質問をしてきた。

大人は完全にサモンを問題児と見なしていて、彼自身のことを見ていないような気がした。

虐めの件は完全に誤解だと否定して、サモンはどこにいるのかと聞いた。

「レイティアスは学園長室で事情を説明しているはず……って君、今から行くのかい？」

「はい、失礼します」

先生方に頭を下げて、職員室を後にする。

学園長室は職員室を出て、廊下の角を曲がればすぐだ。急がなきゃ。

既に午後の授業が始まっていて、誰もいない廊下は静かだから、少しの音も拾いやすい。曲がった先に誰か人がいる気配を感じていると……

パシッ。

ちょうど廊下を曲がろうとした時、何かを叩くような音がして、足を止めた。

……何の音だ？

おそるおそる廊下の角から顔を半分出すと、学園長室の前に赤毛の女性とサモンがいた。

僕はサモンを見てしょんぼりした気持ちになった。

彼の頭には包帯が巻かれ、顔にも小さな傷が見える。今はローブを羽織っているけれど、きっとその中も同じように包帯だらけになっているだろう。

……痛そうだ。

やっぱり、迎えに来てよかった。

保健室に連れていかなくちゃと思っていると、サモンの横にいた女性が彼の頬を叩いた。

パシッ。

さっきの音が再び廊下に反響する。あれは、頬を叩かれている音だったのだとようやく分かった。

その女性は、眉と目を吊り上げた勝気な表情をしている。何より鮮やかな赤毛が印象的で、性格がきつそうな雰囲気だ。

「なんとか言ったらどうなのよ」

「……」

「私への当てつけのつもりかしら」

無言のサモンになんて理不尽な言いがかり。

そんな風に責められているのに、彼は何も言い返さない。

状況は分からないけれど、僕が分かる範囲で伝えなくちゃ――

「レイティアス家のゴミ」

「っ！」

あんまりな言葉に僕は動揺し、前に出ることを尻ごみしてしまう。

でも、言われた本人の方がもっとショックなはずだ。大丈夫だろうか……

俯いて突っ立ったままの彼の頬は真っ赤に腫れていて、こちらまで痛くなってしまいそう。

険悪な空気が漂う中、学園長室の扉が開いた。

中から出てきた人は、立派な背広を纏《まと》い、威厳を感じる佇まいの紳士だ。茶色い髪の毛には白髪が交じり、シャツから見える左首筋には火傷《やけど》のような赤い痣がある。

誰だろう？　少し……サモンに似ている気がする。

彼の父親だろうかと思っていると、その紳士が淡々とした口調でサモンに声をかけた。

「サモン、これ以上失望させるな」

「……」

女性にきついことを言われてもサモンは全く反応しなかったのに、紳士の一言で彼の肩がビクンと大きく跳ねた。

教室で見るような迫力は全くなく、萎《しお》れている。それどころか、大人二人から責められていつもよりもとても小さく見える。

先生たち大人と話していた時から、この状況にずっと違和感を覚えていた。

周りの誰もが、ひとりの子供を悪だと決めつけている。

――これがストーリーの強制力なのかもしれない。こんな環境じゃ悪役になっても仕方がないじゃないか。

紳士は背を向けてしまい、表情まではよく分からない。ただ、その冷たくて低い声は子供に向けていいものじゃないことだけは分かる。

もう、いてもたってもいられなかった。

「お待ちくださいっ！」

僕は三人に駆け寄った。

振り向いた紳士はやはり少しサモンに似ていて、この人がサモンの父、フェリクス公爵だと確信する。

「フェリクス公爵閣下！　わたくし、フラン・アイリッシュと申します！」

サモンと公爵の間に立った僕を見て、公爵は「アイリッシュ……、あぁ」と頷いた。

「君がプリマリア卿のご子息か。傷は大丈夫かね、後で謝罪しに伺おうと思っていたのだ。サモンが大変失礼をした」

謝ってくれているが、声も視線もとても冷たい。威厳とそのオーラに怯んでしまいそうになるけれど、文句を言いたい気持ちが勝る。

……この人たちは、傷ついているサモンに優しい言葉の一つもかけられない人たちなんだ。それどころか冷たく責め立てるだけ。

サモンの代わりに怒って……。いいや、それじゃ何も状況は変えられない。

僕は何も知らない子供のように、ニパッと笑顔を作った。

「いいえ！　謝罪だなんて……一体なんのことですか？」

そして、後ろに振り返った。

「サモン君、助けてくれてありがとう！　僕を庇ってガラスを浴びたから、痛かったでしょう？あっ、包帯から血が滲んでいる。保健室へ戻ろう、ね？」

「貴様……、何を？」

その手を握ったら、氷のように冷たい。顔色は真っ青で唇にも色がない。

こんな状態のサモンを気遣える大人がいないなんて、本当に残念だ。

僕は公爵の方に向き直って頭を下げた。

「僕はサモン君に助けていただきました。この程度の傷で済んだのは彼のおかげです。とても感謝しております」

「……学園側の話と違うようだが」

「先ほどまで保健室で休んでいたため、事実を伝えるのが今になってしまったのです。遅くなり誤解を与えてしまいました。ごめんなさい」

サモンに怪我を負わされたわけではないと言っているのに、公爵の目は疑っている。

これ以上何を言っても無駄のように思った。

「サモン君は傷の具合が悪いようなので、保健室へ連れていきます。それでは失礼いたします」

「……」

軽く一礼をして、サモンの手を引いてその場を離れた。公爵たちの姿が見えなくなったところで、彼は繋いだ手を振り払おうとする。

だけど、その手が離れないように強く握る。

「おい、俺に構うな。また酷い目に遭いたいのか？」

「何も酷い目になんて遭っていないよ。窓ガラスの破片が当たらないように君が庇ってくれたじゃないか」

「……何、を……」

「僕は頑固なんだ。何を言っても無駄だからね」

彼の抵抗を無視して、腕を強引に引っ張って保健室へ向かった。

保健室でサモンに手当てを受けさせ、ベッドに寝かせる。すると、相当我慢していたのだろう、彼は気絶するように眠りについた。

手は冷たいのに身体の中心は熱を持ち、全身を震わせながらうなされている。

僕は養護教諭と共に、発熱しているサモンの対応に当たった。

サモンの家庭の問題は大人に介入してもらいたいけれど、誰もがサモンを問題児としか見ていない。

サモンをあの父親がいる家に帰しても大丈夫なのか。彼が高熱を出しているのに気付かないような大人だ。

苦しそうに眠っている彼の横で悩んでいると――心強い味方が現れた。

「フラン！　貴方、大丈夫なの？」

「え、母様!?　どうして？」

養護教諭がアイリッシュ家に連絡を入れたため、迎えに来てくれたそうだ。

母は心配したと僕を抱きしめてくれる。その温もりにホッと息をはく。

前世から思っていたが、この母親は根本的に姉にそっくりだ。

フランのこの上ない理解者であり、後ろ盾。

「母様、一生のお願いがあります！」

「まぁ。一生のお願い？」

「えぇ！　本当に一生のお願いです！」

サモンをアイリッシュ家に泊まらせてほしいと母に頼み込んだ。

母はベッドでうなされているサモンを見た後、静かに理由を聞いた。

僕は学校で起きたことを包み隠さず全て話した。それから、サモンの保護者が彼に向けて吐いた言葉や対応も。

母も他の大人たちのように弱々しくうなされる子供を悪だと決めつけて、嫌がるだろうかと少し心配になる。

だけど、僕の母は僕が知っているそのままの人だった。

「……そうね、うちが一番安全かもしれないわ」

「母様！」

一度決めた母は行動が早い。テキパキと後ろに控えていた従者に指示を出す。彼女は一人学園に残り、学園やレイティアス家への対応を引き受けてくれた。

そしてサモンと僕は、従者に連れられてアイリッシュ家に帰った。

家に着いた頃には、サモンの身体は燃え上がるように熱くなっていた。急いで医師に診せて、処方された薬を飲ませる。

その間ずっと意識は戻らず、彼は今も僕の部屋のベッドで苦しそうに唸っている。

「サモン君、このままで大丈夫かな？」

サモンをここまで連れてきてくれた従者に声をかけると、彼は優しい面持ちで頷く。

「えぇ、私たちにできることはしました。この方の回復力を信じましょう」

「……そうだね」


その日の夜、僕は長椅子を部屋に持ってきて、ベッドの横にくっつけて寝転がった。でも、サモンがうぅうぅ……と唸るから心配になって、何度も起きてしまう。

「辛いよね……」

サモンの額に滲む汗を拭っていると、彼が小さく声を上げた。

「……っ、ひ、……」

「……」

布団を首元までしっかりかけ直す。痛み止めの効果が切れる頃かと、ベッドサイドに置いている薬とコップを手に取った時、彼の閉じた瞼《まぶた》からツーっと一筋の涙が流れた。

「か……さん、も……や、だ」

「……」

「も……そっちに、連れて……いって」

——サモンのお母さん？　確かお亡くなりに……

よく事情も知らないのに、彼の悲痛な気持ちが伝わってくる。

僕は自分の手を見た。

あと十年もすれば、フランは治癒能力に目覚める。それは大きな怪我でも治せる力だ。

布団の中に手を忍ばせ、サモンの手をそっと握った。

どうか今だけでも……彼の苦しみを取り除いて。

「早く治りますように——」

祈りを込めてみるけれど、魔法を使った感じは全くせず、やっぱり駄目かとがっかりする。

横になった時、サモンが鼻を啜る音が聞こえたけれど、それから彼はうなされることなく朝まで眠った。

◇

次の日、僕は周囲を心配させないためにも、いつも通り学園に登園し、授業を受けた。

夕方、学園から家に戻り自室のドアを開けると、ベッドに座っているサモンにギロリと強く睨まれる。

病人に睨まれたところでなんのその。全く恐怖を感じない。

「やぁ、ようやく目覚めたんだね。顔色がいいけれど、気分はどうだい？」

「貴様……何を企んでいる」

ベッドの上でサモンがプルプルと肩を震わせる。

それにしても、僕のフリフリのパジャマが全く似合わない……！　こんなにフリルが似合わない人がいるなんて。

「ぶぶっ変な服！　ぶぶぶ」

「……貴様が着せたのだろう」

サモンもフリルが似合わないことを自覚しているのだろうか。羞恥に頬を染めながらも、怒りで額に青筋を立てている。

「ごほん。まさか拉致《らち》されるとは思わなかったでしょう。ようこそ、アイリッシュ家へ！　このま、君を軟禁して帰さないよ……なーんて、はは、は……」

ちょっとした冗談のつもりなのに、サモンは肩から黒い靄《もや》を浮かび上がらせた。

誤魔化すように苦笑いしながら、間近でその靄《もや》をチラリと見る。

僕はこの靄《もや》がサモンの意識と魔力に深く繋がっているのではないだろうかと思っていた。怒りや悲しみといった負の感情や体調を崩したりすると現れやすい、とか？

——つまり今は、随分怒っているってことだ。……家の家具や窓ガラスを破壊されるかもしれないと思い、慌てて話を変える。

「冗談はさておき、事情は僕の母から聞いているでしょう」

「……あぁ」

二日間だけアイリッシュ家で彼を預かった。明日の朝には家に送っていくつもりだ。

「それから——今回の事故は、魔力の誤作動だ。体調が悪い君を、僕が無理矢理連れ回そうとしたから起きた」

「は？」

「君にベッタリ付きまとう僕をクラスメイトは知っていたからね。今日、みんなにはそう説明しておいた」

サモンはきょとんとした顔をする。病み上がりだからか、いつもよりも表情が素直だ。

「……意味が分からない」

「意味も何もないよ。難しいことを考えようとせず、今は休んで。ね？」

熱は微熱まで下がったけれど、まだ油断はできない。

無理をして出ていかないように念押ししていると、メイドが夕食を部屋に持ってきてくれた。

メニューは白菜のミルクスープだ。白菜をクタクタに煮込んであってとても美味しい。

ベッド脇に小さいテーブルを持ってきて、サモンと一緒に食事をとった。

何か思うところがあったのか、サモンは口を開きかけたがやっぱり止めて、スープを食べ始める。

一口啜って、もう一口。

お腹が空いていたのだろう、あっという間にペロリと平らげてしまった。

「ふふ」

「……なんだ」

「ううん。よかった、と思って」

「……」

食欲があるなら回復も早いだろうと安心する。

その後はサモンの傍で本を読んだり、気を遣って部屋を出たり。彼は面倒臭いのか傷が痛いのか、ずっと横になっている。

本を読みながらちらりと盗み見しているタイミングで、彼が小さく「なぜだ」と呟いた。

「ん？」

「貴様は俺が怖くないのか。……もっと酷い目に遭うとは考えないのか？」

「……」

初めてサモンからまともに話しかけられたけど、彼の顔は僕と反対側を向いている。

背中を向けるのは、僕を嫌っているからっていうより……

君の方こそ僕を怖がっているように思うよ。

読みかけの本を置いて、少し椅子をベッドに近づける。それから、僕の声が優しく聞こえるように静かにゆっくりと静かに声をかけた。

「怖いよ」

「…………なら」

「もし、君のせいで危険な目に遭ったら、その時は守ってよ。それなら僕は一番安全だ。そういう関係になろう？」

反対側を向いている彼が息を呑んだ音がする。

それから、沈黙。

「……病み上がりにあまり話しかけちゃ駄目だよね。僕は隣の部屋にいるから、何かあったら横に置いている鈴を鳴らして。ゆっくり休んでね」

一人にしてあげようと部屋を出る。

次の日の朝、完全に熱が下がったサモンは、従者に連れられて僕の家を後にした。

◇

サモンは校舎の窓ガラスを割ったことで一週間の謹慎処分となった。

その間、事件の噂があらぬ方向に歪んで広まっていた。

『サモン・レイティアスが同級生を恐喝。窓ガラスを壊し、暴行を加えた』

「なんで……訂正したのに、こうなっちゃうんだよぉ!?」

窓ガラスを壊したこと以外は、事実とは異なる。

クラスメイトにも先生たちにも、僕が話した事実は受け入れられたはずだった。なのに、噂が独り歩きしている。

当事者の僕が「噂は事実ではない」と伝えて回っても、サモンのこれまでの態度が災いして、噂が広まるのを止められなかった。

「今回のことだけじゃない、サモンは前から……」

「サモン・レイティアスはやはり悪鬼に違いない」

「今度は何を企んでいるのか、恐ろしい」

悪い噂に尾ひれがついていく様子に、既視感を覚える。

前世の僕がビッチだという噂が流れた時、どんどん話が膨れ上がって、最終的には学校内に居場所がなくなったのだ。

僕には姉がいたから、家では安心して過ごせた。

けれど、サモンは――違うのだろう。

休憩時間に誰とも話す気になれず、窓の外を見た。曇り空。特に何も面白くはない。

そういえば、サモンもよく窓の外を見ていた。

あれは別に空を見ることが好きだったんじゃない。周りを見たくなかったんだ。

「……」

前世の記憶があるのに、今になってようやくその気持ちが分かった。

◇

「――というわけで、僕には噂をどうすることもできませんでした。ごめんなさい！」

謹慎が解けて登校してきたサモンに謝った。頭を深く下げる僕を素通りし、彼は席に座った。

「その、ごめん。自信満々で問題解決したように伝えたのに、面目ない」

「……」

いつもはそのまま本や窓の外に向けられる視線が、僕を向いた。

「別に構わん」

「おぉ、会話のキャッチボールが」

「黙れ」

謹慎前と変わらぬ様子に安心する。

そのまま話を続けようとしてみたが、会話らしい会話はそれだけで、以降は通常運転だった。

無視、無反応、何を考えているのか分からない。

けれど、魔力で威嚇されることがなくなった。都合よく解釈して、休憩時間を一緒に過ごす。

まあ、ほとんど僕が一方的に話しかけているだけ……

周りのクラスメイトは心配しているようだけど、その度、彼らの手をキュッと握ってニコリと微笑みかけた。毎回これで誤魔化されてくれるから助かる。

次の授業は教室を移動するため、僕は廊下を歩くサモンの横を勝手に歩く。

廊下の角を曲がってすぐの階段下で、クラスメイトがサモンの悪口を言っているのに遭遇した。

僕らの姿に気が付いた彼らは気まずそうに視線を逸らして、蜘蛛《くも》の子を散らすように足早に去っていく。

「あ～……」

わざわざ僕がいない場所で、サモンの悪口。

以前、校舎裏でのことを話した時に分かってもらえたと思っていたけれど、実際は僕の前で話を合わせただけだったようだ。

「あ～……、あ～、みんな、暇なだけだよ」

サモンの肩にぽんと手を置いた。

何のフォローにもなっていないが、落ち込まないでほしい。

「……貴様は？」

「ん？　何？」

睨むような目つきにも慣れてしまって、呑気に返事をする。すると、そのくっきり刻まれた眉間のしわがますます深くなる。

「貴様の魂胆は分かっている」

「え……、僕の魂胆？」

話題を変えるために食べ物の話でもしようと思っていたので、頭の中が食べ物だらけだ。

「とぼけるな。レイティアス家に取り入って、将来的に有利な立場につきたいのだろう。貴様も小《こ》賢《ざか》しい」

「！」

サモンのこともレイティアスの名も利用する気である僕はたじろいだ。

最近は彼の助けになりたいと善人ぶっているけど、僕は自分の目的を果たすためにサモンと付き合っているんだった。

動揺が筒抜けになってしまい、視線を泳がせていると、彼はフンッと鼻で笑った。

「貴様の浅はかな考えはお見通しだ」

ぐうの音も出ない。

「……分かった。君には白状するよ」

サモンが〝ほらな〟という表情で、早く白状しろと顎《あご》を上げる。

「……僕は、いろいろな人から誘いを受けやすい。きっと、これからもっと酷くなる。そんな予感がする」

「それと俺が何の関係がある。ちゃんと言え」

普段は何を言っても無視するのに、今日は随分グイグイくるじゃないか。

いつかは言おうと思っていた。でも、それは会話が続くようになり、ちゃんと関係を築いてからで……

「君が聞きたいなら、正直に話すけど……その、僕は、サモン君に盾になってもらいたいんだ」

「盾？」

「その、人を近寄らせない君の怖い雰囲気が魅力的で。不人気なところもいい。……君の傍にいれば、人除けになるかと思ったんだ」

悪口の連発となってしまい、しどろもどろになる。

悪いところが僕にとってはいいのだけど。

「傷ついたよね……ごめんなさい」

「――は？　意味が分からん」

「えっと、だから君の腰巾着になれば、人が近寄って来ないと思うし……安心かなぁと」

傷口に塩を塗るかのようで良心が痛む。

ほら、サモンが見たことない表情をして驚いているじゃないか。

これを機に人間不信に拍車がかかって、悪役ルートが固定されちゃったらどうしよう。

「俺だけは、いいのか？」

「え？」

「……貴様が言っているのは、他の奴が傍にいるのは嫌だが、俺はいい。そう聞こえる」

「その通りだけど」

珍しく、会話が途絶えない。これは、まだチャンスがあるのかなと思っていると、ぽんっと背後から肩を叩かれた。

振り返ると、そこにいたのはブラウドだった。取り巻きを連れていない。

「やぁ、フラン」

「ブラウドさん……」

「ずっと心配していたんだけど、なかなか時間がとれなくて。傷はどうだい？」

先週彼に誘われたお茶会は、頬のかすり傷がみっともないという理由で欠席した。窓ガラスの事故は不運だったけど、僕にとってはお茶会を断る口実となり結果オーライだった。

「ええ、もう大丈夫です」

「可愛い君に傷痕が残らなくて本当によかったよ」

そう言って、ブラウドが僕の頬を撫でた。

ぞぞ……っとする。その目に見つめられると、背筋が粟立つ。

「今度、僕と二人っきりで遊ばない？　なんだか君は大勢が嫌いみたいだし」

「そんなことないですよ。……みなさんとお話しするのは楽しいです」

大勢は嫌。でも、ブラウドと二人はもっと嫌。

それを見た取り巻きたちの反応を想像しただけでも恐ろしい。だけど、この男に言ったところで何も変わらないだろう。

「二人っきりで話したいんだ。あぁ、また君のお屋敷に向かおうか？　その方がゆっくりできるよね」

「……っ」

嫌すぎて、無意識に離れようと後退《あとずさ》りする。

ブラウドは僕の反応など気にも留めないでグイグイと迫ってくるが、僕の頬に触れている彼の手が離れた。横にいたサモンがその手を掴んだのだ。

「……サモン君……？」

「はぁ、なんだい？」

ブラウドの表情から笑みが消え、サモンの手を払いのけた。

「フランと話しているんだ。邪魔をしないでくれ」

「邪魔なのは貴様だ。こいつは俺と話している最中だ。——来い」

「え？」

来い？

自分に都合がいい空耳かと思ったけれど、どうやら違うようだ。サモンが僕の腕を引っ張り、僕の身体を隠すようにブラウドと僕の間に割り込んだ。

「へぇ、随分態度が大きいな。君の名は？」

「サモン・レイティアスだ。態度なら貴様だってでかいだろう」

「そうか、……レイティアス。君が噂の乱暴者か。フランを傷つけた人間だな」

子供同士の睨み合いだけど、ものすごい迫力だ。

二人とも取っ組み合いのケンカなんてしなそうなタイプなのに、どちらかが先に動けばやってやる！　そんな雰囲気だ。

険悪な雰囲気に我慢できずに「ごめんなさい！」と大声を出し、サモンの服を掴んだ。

「僕、サモン君と一緒にいるので」

「……っ」

誘いに応じることはできないと謝罪すると、ブラウドは悔しそうに唇を噛む。既に歩き始めたササモンの制服の裾を掴ませてもらい、その場を離れた。

どこに向かうのだろうかと思っていたら、校舎裏でサモンが足を止めた。

彼は相変わらず、薄暗いこの場所を好むようだ。

「これでいいのか？」

「……え？」

「あの男の誘いを断りたかったのだろう」

さっき僕が〝誘いを断りたい〟と言ったから？

やっぱり、僕を助けてくれたのか。

「ありがとう。助かったよ」

遠慮がちにお礼を言うと、サモンは眉間にしわを寄せた。

「先ほどの申し出、了承した。……貴様の面倒くらいは見てやろう」

「……え」

彼の頬がみるみる真っ赤になっていく。

これは怒って睨んでいるのではなく、――照れているのか？

「言っておくが、貴様のことをまだ信用したわけじゃないからな」

「――っ！　分かった！　君に信頼してもらえるように、これからもベッタリさせてもらうよ！」

嬉しすぎて彼に抱きつこうとすると、慎みを持てと怒られてしまった。

◇

『サモン・レイティアスを怒らせてはいけない。奴は人間の皮を被った悪魔だ。呪い殺されるぞ』

校舎裏での出来事から特に何も問題を起こしていないというのに、サモンの悪評は変わらない。

平気で人を呪い、傷つける。ストレス発散のために動物を虐めている。

そんなとんでもない噂が飛び交う彼だけど、実際はそんなことはない。

本当のサモンは真面目な優等生だ。今日も図書館の片隅で大人が読むような難しい本を広げている。

隅っこでサモンが本を読んでいるなんて気付かない生徒は、まるで怪談話を楽しむように、そんな噂話をしている。

しっかり聞こえちゃっているので彼の反応が気にかかる。ちらりと隣を見ると目が合った。

「呪いは、まだ実践したことがない」

「き、気にしちゃ駄目だよ⁉　みんな適当に噂を流しているだけだから」

「どうでもいい」

噂に対する反応はせいぜいこんなもの。

再び静かに彼の目は本に向けられた。読んでいる本をちらりと覗いてみるも、ちっとも分からない。前世の知識はこの魔法世界ではほぼ役に立たず、特に魔法学は苦手だった。

「君は子供ながらに悟りでも開いているのかい？　……まぁいいか」

彼の傍は穏やかで、拍子抜けになってしまう。

サモンのこと、暗くて陰湿だと思っていたけれど、〝硬派で芯がある〟そんなイメージに変わる。

「君はすごいなぁ」

最近知ったことだけど、彼は褒められると眉間にしわが寄る。初めは怒っているのだと思ったけど、どうも照れ隠しのようだ。

「公爵を継ぐなら当たり前だ」

「そっか。……君はフェリクス公爵の名を」

以前、高熱を出したサモンを家に泊めてから、僕も母も彼の家庭環境には気を配っている。

母が社交界でそれとなく聞き出してくれたのだが、学園で見かけたあの赤毛の女性はフェリクス公爵の後妻だった。サモンを産んだ実の母親は、彼が五歳の時に病気で亡くなっている。

家庭内でのサモンは肩身が狭いだろうと母は言った。

以前、学園で見た二人を思い出すと、僕もそうとしか思えない。

だけど、サモンは愚痴一つ零さず、努力を重ね続けている。

その努力は誰かに褒められるわけでもないのに……

彼を見ていると、僕だけでもその頑張りを認めてあげようと思うのだ。

俯き加減の横顔の、目の下にできた隈《くま》が酷い。……疲れているのだろうな。

「よしよし」

「……」

真っ黒なその髪の毛を撫でてみた。

精神的には僕の方が大人だから、幼い彼を励ますように。

実際は同じ年だし怒るだろうと思ったけれど、彼は目を見開いて驚いただけだった。

「貴様のその手は一体なんだ……？」

「僕の手？　ごめん。嫌だった？」

「いや……」

別にいい。

そう言って僕が触ることを許してくれた。少しずつ僕たちの関係は変化している。

前世でも親しい友達を作れなかった僕は、その変化を嬉しく感じた。

しばらく撫でていると、いきなりサモンの頭がカクンと机に落ちた。

「……え」

見ると、彼は眠っていた。

まさか、撫でていたら、寝るなんて……

驚いたけれど、それほど疲れているのだと思った。

穏やかな眠りが続くようにと祈りを込めて、丸まった背を撫でる。すると、その吊り上がった眉尻が下がり、寝息が聞こえ始めた。

◇◇◇

サモンと一緒にいる僕を見た周りの反応は、〝一般人が不良に捕まった〟みたいなものだった。

気の毒そうな視線を向けられるけれど、なんのその。

自分で言うのもなんだけど、すっかりサモンに懐いてしまったのだ。

彼は律儀にブラウドやらの誘いから僕のことを守ってくれる。

だからといって、何か見返りを求めてくることはない。そんなサモンに信頼を寄せるのはあっという間だった。

こうして、でこぼこコンビを結成してから早一年。変わらず元気よく過ごす僕を見て、クラスメイトのサモンへの誤解は解けつつある。

それでも誤解が完全には解けないのは、彼の不機嫌オーラは相変わらずで、怖がらせるような言動もそのままだからだ。

図書館に向かう途中、今日もまた陰口が聞こえてきた。その内容に僕はぎゅっと唇を噛んだけど、サモンは飄々《ひょうひょう》としている。

「……噂は便利だから利用している」

「え？　あえてそうしているってことなの？」

「あぁ、誰も危険にさらさなくていい」

……すごい。サモンには驚かされてばかりだ。

この子は、自らの強すぎる魔力を自覚して、万が一暴走した時のために一人でいることを決意していた。

僕から見ればまだまだ子供なのに、信じられない精神力を持っている。

「だが、貴様はそれでいいのか？」

「ん？」

それで、とはどういう意味なのか分からなくて返事に困っていると、サモンは言い方を変えた。

「俺の傍にいれば、貴様にも悪評がつく。孤立するぞ」

「あぁ、それって、むしろどんとこいでしょう。君の腰巾着を望んだ男は計算高いのだよ」

「……」

堂々とした腰巾着ぶりに、彼は驚いて返事もできないようだ。

実のところ、〝孤立する〟と言った時、その表情が曇ったことに気が付いていた。

魔力が暴走する危険があるから、本当は僕のことも傍に置きたくはないのだろう。

でも、同時にその顔が酷くさみしそうにも見えたから、気付かないふりをした。

「あっ、そうだ。今週末僕の家に来ないかい？」

「今週？」

「うん！　弟のソラの誕生日なんだ。母が君に会いたがっているよ。もちろん、僕もだけど！」

こうして僕は、よくサモンをアイリッシュ家に招いている。

サモンは僕の母を前にすると、借りてきた猫のように大人しくなる。「はい」「えぇ」「そうですね」と静かに相づちを打っている。

先生だって無視をするのに、母にだけは心を許しているような気がして嬉しい。

我が家がサモンの避難場所になればいいなと思っている。

「分かった。行く」

「嬉しいよ！　あ、そうだ、お泊まりするかい？　着替えも貸すし、僕のベッドで一緒に寝ようよ」

「は？　……貴様は誰にでもそんなことを言っているのか？」

サモンの肩から、ぶわぁあっと暗い靄《もや》が浮き出てくる。

最近の彼は落ち着いていたものだから、久しぶりだ。

「えっ、なんで怒っているの⁉　君以外に言うわけがないでしょ」

わざわざ人除けしてくれているのに、それを壊すようなことをするわけがない。

そう言うと、靄《もや》が薄まりなくなった。

「……分かっているならいい。今俺が怒ったことは気にするな」

「ん？　うん」

最近、彼は僕の前でだけ、素直な言葉を使い始めた。態度の改善が目覚ましい。

さっきのことも、本人が気にするなと言うのなら大したことではなかったのだろう。

気を取り直して歩いていると、サモンが「弟か……」と何か思い出すように呟いた。

「そういえば、俺も弟ができた」

「へぇ……って、君に弟？」

そうだと彼は頷く。

「義母が先週、男児を産んだ。まだ会わせてもらっていないが」

「──あっ」

急に思い出した。

漫画本編には出ないけど、姉の設定帳に書かれていたサモン・レイティアスの過去設定！

サモンの義母……公爵夫人のミケーラは、嫡男《ちゃくなん》であるサモンではなく、弟のミゼルに爵位を継がせようと企てる。

通常であれば爵位は嫡男《ちゃくなん》が継承するものだが、公爵は跡継ぎをミゼルに決めてしまうのだ。

絶望したサモンは、魔力が暴走して死人も出る大事故を起こしてしまう。それがきっかけで彼は様々な悪事に手を染め始める。

「フラン？　どうした？」

「……」

公爵……何よりミケーラの冷たい目や態度を思い出す。弟ができたことによって、ますますサモンへの態度が悪化するはずだ。

「サモン君、家を出て！」

「――家を出る？　貴様はまた突拍子もないことを」

怪訝そうな表情を見て、ハッとする。

サモンをあの家から離さなくてはいけないと焦って、つい口走った。

冗談だと誤魔化す？

――いや、咄嗟に口から出た言葉とはいえ、本心だ。

サモンはあの家にいてはいけない。

我慢強くて芯の強いサモンの心だけど、しなやかではない。家族の酷い扱いに耐え切れず、いつかポキッと折れてしまう。

そんな悲しいこと、あってはいけない。

でも、どうしたら……

うんうん唸っていると、サモンは僕の腕を引っ張って、中庭のベンチに座らせた。図書館に向かうはずだったのに、彼も隣に座って本を広げ始める。

「よく考えもせずに言ったのだろう？　待ってやるから、理由を話せ」

「……っ、なんてことだ!?　サモン君がイケメン紳士になっていく」

茶化すと、彼が「ふざけるな」と目を細める。

「わ、分かった。ちゃんと考えるから、待ってて！」

「あぁ」

待ってくれる間に、今後の展開を踏まえて、僕が取れる最良の策を考える。

――確か、公爵が後継者を発表するのは、僕らが十九歳になる年だ。

爵位継承に関する運命を変えられればいいけれど、僕の力でどうにかできるとは思えない。社交界デビューも果たしていない子供が、公爵や夫人に太刀打ちできるとは思えないのだ。

でも、彼の心の拠りどころにはなれるはずだ。前世の僕が落ち込んだ時、姉がそうであったように。

悪い環境からは逃げる！　サモンにはレイティアス家以外の別の世界が必要なのだ。

僕がポンと手を叩くと、彼は本から目を離してこちらを見た。

「家を出よう！」

「……百面相して考えた結果がそれか。さっきと変わらないぞ」

その呆れ顔を見ながら、うんと大きく頷いた。

僕ら子供が不思議に思われず家を出る方法は一つしかない。

「サモン君、僕と一緒に学園寮に入ろう！」

「は？　ますます意味が分からん。俺は理由を話せと言ったんだが」

「……え、理由？」

理由か、君を人殺しにさせないため……そんなの言えるわけがない。

お互い、別に学園と家が離れているわけじゃないし、わざわざ寮に入る理由がない。

探るような目から顔を逸らしながら、腕組みをして必死に理由を捻り出す。

「理由……理由は……、君の友人兼腰巾着としてもっと知名度をあげなくちゃ、僕への誘いが止まらないから？」

「……なんだと？」

「年々、向けられる視線が増えているんだ。この前はラブレターに髪の毛が入っていたし、上履きがよく新品にすり替えられているし、学芸発表会で僕が檀上で歌った時の衣装は紛失して、まだ見つかっていない。……とにかく君の腰巾着として有名になって、人除けがしたい」

これらは確かにどうにかしたい案件なのだけど、今言うべきことじゃない。

そう思いながらも、スラスラと口から出てくる。

「……寮なら同室申請もできるし、朝から晩まで常に一緒にいたら、僕が君の腰巾着だってちゃんと周りに伝わるかと思って？」

我ながら、なんて酷い理由なんだろう。何一つ、サモンにとってメリットがないじゃないか。

隣から浮かび始める黒い靄《もや》が視界に入る。

せっかく待ってもらったのに、適当すぎる言い訳だ。さすがに怒られる、と身をすくめたけど、思っていたのとは違う反応が返ってきた。

「分かった」

「――へ？　分かったって？」

信じがたいけど、サモンは寮に入ろうという提案に頷いたのだ。

「貴様に害をなす者は全て駆逐してやる」

「……」

どうやら怒ったのは僕のことじゃなくて、陰で僕によからぬことを企んでいる人たちに対してらしい。

サモンは、一度その懐に入ればとても情が厚く、自分のこと以上に友人を思いやる心を持っている人だ。今だって、僕の危機に本気で怒ってくれているのだ。

「……絶対同室になろうね！」

感極まって抱きついても、彼は珍しく抵抗しない。いつもなら「慎みを持て」と言ってくるはずなのに。

不思議に思ってその顔を覗き込んだら、とても柔らかい表情をしていた。

すると、彼は抱きついている僕の手を掴んで、フニフニと両手で揉み始める。

くすぐったい。彼の方からこんな風に触れられると、どう反応していいのか分からない。

「この手に触れられると、魔力が落ち着く」

「え、それは本当かい？」

「あぁ」

自分事のように嬉しくて、僕は彼の手を握り返した。

「よかったね！　魔力の調整も君ならもっとうまくできるようになるよ！　僕が保証する！」

「……」

そう言って微笑むと、サモンは無言でベンチから立ち上がった。耳が真っ赤になっている。

「ははん、照れたな」なんて思っていたら、彼は僕を置いて一人で歩き出した。慌てて待って、と追いかける。

図書館は中庭を通って小学部と中学部の校舎の間にある。建物の入り口の前で彼が急に止まるから、その背に顔面をぶつけた。

急に止まらないでよと言いながら自分の形のいい鼻を撫でていると、サモンが背を向けたまま呟く。

「父や義母が俺に辛く当たらないか、心配してくれたのだろう？」

「へ、えーと……」

さすが、頭がよくて察しがいい。

正直に君が心配なんだと言った方がよかったのかなと思っていると、サモンが振り向いた。苦笑いのような、下手くそな笑みを浮かべている。

友人の初めて見せる表情に、僕は歓喜に震えた。

「――もっと、僕を信用しても大丈夫だよ！」

胸が痒くなるような、もどかしいような気持ちになって、そう言わずにはいられない。

「あぁ、フランもな」

「うん」

見つめ合い、僕らは互いの信頼を確信し合った。固い絆を結ぶように、しっかりと握手を交わす。

こうして、僕らは家を出て、学園寮に入ることにした。

第二章　十八歳になりました！

薄ピンクの花が咲き乱れ、花弁が地面を鮮やかに彩る。まさに絶景。

しかしその場にいる者はみな、季節の美しい花々よりも一人の青年に釘付けになっていた。

暖かな風が吹き、金色の髪の毛がふわりと靡く。その様子は絵画のように美しく、周りから感嘆の溜め息が漏れる。

「おい、あの美人、誰だよ……」

「可憐だ」

「なんて、美しいのだろう」

腰まである金髪は絹糸、碧眼の目は宝石のようで、視線が動く度にキラキラと輝く。白色の肌、ほんのりバラ色に色づく頬、小さい唇がバランスよく配置されている。

隣の男と話している表情は優しげだ。何を話しているのか、楽しそうに口元が弧を描く。

何とも言えない愛らしい笑顔は胸を打ち、その場から動けなくなる者が続出した。

◇

「一目惚れです！　私の恋人になってください」

「――僕？」

「はい、美しい貴方です！」

学園の門をくぐると、一人の男が僕の目の前に手を差し出した。周りの男たちもチャンスを窺うようにこちらに注目する。

僕こと、フラン・アイリッシュはずっとモテ期だけど、ここ最近はこうして歩くだけで告白されるまでになった。それは、漫画のストーリーが始まる時期だからかもしれない。

「えっと、僕の噂を知らないのかな？」

十八歳になった僕は、今期より魔法学園の専攻学部に進学した。外部入学生も多数いるから、僕を初めて見る人も多い。

「存じ上げません！　しかし、貴方のことでしたらすぐに覚えましょう！　その可憐な手に触れてもよろしいですか？」

「え、それは困――」

断る前に、僕の隣にいたサモンが男の手を捻り上げた。

「ひぃ！」

男は痛みから逃れようとして足をもつれさせ、ドスンと鈍い音を立てて尻もちをつく。羞恥心で顔を真っ赤にして、声を荒らげた。

「な、な、何をする⁉　無礼なっ！　私は伯爵家の嫡男《ちゃくなん》で――」

「だからなんだ」

尻もちをついた男はサモンの圧倒的な魔力を前に、息を呑んで後退《あとずさ》った。

魔力が少しでもある者ならば、彼がいかに強大な魔力を持っているか分かるはずだ。

「俺の許可なくコイツに近づくことは許さない。次は容赦しない」

サモンは僕と男の間に入り、周囲の視線から隠すように僕のことをふわりとマントで覆った。

「な、何を横暴な！」

男が言い返そうとするので、マントの隙間からひょこっと顔を出した。

「あ、違うよ。僕がサモン君に付きまとっているんだから。誤解しないでね」

「顔を出すな」

「ふふ」

僕はマントの中に再び隠れる。

〝サモン〟の名を聞いた周囲はざわつき始めた。

周囲の騒音など気にもせず、サモンは座り込んでいる男を一瞥する。僕の腰に手を添え、足早にその場を離れて校舎に向かった。

足を動かしながら、周囲から聞こえる声に耳をそばだてる。

「サモンって、あの大貴族の!?」

「学年総合トップのサモン・レイティアスだ！　魔法学園随一の魔力を持っている」

「彼には恐ろしい噂も。人を食べたり、呪い殺したり……」

「権力に実力が伴っていて、格好いいよな」

ふむふむ。

噂はサモンを畏怖するものが七割で、残りの三割はその実力を称えている。

僕は見かけ倒しだけど、彼はこの十年間で着々と実力を身につけてきた。努力に準じて陰で人気が出てきて、とてもいい兆候だ。

優秀なサモンの取り巻きになろうとする人間は僕だけじゃない。それでも未だに彼は、僕以外を傍に置きたがらなかった。

人の視線がなくなると、彼は僕に合わせて歩調を緩め、それから階段下で止まる。

「フラン」

「何、サモン君？」

彼はこちらを向いて、僕の制服のリボンの歪みをきゅっと整えてくれる。

「ここからは別々の学部だが、一人で大丈夫か？」

「うん」

専攻学部は光と黒に分けられている。

魔力は人によって異なる属性を持つ。僕は光で、サモンは黒。属性により、得意な魔法も魔術も変わるため、授業内容も異なるのだ。

中学部まで、僕らはニコイチで組まされることが多かった。

サモンを問題児として扱っている学園側は、僕が傍にいると彼は問題行動を起こさないとでも思っていたのだろうか。クラスが分かれたのは初めてのことだ。

……とはいっても真上の階なので、すぐに会いに行けるのだ。

「何かあったらすぐに言え。飛んでいく」

「頼りにしていい？」

「あぁ、フランを害する者は排除してやる」

あぁ～、いい奴！

みなさん、見てください。あのツンツンしていたサモンが、こ～んなにいい奴に育ちましたよ！

最近のサモンを見ていると、僕は心の中でガッツポーズをしたくなるのだ。それくらいこの親友はいい男に変貌した。

彼のおかげでフランに予定されていた、嫉妬からの意地悪、虐め、派閥争い、セクハラ三昧《ざんまい》は全て回避できている。

サモンは自分のことを悪く言われても何も反応しないのに、僕に酷い噂が立とうものなら許さない。ツカツカと陰口を言う奴に近寄ると、腕を捻じり上げて脅す（女の子なら口頭で脅す）。

僕以外には悪役《ヒール》っぽさはそのままなのだ。

……とても助かっています。

もっとも、漫画で描かれたセクハラ三昧《ざんまい》はこれからだけど、鉄壁のサモンシールドがあれば大丈夫だろう。ふふん。

「授業が終わったら迎えにいく」

「うん、待っているね」

手を振って別れた後、光学部の教室に入った。

教室内の視線が僕に集まる。いつものことだけど、初日の教室は緊張する。

気にしていないフリをして、空いている席に座った。

授業が始まるまで手持ち無沙汰だから、本でも読もうかと鞄に手を入れると、僕の隣に男が座る。

誰が来ても、サモンの名があれば怖くない。

すっかり性根が腰巾着！

何かあったらサモン様の名前を恥ずかしげもなく前面に出しちゃうんだから！

「やぁフラン、なんだかご機嫌そうだね。久しぶり」

僕の機嫌は、横を向いて急降下した。

「……貴方は」

茶色い髪の毛、茶色い目、高い鼻、万人受けするような愛嬌のある笑顔。顔馴染みだが、記憶よりもずっと大人になっている。

ブラウド・ドリアス。

「――お久しぶりです、ブラウドさん。――学園を辞めたんじゃ？」

サモンシールドのおかげで小学部からブラウドとは会っていなかったが、人づてで近況が耳に入ってきた。彼は、十五歳で学校を辞めて騎士団に入り、そこで大きな功績をあげたと聞いている。

彼のフラグは小学部の時に折れたのだと思っていたから、声をかけられて動揺を隠せない。

「覚えていてくれて嬉しいよ。元々復学予定だったんだ」

「復学予定……」

「うん。僕は結構負けず嫌いだからね」

「……え」

ニコリと微笑む彼は、幼い頃の面影はあるのに……どこか違う。

「サモン・レイティアスは、属性からして黒学部だと思った。あの男に邪魔され続けて、腹が立っていたんだ」

なんだか子供の頃の爽やかなだけのブラウドじゃない、雰囲気が違う気がする。――油断ならないような……

「僕とも仲良くしておくれよ、フラン」

◇

「ふぅ～～」

専攻学部での初日を終えて寮へ帰ってきた僕は、ベッドに寝ころび大きく息を吐いた。

いつもの場所に安堵して気を張っていた身体が弛緩する。すると、急に眠気が襲ってきた。

こんなに緊張していたのには理由があった。実は、漫画では今日という初日に、僕に一目惚れした男たちがセクハラしてくるシーンがあるのだ。

助けにきた主要キャラその一にも、一目惚れだとか迫られてディープキスされる。

うぇ、初めて出会う男にキスされるとか。うぇ……

でも、現実はそうならなかった。クラスメイトからは遠巻きに見られるだけ。

よかった。このままクラスメイトとも、そしてブラウド・ドリアスとも適切な距離感を保っていたい。

「フラン、制服を脱げ。しわになるぞ」

「ん……」

一緒に帰ってきた同室のサモンに言われるけど、眠気が勝ってしまった僕には「ん」以外の返事ができない。

ゆっくりと彼が傍に来る気配と共に、ぎしっ……とベッドの端が沈む。そっと僕のおでこに手が添えられた。

「疲れたのか。俺がやっておいてやろう」

「ん」

「貴様はゆっくり休め」

冷たい手の心地よさにますます眠気が増し、僕の意識はうとうとと夢の世界に入りかける。

その間、優しい手が僕の頭を撫で、髪を梳かして、それから服を脱がしてくれる感覚――


「――サモン君！　だから、僕を甘やかしちゃ駄目だって言ってるでしょ！」

眠っている間に制服を脱がされ、身体を拭かれ、シルクのパジャマに着替えさせてもらっていた。

全てやってもらって文句を言うのもどうかと思うけれど、一言言わなくてはとベッドから身を起こす。

「起きたのか」

「起きたのか、じゃないよ！　いつも言っているでしょ!?　僕のことなんて放っておけばいいの！」

怒る僕をそっちのけで、サモンはトレイを運んでくる。その上にはコッペパンとグラタン。

素直な僕のお腹はぐぅっと返事をした。

「学食の時間を過ぎたから、俺が夜食を作っておいた」

学食は一日二食。時間厳守。遅れたら無情にも食事は残されない。

でも共同スペースにはキッチン設備があって、寮生は自由に料理することが可能だ。

育ちざかりが一日二食では足りないため、空腹時にはお互い料理をするようになった。

僕はずぼらだから簡単なものしか作らないけど、サモンは凝り性なので料理の腕前もなかなかのものだ。

彼はサイドテーブルにトレイを置いて、ベッドの端に腰かけた。グラタンをスプーンですくって僕の口にアーンしようとする。

温めの魔法を使ったのか、少し湯気が立っている。美味しそう……じゃなくて。

「いやいや！　ご飯で誤魔化されないよ！　君は僕を甘やかしんんっ⁉」

グラタンを口に突っ込まれた。クリーミーで美味しい。

咀嚼して飲み込んだ後、「美味しいけど駄目！」と言うと、また口にグラタンを突っ込まれる。

首を横に振ると、彼は顎《あご》を上げた。

「何を言っている。貴様の世話をするのは当然だ」

「いやいや⁉　当然じゃないよ。言っていることおかしいからね⁉」

「当たり前のことをして何が悪い」

また言う。わがもの顔で尽くそうとする彼に僕は頭を抱える。

……どうやら、とんでもない洗脳をこの幼馴染にしてしまったようだ。


九年前、サモンを取り巻く環境を変えようと、共に学園寮に入った。

寮暮らしを始めた頃、サモンは夜中になるとよくうなされていた。叫び声を上げて飛び起きる時もある。

彼は自分でも分かっていない大きなトラウマを抱えているようだった。

どうにかしてあげたいと思っていた時、サモンが以前、僕が触れると魔力が落ち着くと言っていたことを思い出した。

単純な僕は、弟よりうんと小さい子供と接するように触れ合ってみた。

食事も一緒にとって、風呂にも一緒に入る。たまに身体を洗ってあげるし、髪の毛も梳いてあげる。風邪を引けば看病して、うなされていたら添い寝した。

もちろん、彼は嫌がった。でも、その度に言い聞かせる。

『大丈夫』『いいのいいの』『どんな君でも大丈夫だよ』って。

それは、前世の僕が一番辛い時に誰かに言ってもらいたかったことだ。

そうやって、あれやこれや僕が世話を焼いていた。

だけど、何をやらせても器用なサモンの生活スキルはあっという間に上達して——いつの間にか立場が逆転し、この状況になっていた。僕のことを全面的に信頼している彼は、僕の接し方を鵜呑みにしてしまったようなのだ。

彼の周囲にはコミュニケーションの見本となる大人がいないことをもっと考慮するべきだった。

嫌がっていたサモンを無視して繰り返し面倒を見ていたことが、そのまま……いや、それ以上になって返ってくる。

「フラン、下を向いていないで口を開けろ」

「んぐ!?」

顎《あご》を掴まれて上を向かされ、今度はパンを口の中に放り込まれる。魔法でふっくら温かだ。

「ううっ！　美味しい！　手厚すぎるよ!?　これ以上甘えさせてもらったら、君じゃないと駄目な身体になるってば！」

家の中でも外でも、彼なしでは日常生活を送るのが困難になりそうだ。

「そのつもりだ」

「ぎゃぁ！　この人、僕のこと駄目人間にしようとしている！」

「……」

「無言⁉　本気なの⁉　ねぇ、ちょっと⁉」

――これは、早めに洗脳を解かないといけない。

◆

『ねぇ、姉さん、ブラウドってキャラについてだけど、おかしくない？』

あぁ、これは夢だ。

夕方寝たのに、昨日は緊張して眠れなかったから、教科書を開いてそのまま寝落ちしてしまったようだ。

……そして、この夢にいるのは前世の僕。姉と二人で作画作業をしている。

自分の世界を狭めて、姉と姉の腐った友達としか話さなかった。

締め切り前なので問答無用で手伝わされている。

『え？　デッサン狂ってる？　ん～、自分じゃちょっと分かんないなぁ』

『いや、デッサンの話じゃないよ。ブラウドって爽やかな人気者でしょう。なのに、やり方が卑怯すぎじゃない？　こんなことするキャラかな？』

ブラウドはフランの迷惑を考えず押し倒したり、恋のライバルたちに嘘を伝えてフランとの時間を作ったり、媚薬魔法を使ったりする。

僕が今トーンを貼っているのは、ブラウドが寝ているフランの乳首を弄っているシーンだ。

ブラウドの家に強引に連れ込まれ、催眠魔法で眠らされたのだ。

起きないフランの胸にブラウドがペニスを擦りつけている。調子に乗りまくったブラウドは「寝ているのに感度がいいね。そんなに僕のおちんちん気持ちいいんだ？　乳首擦られてイこうか？」なんてド変態なことを言っている。

そして、彼の言う通り、乳首だけで射精してしまうフラン……

媚薬・催眠・睡眠姦（乳首責め）……。ブラウドがフランに行う卑怯な手だ。性癖が歪んでいる。

人気者の明るいキャラがそんなことするだろうか？

『例えば、何を考えているか分からない、悪役のサモンとかが卑怯な手を使うなら設定通りだと思うけど』

『そうかしら。爽やかな人気者がするから、より一層卑怯さが表れていいんじゃない』

そんなものなのだろうか。

けど、他を出し抜くくらいじゃなくちゃ、フラン争奪戦には勝てないのかと、その時は納得したっけ。

『それにしても、サモンって哀れな人生だよね。僻んで、みんなが愛するフランを殺そうとするなんて』

そういえば、ブラウドの設定以上にサモンの設定にも多くの疑問を感じていたっけ。

『そっか。アンタはサモンの態度をそう解釈したか。本当のところは違うわ。サモンはフランを憎むほど……』

姉は言いかけてやめて、一枚のネームを見せてくれた。

それは、サモンがフランに襲い掛かるシーンだ。フランを守るためブラウドが助けに入るのだが、彼の持つ短剣がサモンの身体に突き刺さり――

『……あ、れ？　ブラウドがサモンを……殺すの？』

◆

「わぁあっ！　はぁ、はぁ、はぁ……」

夢から覚めてベッドの上で飛び跳ねた。ドッドッと心音が激しくなり、パジャマの胸元を握る。

日中、学園の教室で久しぶりにブラウドと会って話をしたから、こんな夢を見たのだろう。

キャラ設定を語る姉と自分。すごく重要な記憶だというのに、今の今まで思い出せなかった。

どんどん前世の記憶がはるか遠い昔のことになって、薄れてきている。

それでも、こんな重要なことを忘れていただなんて。もしかしたら、元から思い出せる記憶の数が限られているのかもしれない。

「フラン、大丈夫か？」

二段ベッドの上からサモンが顔を覗かせる。心配そうな顔を見て僕は胸を撫で下ろした。

すると、彼は下りてきて、寝ている僕の傍に横たわった。

「……？」

「貴様も俺がうなされる度、よくこうしただろう？」

したけれど。十八歳にもなって添い寝はおかしいだろう。

「目を閉じろ。背中を撫でてやるから」

そう言って、彼は僕を横向きにさせて背中をさすってくれる。

「……」

普段なら「甘やかさないで」と断わるところだけど、あんな夢を見た後は、その手の温かさを感じていたい。

たとえ漫画の中であろうと、サモンがフランに殺意を向けるシーンには胸が締め付けられる。それに、ブラウドの短剣がサモンの身体に突き刺さっていたところを見てしまった。それを思い出して恐怖を感じる。

「怖い夢を見たのか」

震えている僕を安心させるかのように抱き寄せられ、頭に優しく口づけられる。

……まるでサモンおかあさんだ。

大丈夫。全然、漫画と一緒じゃない。

サモンは僕と一緒にいて、こんなに優しく成長した。

漫画の悪役令息は、僕の親友でもう悪役じゃない。だから僕を殺すなんてあり得ない。

ブラウドだって、悪役じゃないサモンを討つ理由がない。

「……サモン君は僕を好き？」

漫画の中のサモンは人間嫌いで、その中でも特にフランを嫌っていた。

見た目が嫌だったのだろうか。何もせずとも愛されて、ちやほやされていたフランが憎かったのだろうか。――殺したいほど？

今の君は違うと安心したくて、彼に聞いてみた。

「あぁ」

「よかった。僕も好きだよ」

嘘はつかれていないようだ。ゆるりと微笑むと、サモンは僕をぎゅっと抱きしめてきた。

太腿に彼の股間の高ぶりを感じるが、これは男子あるあるの生理現象だ。共同生活だと自慰する時間も削られるから、仕方ない。

気にしないようにしながら目を閉じて、その温もりを感じていると、再び眠気が襲ってきた。

「フランの好きは友達としてか」

「……う、ん。好き」

眠くて、好きとしか言えない。

サモンは愛情不足の家庭で育ったから、少しでも愛情を感じてもらいたくて「好き」はたくさん伝えている。

「――俺は違う」

彼が何かを言ったけど、ちょうど眠りに落ちるところだったから、それがどういう意味かよく分からなかった。

◇

「おはようございます」

毎朝、僕らは必ず一緒に登園する。

ぴったりくっついて腰巾着アピールを欠かさない。

学部での過ごし方だが、僕もそれなりに対策を取っていた。

教室内ではツンと澄ました顔で、近寄るなオーラを出す。

これはサモンの受け売りだけど、噂は最大限に利用している。昔僕に安易に触れようとした者をサモンが血祭りに上げた、などの恐怖の噂が流れても、わざと否定しなかった。

三週間経っても直接話しかけてくる猛者《もさ》は今のところいない。

離れていたって、サモンシールドの効果は発揮されている。

初日に話しかけてきたブラウドは大きな悩みの種だけど、彼の周りには取り巻きが多すぎた。

彼が僕に話しかける前に取り巻きが彼を囲む。人気者って大変だ。

案外、順調だと思っていた学園生活だが、僕は失念していた。

今まではサモンとニコイチで組まされていたから悩むことがなかったが、この世には、ボッチが最も嫌う授業があったのだ。

ペア実習だ。


「はい、今日の授業はペアを組んで創作魔法を使っていただきます！」

先生が説明した直後、僕の肩をポンと叩いたのはブラウドだった。

「フラン、あぶれたもの同士でペアを組むしかないよね」

「……ブラウド、さん」

人気者の彼があぶれるわけがない。いつもウジャウジャいる取り巻きはどうした。

彼ならば引く手あまたのはずだと後ろを向いた。

だが、どういうことなのか。みんな、ブラウドには興味がなさそうにペアを組む相手を探している。

いつもはやたらとブラウドのことを見ているあの取り巻きたちが、だ。

仕組まれたと気付いた時には、時間切れでペアが確定した。

「この授業では、攻撃魔法は禁止します。それでは自分たちの特性を活かした魔法を、ペアの方と相談して創作してください」

先生がパンと手を叩き、各ペアが作業に取り組み始めた。

「フラン、どうしようか？」

「……」

ブラウドが横で爽やかに微笑む。

少女が思い描く理想の王子様がそのまま出てきたような見た目だ。鍛え抜かれ、盛り上がった筋肉は制服の上からでもよく分かる。

――襲われたら逃げられそうにないから、授業が終わったらすぐに離れよう。

残念ながらこれは今後も想定される状況だ。授業だと割り切ることも必要かと諦め、事務的に話すことにした。

「ゴホン。僕はポーションを作りたいです」

「ポーションか、いいね。回復効果は微妙だろうけど、君が作りたいなら合わせるよ」

「はい」

ポーションの作り方は多種多様で、教科書にもその一例が載っている。

不思議なことに同じ作り方をしても、一流魔法師や聖女が作るようなポーションにはならないのだ。

高性能ポーションを作ることに必要不可欠なのは、作り手の強い治癒能力だ。

今から作るポーションは恐らく、気持ち的に少し楽になる程度の滋養強壮剤にしかならないだろう。

それでも、僕がポーションを作りたいと言ったのには理由がある。

将来、嫡男《ちゃくなん》の僕は侯爵の名を継ぎ、プリマリア領を守る必要があるのだ。

そこで、フランの治癒能力設定だ。設定通りだと、もうすぐ僕は能力に目覚め、治癒魔法を使えるようになる。

高性能ポーションを作ることができたなら、必ず高く売れるだろう。財力に余裕ができれば、領地に住む人々の福利厚生にも充てられる。

治癒能力が開花したら、僕は金儲けをするのだ。

このモテ期を乗り越えた後、僕は僕らしく楽しく自分の人生を謳歌《おうか》する。

「……じゃぁ、植物学部で薬草を選ぼうか」

「あ、はい」

教科書と参考資料を読みながら、僕らは準備に取りかかる。

植物学部にお邪魔して、乾燥した薬草を数種類選んだ。ブラウドがすり鉢と棒で粉末にしていき、僕は分量を量りながら調合する。

分担しながら作業を進めていると、魔法瓶を掴もうとした互いの指先が触れ合った。

その指をつんと突かれ、げっ、と急いで指を引く。正面を見たら、いたずらっ子のような笑み。

「フランは美しく成長したね。どこをとっても完璧な美しさで僕の理想以上だ」

「……無駄話せず、作業に集中しませんか？」

「もう片方の手は動かしているよ。君はどうして僕を避けるのだろう。僕は君に何かしたかな？」

グイグイ彼が来るのは、僕への好意の表れ。

まだ、諦めていないのか。それとも成長した僕を見て、また気に入ったのか。

ブラウドの取り巻きは、美女美男ぞろいだ。中には恋人に向けるような熱視線を送る女子もいるけれど、彼が誰を食おうが僕には知ったことではない。

「人付き合いが下手なだけです」

仲良くなるつもりは欠片《かけら》もないから、会話は最小限にしたい。

「サモン・レイティアス」

ブラウドがサモンの名前を口にしたので、ぎくりとする。

「君に近づこうとすると、いつもサモンに邪魔されていた。あのレイティアス家に逆らえる奴はこの学園にはそういない」

「……」

「君にナイトとして選ばれたあいつが羨ましいよ」

ブラウドは三年もの間休学していたのに、学園の情報に詳しい。いや、外で様々なことを経験しているからか、洞察力に優れている。

見透かすような視線に動揺して後退《あとずさ》ると、後ろで作業していた男子生徒に肘がぶつかる。

彼は三本の魔法瓶を持っており、ピンク、赤紫、赤色の液体が勢いよく僕の全身にかかった。

「――あ」

「う、わっ、わぁあああ！」

大きな悲鳴を上げたのは魔法薬がかかった僕じゃなくて、魔法瓶を持っていた彼の方だ。

「ごめんなさい。君、一からやり直しになっちゃったね」

僕が謝っても、彼は口をパクパク開け閉めするだけで何も言わない。

「あぁ、フラン。とんだ災難だったね。それにしても……」

ブラウドがハンカチを差し出そうとして、僕を見るなり固まった。

周りの生徒もみんな動きを止めている。そして、騒ぐなと注意しかけた先生までもが、こちらを見て口をつぐんだ。

「——な、なんです？」

「フラン、すごくエッチなことになっているよ」

ブラウドが僕のぐっしょりと濡れた胸元を指さした。

視線を下げると、シャツが肌に貼り付き透けていた。尖った乳首は形まで分かるほどくっきり見える。さらにかかった液体の色がピンク色なのが、より一層卑猥だ。

自分の身体を抱きしめるようにして周囲を睨むと、みんなが一斉に反対方向を向いた。中には股間を押さえている者もいる。

そんな中、飄々《ひょうひょう》とした様子のブラウドは紳士的に僕の肩にタオルをかけてくれた。

「あ……、ありが——」

「じゃぁ、一緒に着替えに行こうね。先生、僕が責任もって彼の着替えを用意します」

「えっ!? いえ、僕は一人で！」

「ペアの僕にも責任はあるから！」

何の責任だ。そんな責任は取る必要はないから、一人で着替えに行かせてほしい。

首を横に振るが拒否も虚しく、彼にぐいぐい背中を押されて、共に教室を後にした。

「君たち、待ちなさい！」

廊下に出ると、先生が慌てて僕らを追いかけてくる。何の薬品が僕にかかったのかを生徒に聞いたようだ。

その真剣な表情は、まさか危険物なのか。

「フラン君、保健室へ寄った後、早退しなさい」

「え？　でも、別に身体に異変はありませんよ？」

「君にかかった薬は、精力剤、発情剤、催淫剤だ」

一瞬、思考が停止した。

「……は⁉」

どうしてそんな魔法薬を授業中に作るんだ⁉

——そういえば。

サモンがエロやラブフラグを折り続けてくれていたから忘れていたけれど、ここはＢＬ漫画の世界。そんな魔法薬を授業中に作る奴の一人や二人、いてもおかしくない。

「いいかい。君の身体にかかった魔法薬は、まだ完成していなかった。しかも、教科書通りの手順で作成せず、アレンジしていたらしい。先生にもどんな副作用が起きるか分からない。念のため、保健室で抑制剤をもらいなさい」

「……はい」

どんな副作用が起きるか分からないし、そもそも起きないかもしれない。

けれどこの漫画を知っている僕は、これは絶対に身体に異変が起きるフラグだと思った。

「へぇ、媚薬かぁ」

横にいるブラウドがニマニマしながら言うので、ゾワッと鳥肌が立つ。

一番の危険人物が横にいる……

「フラン、保健室まで僕が送ろう」

「い、い、え！　絶対に一人で行きます。貴方は僕の代わりに授業を受けてください」

ブラウドが送ると言うのを制して、一人足早に保健室へ向かった。


「……油断していた」

保健室までの廊下を早足で移動していたら、徐々に身体に異変が生じてきた。

歩く振動がズクズクと身体に響き、下腹部には重だるいような違和感を持つ。

それに薬がかかった部分がハッカ油を塗ったようにスースーして、鳥肌が止まらない。

「んもう、ご都合エロ展開なんていらないんだよ」

とにかく、身体にかかった薬液が不快でしょうがない。

ひとまずシャツを脱いでタオルで身体を拭こうと、近くのトイレに向かった。

焦りで入り口の段差に躓きかけた時、背後からすっと逞《たくま》しい腕が伸び、その腕に身体を支えられた。

トイレの床にダイブせずに済んだのはよかったけれど……状況は悪化した。

「大丈夫かい？」

「ブラウドさん、……来ないでって言ったのに……」

「せっかく助けてあげたのに、その言い方はよくないね」

背後にいるブラウドを睨むと、彼の瞳が怪しく光る。

腹部には彼の腕が巻き付いているし、誰もいないトイレは、ほぼ密室といえる。状況はかなりまずい。

「一人にしてください」

「それは無理だね。こんな絶好の機会を逃せるわけがない」

その言葉にギクリとした瞬間、回されている腕の力がぎゅっと強まり、彼の身体が背中に密着する。

「っ!?」

「まずは僕と身体からのお付き合いはどうかな？　自信があるのだけど」

「――何を言っているのですか。遠慮しておきます」

「そう言わずに」

僕の腕二本分はあるだろう太い腕を身体から引き剝がそうとするが、ビクともしない。それどころかブラウドはさわさわと僕の腹部を弄り始めた。

「……ひゃ」

「うーん、魔法薬の効果かな。乳首ずっと勃っているもんね」

ブラウドが指をつぅっとスライドさせて僕の乳首を掠める。

「んぁあっ！」

触れられた部分が過敏になって、変な声が出てしまった。

セクハラされてそんな反応をする自分に腹が立つ。

「へぇ……いい声で鳴くじゃないか。気持ちいいんだ？　なら、もう一度触ってあげよう」

背後を振り向き、目一杯睨んで拒否を示した。

「やめてって言って……ひゃあぁんっ！」

身を捩って逃げようとすると、乳首をきゅっと摘まれる。

それだけの刺激で、身体に電流が走ったような快楽を感じた。

「はは、清楚可憐な見た目で、こんないやらしい身体を持っているなんて最高じゃないか」

「や……、やめ、っ、ん」

摘まれて尖った乳首の先っぽを、指の腹で擦られる。まるでそこだけ違う皮膚みたいに、ジンジンする。気持ちよさが身体全体に伝わり、力が入らなくなってしまう。

抵抗しなくちゃいけないのに、足がガクガク震えてうまく動かせない。

「乳首を弄っただけなのに、抵抗やめちゃうの？　ちょろい子、好きだなぁ」

「っ！」

その言葉に怒りを思い出して、快楽に溺れまいと唇を噛む。

少しでもブラウドの気を逸らしたくて、彼の手を思いっきり抓《つね》った。

だけど、腕の力は強まっただけ。離されるどころか、余裕綽綽《よゆうしゃくしゃく》といった様子で耳朶を舐められ、甘噛みされる。

「んあっ！」

耳と乳首の愛撫に声を漏らすと、彼がくっと笑った。

「淫乱だなぁ。おっぱいが気持ちよくて、おちんちん勃っちゃったの？」

「っ！」

指摘されなくても、自分の身体なのだ。反応していることには気付いている。

この男は、わざと煽って逃げ道を塞ごうとしているんだ。焦っては相手の思う壺だ。

どうにか落ち着かなくては――

「ふぅ、ふぅ……」

「ふふ、そうそう、素直でいいね。そのまま僕に身体を預けていれば、トロトロに気持ちよくしてあげる」

彼は僕が抵抗を止めたと思い込んで、嗤いを含んだ声で言うが、そうじゃない。

僕は次の瞬間、息を吸い込んで足を踏ん張り、頭を思いっきり上下に振って、渾身の頭突きを彼の顔面に食らわせた。

頭突きは成功し、彼は「ぐっ」とうめき声をあげる。

身体に回された腕の力が弱まったその隙に、ふらつきながらこけるように個室に入った。

だけど、頭突きだけでは不十分だったようで、トイレのドアを閉める前に彼の手が伸びてくる。

グッと力のままに彼の足を踏みつけたけれど、動きを止めるには効果はなく、抱きしめてくる手は強まっただけだ。

「あ、貴方は！　何をしているか分かっているのですか!?」

「分かっているよ。好きな子に触っている」

尻に硬いモノをゴリッと押し付けられた。

「っ！」

そうだ、ブラウドは元々こういうキャラだった。誰にでも人当たりがいいけれど、フランに対してはセクハラしまくる奴。

そんな奴にもう遠慮はしていられないと、「離れろ、馬鹿っ！　変態！」と罵声を浴びせる。

「ん～、子猫が騒いだって、可愛いだけだよ」

僕の腰に回されている彼の手が下に伸び、スラックスの上から股間を撫でてくる。

いきなりの刺激に身体が跳ねた。

「ひぁあっ！」

「すごく大きくなっているね。このまま下着の中に出しちゃう？」

「やっやめ、て！」

ブラウドは僕を無視し、グニグニと股間を揉み込んでくる。

もう片方の手は乳首。上下の刺激に唇を強く噛んで耐えながら、背後を睨んだ。

「っ、今なら、まだ嫌いじゃ、ないです！　はな、して！」

そんなことを言っても彼は止まらないだろうに、馬鹿な言い方をしてしまう。

すると、興奮しつつも笑っていたブラウドの表情がスッとギラついた男の顔に豹変した。

「はは、嫌いじゃなくても、君は僕をサモンのように傍に置いてはくれないのだろう」

その表情に怯んだ瞬間、彼は僕のスラックスを勢いよく下げ、下着の中にグッと手を突っ込み、触れてはいけない秘所に指で触れた。

「――っ！」

ブッブッ。

気持ち悪くて、一瞬で鳥肌が立つ。

「……あれ？　綺麗に窄《すぼ》まっている。サモンは君を抱かないのかい？」

「なっ、何を言っているの⁉　……っ、サモン君と、あんたを一緒に、しないで」

後孔に指を添わされて、その不快感に震えながら首を横に振る。

下着を下げられるまで、僕はまだ何とか自分の力で対処できるつもりでいた。

けれど、抵抗虚しくあっけなく下着まで下げられると、打開策が思い浮かばない。

「ひっ、やっ⁉」

ブラウドに尻を揉まれて身体を震わせてしまう自分は、快感を望んでいるかのように思えた。自分が自分じゃないみたいな気持ち悪さが込み上げてくる。

尻を揉んでいた彼の手が再び、窄《すぼ》まりに触れてくる。指でそこの感触を確かめるように縁をくるりと撫でられた。

さらに、窄《すぼ》まりをトントン……とノックされればキャパオーバーで頭が真っ白で、――パニックを起こした。

「――やぁああああっ！　サモン君！　サモン君、来て！」

急に大声を上げて暴れ出す僕の口をブラウドの手が塞ぐ。

「こんなところで最後までしないよ。魔法薬で身体が高ぶって、辛いだろう？　今日は君のことを気持ちよく発散させるだけ」

ブンブン首を横に思いっきり振り、それでも口を押さえる手が離れないから思いっきり噛んだ。

「フラン……？　落ち着いて」

「サモン、サモン、早く来て！　サモン！」

「だから――」

ブラウドが最後まで言い切る前に、背後でドサリと倒れる音がした。

抱きしめてくる腕から解放され、よろよろと力なくその場に座り込んでしまう。おそるおそる後ろを振り返った。

すると、いつもの見慣れた仏頂面が見えて、安心して視界がぼやける。

「っ――よがっだぁ、サモンく、サモン君だぁ」

堪えていた涙が一気に溢れ出した。

「っ！」

サモンは半裸状態の僕を見て息を呑んだ。怒りからか、肩から真っ黒な靄《もや》が出ている。

でも、僕が手を伸ばすと靄《もや》はすぐに霧散し、ジャケットを脱いで僕の身体にかけてくれた。

「大丈夫か？」

どこも痛まないかとチェックしてくれ、スラックスと下着を整えてくれる。薬でおかしくなっている僕の身体の反応は無視してくれた。

「ふぇ、ふぇえ、サモ、ンく、こわ、がったぁあ」

一度溢れた涙は止まらなくて泣きじゃくると、あやすように背中を撫でてくれる。その手の優しさにうんうん唸って彼の胸にしがみついた。

「俺が来るのが遅くなったばかりに。怖かったな……」

サモンはジャケットで僕を包み込み、抱き上げた。そして、くるりと向きを変えると、床に寝そべるブラウドを足蹴にし、その股間をグリグリと力強く踏みつける。

「……この男は、許さない」

「う……」

ブラウドは気絶しているのに、うめき声を上げた。何か強力な魔法が使われているのか、目覚める気配はない。

「これから死ぬまで後悔させてやる」

僕に見せる表情とは真逆の、怖い表情をするサモン。

トイレが真っ黒になるくらいの靄《もや》が再び彼の身体から浮かび上がり、怒っていることが伝わる。

今日ばかりは止める気持ちはないけれど……

「はぁ……はぁはぁ……」

ホッとしたのと同時に、身体の疼きが強まってきた。その服を引っ張り、ここから出たいと催促する。

頬を赤らめ荒い息をする僕に、彼はハッとして報復の手を止めた。

コツンと額同士を引っ付ける。

「微熱がある。具合が悪いところを襲われたのか？　寮へ戻ろう」

頷くと、サモンは身体に力が入らない僕を抱きかかえたまま、その場を離れた。どんなに怒っていても相変わらず心配性な幼馴染の様子に心底安心する。

目の前にある首にスリ……と頭を擦りつけて、無意識にそこの匂いを嗅いだ。嗅ぎ慣れた体臭に身体の強張りが解けていく。

「はぁはぁ……はぁっん、ん……」

歩く振動、風の刺激——そんなことが今の僕にはきつく、彼の腕の中で見悶える。

ようやく、寮の自室に着いた頃には、意識が飛びかけていた。

サモンは僕をベッドに寝かせると、汚れた服を脱がそうとしてくれる。その刺激でも喘いでしまう僕を見て、再び眉を吊り上げた。

「……フランの様子がおかしいのは、シャツに染み込んでいる液体のせいか？」

「はぁ、はぁ……、はぁ……、ン……はぁん」

ずっと身体が重だるくて、熱い。ぼんやりした頭で、怖い表情のサモンを見つめる。

「何の液体をかけられた？　フラン、言え」

校舎内にいた時は気を張っていたからまだよかったけれど、ここでは気が抜けて頭が回らない。

ただただ熱い身体に見悶える。

「サ、モン……くるし……」

身体が火照《ほて》ってジンジンと疼く。

助けてほしくて手を伸ばすと、彼はちゃんとその手を握ってくれた。

「……もしかして、催淫系の薬剤をかけられたのか？」

催淫、その言葉に頷いた。頭がぼんやりとしてちゃんと考えられないけれど、先生はそう言っていた。

僕が何かを言う度、サモンはもっと怖い表情になる。目頭が熱くなり、じわぁと涙が溢れた。

「なん、で……、こわ、い……顔するの？」

「……っ」

泣き出した僕を見てサモンは真っ青になり、頭を下げる。

「悪い、フランに怒っているわけではない。……嫌なことがあった後なのに、配慮が足りなかった」

何それ、そんな言葉がほしいわけじゃない。

悪いと思っているなら、安心させてくれと繋いでくれている手に力を込める。

要求に気付いた彼は僕の身体にシーツを巻きつけて、膝の上に乗せてくれた。

「怖がらせるつもりはないんだ」

「……ん」

背中を撫でられているだけなのに、すごく気持ちいい……

もっと触られたくて密着すると、その身体がビクリと揺れる。彼は僕から露骨に視線を逸らした。

「まずは身体の異常を治そう。抑制剤をもらってくる」

「んっ」

僕を落ち着かせようと背中を優しくトントンしてくれる。

興奮しきった身体はそれすらも快感に変えてしまう。膝頭を擦り合わせたら、衣類が擦れる刺激が気持ちいい。

サモンが僕から離れようとするから、その首に腕を巻きつけた。

「あぁうぅん……ん、んっ……はぁはぁ、サモ……ン、ん」

「っ、フラン、先に薬を……」

「や、……や、だ……い、かないで」

彼の首筋にぐりぐりと頭を擦りつけると、その肩が大きく震えた。

「サモ、ン……助けて」

こう言えば、必ず助けてくれることを知っている僕は、いつもと同じように強請《ねだ》る。

サモンは問題解決が上手だ。あらゆる知識を持っているから、僕じゃ思いつかないアイディアを出してくれる。

「お、ねがい」

彼はぎゅっと瞼《まぶた》を閉じた後、息を吐いた。

「……分かった。落ち着くまで発散してやるから。大丈夫だ」

大丈夫の一言に安堵する。ほら、やっぱり頼んでよかった。

彼は僕の身体に巻いていたシーツを剥がし、半分脱げかかった制服を全て剥ぎ取った。

既に濡れている性器が糸を引くのが見えた時は羞恥心が込み上げて、思わず彼の手を止める。

「安心しろ、触れるだけだから」

やんわりと手を剥がされ、痛いほど張り詰めて濡れている陰茎に触れられる。

「んんぁっ！」

長くて骨ばった手が陰茎を柔らかく包み込むように緩く握った。それだけなのに、吐き出すことを求めていた身体はあっけなく吐精する。

「はっ……はっ……ぁん、ん」

白い液体がピュッピュッと出て、自分の薄い腹部を濡らした。

なのに、息が全く整わない。身体の熱さも変わらなくて震えていると、彼は宥めるように、僕の頭に口付けを落とす。

「続けるぞ」

陰茎を握ったままのその手がゆっくりと上下に扱《しご》き始めた。放ったばかりで敏感になっているそこを労るような、柔らかい手の動きだった。

ゆっくりで優しくて、——気持ちいい。

こんなところの触り方までサモンって感じがして、強張っていた身体の力が徐々に抜けていく。

「嫌じゃないか」

「ふぁ……ん、はぁはぁ……いや、じゃ、ない」

嫌じゃない……舌足らずだけど即答する。

こんなに優しく触れられて嫌なはずがない。もっとしてほしいと目で訴えると、尖って主張する乳首を彼の指が掠めた。

「あんんっ」

「ここに触れていいか？」

ふに……と指先で乳首に触れられて、背筋が粟立つ。僕はコクリと頷いた。

「分かった」

サモンが僕を膝上からベッドに下ろすので、離れたくなくて子供のようにしがみつく。

そんな僕の頭を撫でながら、彼の顔が僕の胸元に近づく。唇が胸の尖りにちょんと触れ、それからゆっくりとした動作でそこを吸われた。

「んあっ！」

胸を刺激されながら、ペニスへの手淫を再開される。気持ちよくて内股がブルブル震える。

「……あっぁ、んんっん」

「どうされるのが、気持ちいい？」

分からないと首を横に振る。

「分かった。見つけるから」

そう言って彼は僕の身体に柔らかく触れて、気持ちいい場所を探ってくれる。

与えられる快感は、酷く心地いいぬるま湯に浸かっているみたいだ。

「……き、もち、い、ん……っ、いい」

◇

「ふ……んぁあっあっ、やぁ」

この行為が始まってから、どれくらいの時間が経ったのだろう。

僕は何度も射精していて、次の射精までは遠い感覚がする。

だけど、身体の疼きは吐き出しても吐き出しても込み上げてくる一方だ。

「んっ！」

「痛いか？」

ずっとペニスを擦られているから、先端が少しヒリヒリしてきた。

それでも痛みよりも込み上げてくる快楽の方が苦しくて、続けてほしくてシャツを引っ張ってせがむ。

「分かった。泣くな。……少し場所を変える」

そう言って、サモンは力の入らない僕を再び抱き上げた。座っているサモンにまたがるように向かい合わせにされる。

彼の指がすっとお尻を撫で、後孔を触った。そこのしわをなぞるように触れられてゾクッと震える。

「ぁん……」

さっき、ブラウドに触られた時と違う。あの時は悪寒《おかん》が走ったのに、今はむしろ……

「後ろで気持ちよくさせてもいいか？　痛いことはしないから」

痛くしないと言ってくれるから怖さはなくて、素直に頷いた。

サモンが僕の腹部に手を置いて魔法呪文を詠唱した。下腹部が温まり、同時にじゅんっと後孔が濡れる感じがする。

そのおかげなのか、慎重に挿入される指も痛みを感じずスムーズに受け入れることができた。

「少し動かす。嫌なら言え」

「う、ん……あぅ」

抱きしめられている腕の中で、その指の感覚を覚えていく。

ある一点を擦られるとピクンと腰が跳ねた。キュウッとサモンの指を締め付けてしまう。

彼はここかと確認し、何度も指の腹で擦ってくる。

ペニスからじわぁと先走りが溢れる。

「っ、っ、ふぁあ、ぁ、ぁんん!?」

未知の快感に腰を引くと、腰に添えられた手が優しく撫でてくれる。素直に快楽を貪っていればいいと教えてくれる。

でも、後ろの刺激だけでは達せなくて、もどかしくて自分で前を乱暴に扱《しご》いた。

「っ、いた、……い」

「俺がするから」

僕の手はペニスから外され、彼の手が柔らかくそこを包む。

「サ、サモ……く、ん……あ、あっ、うん、んんぁ……サモンく」

彼の名を呼びながら喘ぐばかりの僕の口。

自分の声がやたらうるさく感じて、唇を噛んだら、そっと止められた。噛むなら自分の指を、と彼の指を差し出される。

サモンの指を噛むなんてできずに、指に口付ける。

「……っ、フラン」

「ん……ぁ、ん、なん、で?」

どうして？　そんな苦しそうな顔をしているのだろう。

◇

夢見心地で、目を開けた。

サモンが僕の身体を温かく濡らした布で拭いてくれている。

丁寧で優しくて、気持ちいい。足の指を一本ずつ拭かれて、ピクンと内股が震える。

ぼーっとその様子を見ていると、彼がこちらに気付いた。

「気分はどうだ？」

「……っ、ゴホ」

声を出そうとすると、喉がヒリヒリする。

彼が僕の上体を起こして水を飲ませてくれた。喉が渇いていたようで、コップいっぱいに入った水をすぐに飲み干してしまう。

「吐き気はないか」

「……」

ぼんやりしながら頷くと、額に彼の手が置かれた。冷たくて心地がいい。

「まだ微熱があるな。ゆっくり眠れ」

「ん」

「このままでは辛いだろう。学園に行って薬をもらってくるから」

首を横に振って甘えると、すぐに帰ってくるから、と言って僕に服を着せ、シーツをかけてくれる。

そして、パタンと閉まった自室のドアにすごくさみしい気分になった。

——のだが。

戻ってきたサモンに抑制剤を飲ませてもらって、身体が落ち着いて頭がすっきりしてきた頃……

「ぁ゛ぁぁああああああああっ！　ゴホッゲボぐあ゛っ、ぁアあぁああああっ！」

自分のあまりの失態に悶絶する。

頭を抱えて叫ぶと、ギロッとサモンに睨まれた。

「貴様、俺の鼓膜を破る気か」

そうだ。真横に彼がいるのに興奮して、つい思いっきり叫んでしまった。

「ゴホ、ゲホ……ごめ゛ん゛なざい」

「貴様はもう何も話すな」

サモンは溜め息をつきながら、喉が潰れて変な声の僕にコップを手渡してくれる。

ありがたく飲むと、酸味と甘みが口の中に広がる。美味しくて一気に飲み干した。

喉が潤って、渇きが癒される。

「蜂蜜レモンジュースだ。飲みやすいだろう」

話すなと注意を受けたのでコクコク頷いた。

サモンはベッドの横に座り、ナイフでリンゴの皮剝きをし始めた。何をやらせても器用なので、リンゴの皮もスルスルと剝いていくのだ。

その骨ばった手、長い指が僕の身体をたくさん触ってくれて、気持ちよくしてくれた。

挙句の果てにはお尻まで弄ってもらって……

また思い出して赤面する。

「腹が減っているだろうが、丸二日食べていないから消化のよい果物から食べろ」

発情して丸二日、今日で三日目。

この間、サモンも僕に付き添うために学園を休んでくれた。

僕はベッドの上に正座して、ジャパニーズスタイルで頭を下げた。ルーカ王国にはこの作法がないので何をしているかは分からないだろうが、深い謝罪の気持ちを伝えたい。

「気にするな。貴様の世話をすることは当たり前だ」

「……」

そうは言っても、二日間、僕は結構酷い状況だった。

精を吐き出してキレイに拭いてもらって、また吐き出して……思い出すだけで悶絶して叫び出しそうだ。

あの状況が当たり前？　いくらなんでも僕に付け込まれすぎていないか？　便利に使われすぎだろう？

——いや、申し訳ないと思うなら、その分お返しすればいいのだ。彼の悪役ルートは断固阻止するとして、その後も彼に困ったことがあればいつでも助けよう！

リンゴを食べた後、喉が使えるようになった僕はゴホンと咳払いをした。

「サモン君、本当にありがとう。一生親友でいようね！」

「……」

バッと部屋が暗くなった。

「え……」

何？　停電？

部屋を見回していると、明るさが戻った。

サモンに視線を戻したら、彼の目は据わっている。

これっぽっちも嬉しそうではないけれど、彼の感情は表情だけでは分かりにくい。

「一生、親友ね……」

「うん。この感謝は忘れないよ。この僕フラン・アイリッシュは、おじいちゃんになっても君が困っていたら手を差し伸べるからね。約束する！」

胸に手を置いて騎士がするポーズを真似てみる。このポーズは一番大事な心を貴方に捧げるって意味らしい。指きりげんまんみたいな感じだと解釈している。

しかし、彼からは何も反応がない。言ったことが空回ったと恥ずかしくなって、しょぼと身を小さくした。

「おじいちゃん……か」

サモンは食器を片付けようと立ち上がった。

僕も手伝おうと腰を浮かして、そのまま固まる。

目に入ったサモンが……穏やかに笑っていた。

皮肉な笑みや苦笑いなら見たことがある。

でも、今のは嬉しくて勝手に笑顔になった、という自然な笑みだ。

こんな表情は、初めて見た。

「……え」

……あれ？　サモンってあんなに顔がよかったっけ？

いや、元から顔の造りはいい。ずっと眉間にしわを寄せて怖い表情をしているから、格好よさより怖いイメージが勝っていたんだ。

「ぇ……えっと……」

その笑顔に胸がキュウと締め付けられる。

僕の横では、いつもそんな顔をしてほしい。

なのに、すぐにいつもの鉄仮面に戻った。

どうすれば、またあの笑顔を見られるのか、胸が苦しいような気持ちになる。

「なんだろう。この気持ち……」

幼馴染に初めて芽生えた感情に首を傾げた。

真面目なサモンは午後からの授業を受けるために、学園に向かった。

催淫効果も切れて、僕の調子はすっかり元に戻ったけれど、ぶり返す可能性も考えて今日までは休みをとって一日のんびり過ごすことにする。

本を読みながら、そろそろサモンが学園から帰ってくる頃だろうなと思っていると、ドアがノックされた。

「こんにちは。フラン君、調子はどうだい？」

「先生」

学園の養護教諭が僕の様子を見に、寮の部屋まで足を運んでくれたのだ。なんでもサモンに頼まれたのだそう。

「まさか、君とサモン・レイティアスがずっと仲が良いとは思いもしませんでした」

「先生とは、あのガラスの事件以来ですね」

具合を見に来てくれた養護教諭は、八歳のガラス事件の際に保健室で対応してくれた人だった。

「君たちの噂はよく耳に入ってきますよ。学園一の問題児があれから問題を起こさず、優秀な成績を収め続けている。君のおかげだと言っている教員は多いです」

しみじみと言ったその言葉に、僕はすぐに食いついた。

「いえ、僕は関係ありません。サモン君は元から努力家で、勤勉で、それから優しい。僕の自慢の友人です！」

学園側は、サモンをいつも過小評価しようとする。過去、大きな問題を二回起こしたけれど、もういい加減時効だろう。もっと彼自身を見て評価すべきだ。

そう言うと、養護教諭は僕らの部屋をくるりと見渡し、「そのようですね、彼は君には違うようだ」と頷いた。

「元気ですね。その様子だと、明日には登園しても大丈夫でしょう」

「あ、……はい」

養護教諭は立ち上がって、部屋を出た。

わざわざ様子を見に足を運んでくれたことに感謝して、寮の出口まで見送る。帰り際、養護教諭が振り向いて、「君のその素直な態度が、あの子の自信になるのでしょうね」と言った。

結局、彼じゃなく僕の評価に繋がるのが歯がゆくて「違います」と言ってみたけれど、養護教諭は苦笑いするだけだった。

最近では、生徒たちですらサモンの実力を認めているのに。学園側の態度はいつまで経っても変わらない。

これも漫画ストーリーの強制力なのだろうか。

「じゃぁ、明日からは学園へ行くのですよ」

「はい。……ありがとうございました」

養護教諭を見送った後、自室に戻ろうとしたら、通りかかった食堂で見慣れた黒髪の後ろ姿が視界に入った。

サモンだ。いつの間に寮に戻ってきたのだろう。

声をかけようとして、彼の横に別の生徒がいることに気付く。

サモンは誰かと話していても、大体は事務的な用件だけで、手短に済む。他は、「ウザい」「消えろ」「フランに近づくな」くらいだろうか。

僕以外の人と関係を持ち始めたのか。それは喜ばしい。

彼の成長を感じ、野次馬精神で、食堂の入り口からこっそり中の様子を見守ることにした。

サモンは背を向けているけれど、話し相手の方はよく見える。

オレンジぎみの赤毛でクルクルした天然パーマ。大きな茶色の瞳に大きな丸い眼鏡。そばかすがとてもチャーミングな男子だ。

僕は彼を何度も見かけたことがあった。同じ光学部で、大人しく素直そうなイメージ。接点がなさそうな二人に小首を傾げる。

それにしても、……やけに話が長い。

何をそんなに話し込んでいるのだろう。聞き耳を立てているけれど、断片的な声しか拾えない。

会話の内容を把握できないことにやきもきしていると、赤毛の彼がサモンを見て頬を染めた。

ルーカ王国では多様な愛の形が認められている。寮内でも恋愛は禁止されていないから、同性カップルは多い。赤毛の彼がサモンに恋をしていても何も疑問に思わない。

——もしかして、告白現場？

話し込んでいるということは、サモンも好意があるのだろうか。

ナチュラルな可愛い系が好き？

それって……、僕とは全然違うタイプ。

「……」

二人を見ていると、胸焼けしたように気持ち悪くなってくる。

なんだろうと胸を撫でていると、赤毛の彼と目が合った。

「あっ！　フラン様」

ギクリとして見ると、サモンは既に僕の存在に気付いていたようだ。驚いた様子はなく、「来るなら来い」と手招きされる。迷惑じゃないかと遠慮がちに向かうと急かされた。

「……あの、ごめんなさい。二人が話しているのに、僕がお邪魔して」

二人の仲をお邪魔して……って脳内で思い浮かんだ言葉に胃がしくりとする。そんな僕に赤毛の彼はニコリと満面の笑みを向けた。

「こんにちは、フラン様！　お話しするのは初めてですね。僕はアーモン・チョコリレと申します」

「どうも、僕は――」

「存じ上げております！　フラン・アイリッシュ様。御身の美しすぎる容姿はまるで花の妖精！　生きる伝説を見ているかのようです！　あぁ、こんなに近くで見つめることをサモン様に許していただけて至極光栄でございます！」

「は……はぁ」

興奮したように早口で一気に言われるものだから、迫力に圧倒される。先ほどまで抱いていた大人しいというイメージは一瞬で消えた。

オタク体質だ……この子。姉が漫画の推しを語る時と似ている。

「サモン様に頼まれていたのです」

「サモン君が君に頼み……？」

このサモンがアーモンに頼みごとを？　なんでも自分で完結させてしまう男が？

僕ですら滅多に頼まれないのに。

その頼みごとは僕じゃいけないのか？

疑問が次々と浮かび、またさっきの胸焼けが発生する。

「へ、へぇ……頼みごと。ふぅん」

「えぇ、僕などが差し出がましいですが、今後ペア実習がある時は僕と組みませんか？」

「え？」

ペア実習？

きょとんとしてサモンを見ると、彼は事情を説明し始めた。

アーモンは、先日のペア実習の際、僕がブラウドに連れていかれたことを心配して、サモンに報告してくれたそうだ。

僕の危機だと悟ったサモンは授業中にもかかわらず、急いで僕を捜してくれた。

タイミングよく助けに来てくれたのはそういうことだったのか。

「……そうだったの。本当に助かったよ。ありがとう」

「いえ、とんでもない！」

「僕としては、君とペアを組ませてもらえると嬉しいけれど、本当にいいのかい？」

アーモンの申し出は願ったり叶ったりだけど、そんなこと急に頼んでもいいのだろうか。

彼は「はい、もちろんです！」と気持ちよく返事し、僕とサモンをうっとりとした表情で見る。

「こうしてお話しできるなんて夢のようです。僕はお二人のファンなんです。いつも陰ながらお二人の睦まじいご様子を拝見しております！」

「ファン……？」

「えぇ、よければ説明させてください！」

再び、火が付いたようにアーモンは語り始めた。

サモンと僕の仲睦まじい様子に尊さを感じる団体《ファンクラブ》があるそうだ。

美形の僕と、恐怖の噂が絶えないサモン。アンバランスな組み合わせが興味を引くのだとか。

二人を陰ながら応援するというのが、団体《ファンクラブ》の趣旨らしい。

……本編の漫画にはない設定だ。

僕がサモンの腰巾着になったことで、出会う人も変わってきている？

「――サモン君、知っていたの？」

「あぁ。昔、こいつが陰からフランを見ていたから脅してやれば、そういう団体だと白状した。今後、学部内で困ったことがあれば、こいつに相談すればいい」

学部内に相談相手がいればフランも不安が減るだろう、と付け加えられる。

「そ、そうなんだ」

なんだ、頼みごとって、僕のことだったんだ。

ホッと息を吐くと……胸焼けがなくなった……？

「じゃぁ、アーモン君。どうぞよろしくお願いします」

「はい。よろしくお願いします。では！」

アーモンは元気よく頭を下げてその場を離れた。彼の背を見送りながら、サモンに声をかける。

「全然知らなかったよ」

「あぁ、邪魔をしないためだとかで、徹底して隠れていたらしい」

実はアーモンは陰の功労者で、風呂が空いている時間や光学部での僕の様子など、サモンに逐一報告しているらしい。

……いろいろ初耳だ。

「ふうん」

「フラン？　大丈夫か？　元気がない」

サモンが腰を曲げて、顔を近づけて僕の前髪を掻き分けた。

真っ黒な瞳が近い。

「ひ……」

おでこ同士をコツンと合わせて、至近距離で見つめられる。やたら長いまつ毛。

彼の骨ばった長い指が頬に触れてくる。

『フラン、気持ちいいか？』

二日間、彼に耳元で囁かれた声や吐息の感触がまだ残っている。

「……っ！」

目の前にある胸をグイっと押し返した。

彼は眉間にしわを寄せて、明らかに不機嫌になっているが、それどころではない。

心臓が早鐘を打つ。僕は、何かおかしい。

「フラン」

名前を呼ばれて、ハッと意識が浮上する。

「――ぁ……、あっ、ごめん」

「様子が変だ。やはりまだ具合がよくないのだろう」

顔が赤いままの僕を見て、サモンは過保護に変身した。

「部屋へ戻ってベッドに横になれ」

そう言って彼の手が伸びてくるので、思わず、スィ～っと後退した。

「……おい」

「全然平気！　心配しないで。あー……、そう、小腹が空いたから、紅茶を淹れてお菓子でも食べようかな。あ、君もどうだい？」

返事の代わりにギロリと睨むサモンに、ははと苦笑いを返す。逃げるように彼から離れてキッチンに向かった。

コポコポ……

紅茶を淹れると、湯気と共にいい香りが立ちのぼる。

なんであんな反応をしてしまったのか。

ふぅっと気分を落ち着かせて、トレイを持って部屋に戻る。サモンは机で本を開いて勉強していた。

その背に近寄って、邪魔しないように紅茶と菓子を差し出す。

「……さっき、君の返事を聞かなかったけど、紅茶を飲むだろう」

「あぁ」

「どうぞ、フラン特製、レモンティーさ」

冷静になれば、いつも通りに接することができる。

さっきはきっと、親友に恥ずかしい手伝いをさせたことを思い出して、動揺したのだろう。

平気でいられるサモンの方が鉄の精神の持ち主なのだ。

紅茶を飲み干した後、片付けようと立ち上がった僕の腕を彼が掴んだ。

「待て。休んだ間の授業だが、アーモンからノートを預かった。教えてやるからそこに座れ」

「あ、いや、一人でできるよ」

「なんだと?」

「……いえ、何も。……はい、……教えてください」

勉強する気分じゃないとも言えず、しぶしぶ頷いた。

サモンはこうして僕によく勉強を教えてくれる。

勉強が好きではない僕が、成績を落とさず、上位をキープできているのはサモンのおかげだ。彼の腰巾着となって、一石二鳥どころじゃない。

問題を解く手を止め、そんなことを考えていたのだけど、サモンが横から助言してくれる。

「この魔法式は、別冊を読めば分かるはずだ」

「……」

「他の問題は正解している。なら、この問題は難しくないはずだ。どこでつまづいている？」

「……」

——あれ？

いつも、こんなに近かったかな。

肩と肩は触れ合って、吐息は頬にかかるし。時折彼の髪の毛がふわりと頬に触れる。

彼は香水とか付けるタイプじゃないし、体臭もあまりないけど、それでも〝サモンの香り〟だと分かる時がある。

ちらりと勉強を教えてくれるその横顔を盗み見た。

目つきは悪いけれど、きりっとした切れ長の瞳は格好いいし、全体的に整っている。それに勉強だけじゃなく体術の訓練も欠かさない彼は、身体もよく鍛えられていて体躯がいい。筋張った手や腕筋、首筋も男らしい魅力を感じる。

「おい。聞いているか？」

「……へっ!?　あっ、へっ!?」

いきなりこちらを覗き込む彼に動揺し、椅子を後ろに引こうとした。

「――ひゃ!?」

だけど、そのまま椅子が後ろへ倒れてしまって、思わず目の前にあった腕を掴む。

「フランッ」

「っ」

咄嗟にサモンは手を僕の頭と身体に添え、床に叩きつけられないように一緒に倒れてくれた。おかげ様で身体に痛みは全くない。

「う、うーん、……やっちゃった。ごめんね、巻き込んじゃって……」

あ。サモンの顔がすぐ前にある。

頭と身体には彼の手が……。抱きしめられているみたいじゃないか。

「気をつけろ」

「……ひっ」

「なんだ？　どこか痛いのか？」

頭に回されていた手が僕の頬を撫で、顔を覗き込まれる。

その視線に息苦しくなり、ギュッと目を閉じると、彼の指が唇に触れた。

へ!?　どうして唇を触るの？　……これってキスフラグ？

サモンが僕に？

どうして？　僕を……

「唇が少し荒れている」

「……」

「あとで唇用の軟膏を用意してやる」

動揺していた心がスンと鎮まった。僕はサモンの身体を押して椅子に座り直す。

「ありがとう。大丈夫だよ」

平常心になったおかげで、未だかつてないほど、勉強に集中できた。動悸も治まった。

でも、なぜか胸がチクリと痛む。


「……おい」

魔法書を睨んでいると、後ろからサモンに本を取り上げられる。

「おい、風呂が空いている。行くぞ」

「あ……、うん」

風呂が空いたようで、僕とサモンは大浴場へ向かった。寮の大浴場は一つしかないので、僕らが入るのはいつも空いている時間を狙って深夜だ。

脱衣室で服を脱いでいると、彼と視線が合った。一瞬、自分の裸を見られていたのではないかとドキリとした。けれど、その視線はすぐに逸らされる。

「……」

どうしてか、普段は気にしたことがないのに、やけに引っかかった。

いつも鼻唄交じりで風呂に入っている僕が黙りこくっていて様子がおかしく見えたのか、サモンはその後、過保護母さんに変身した。

「心配だ」

「え、なんで僕のベッドに寝るの？　自分のベッドで……」

「貴様の心配をして何が悪い」

そう言うと、サモンは僕の腰に腕を巻き付けてくる。

寝ろ、寝られない、寝ろ、というやり取りを繰り返した後、彼の手が落ち着かせるかのように腹部を撫で始める。

「……っ」

頑固な彼を説得するのは難しく、諦めて目を閉じる。けれど、いろいろと考え込んでしまい、寝付くまでに随分時間がかかった。

そして、ようやくやって来た眠りの中で——おかしな夢を見た。

その人は僕そっくりだけど違う、フラン。

毎日のように男たちに迫られているフランを僕の意識は俯瞰《ふかん》していた。

『ん……、やぁん、あ、あっぁ、あ、はぁ……あぁん』

その身体は敏感で感じやすく、男に愛《め》でられるために作られた人形のよう。

うぶな彼は次第に、男の大きな手で身体を弄られる喜びを知っていくのだ。

誰かに身体を弄られる度、嫌だと言いながら、身体は貪欲に快感を拾おうとする。彼の健気に勃ち上がったペニスを、男は指で突いた。

『嫌？　こんなに蜜を零しているのに。本当はもっと触ってほしいのだろう？』

『ち、ちが……んっんやぁ』

『違うだろう。おちんちん扱《しご》いてって言わなくちゃ』

男はフランに強請《ねだ》らせようとペニスに触れるのを止め、焦らすように、乳首を指の腹でひっかいた。

『あんっ』

乳首を指や舌で愛撫されて、細い腰がいやらしくくねる。たっぷりと乳首を弄られて、ぷっくり膨らんだ頃に、蕩けた表情のフランは言ってしまうのだ。

『んぁ、気持ち、いいの。あん……ん、もっと、してっ』

男を強請《ねだ》るくせに、ふと我に返って、たまに逃げるような仕草をする。それがまた男の目を喜ばせる。

——あぁ、すごく嫌い。

僕はフランが嫌いだ。

いやいや言っても結局身体を許すビッチだし、まるで、意志がない人形みたいだ。

「勘違いさせる見た目が悪い」だなんて言葉を受け入れるのは違うでしょう。

自分の外見も含めて自分だ。それを変えるのも否定されるのも、まっぴらごめん。

たった一人だけでいい。

その人に僕自身のこと、外見も含めて全部を見てほしい。

――自分が一番好きな人に。

そう思った時、睦み合っていたフランと男が見えなくなった。その場には僕だけが残った。

「おい」

その声に呼ばれて振り向くと、思わず笑みが零れた。

「おい」

――おい？

「朝だ。起きろ」

「……ふ、え」

目を開けたら、サモンのドアップ。それから、僕の腕と足は彼の身体に絡みついて、抱き枕にしていた。

◇

「フラン様、おはようございます」

媚薬やらの効果で三日も休んだことだし、学園へ行くのが億劫だった。

けれど、教室ではアーモンが話しかけてくれたので思ったよりも気が楽だった。

「そうだ、ノートありがとう。助かったよ」

アーモンにお礼を言いながらそれを返した。

「あれ？　フラン様、まだお加減が？　目の下に隈《くま》ができています」

「……寝苦しくてね」

覚えていないけれど、寝苦しくて変な夢を見た。やっぱりシングルベッドに男が二人で眠るものじゃない。

僕がサモンと添い寝をしたのは、小学部の頃だ。

あの頃のサモンは僕と同じくらいの身長だったし、「慎みを持て！」なんて照れるところが可愛かったのに。

「あ、フラン様、こちらにどうぞ」

「？」

僕を壁際の席に座らせ、その横にアーモンが座ると、ちょうどブラウドが教室に入ってきた。

あぁ、奴を隣に座らせないために壁際に移動させたのか。

結構アーモンは気の利くタイプだなと思っていると、ブラウドの露骨な視線を背中に感じた。

全部無視しよう。

僕はトイレでのセクハラのことを全く許していない。

サモンが助けてくれなかったらどうなっていたのかと想像すると、腸《はらわた》が煮えくり返る。

絶対近寄りたくない。それに僕だけじゃなくて、サモンともブラウドは離しておきたい存在だ。

このクラスには他にも要注意キャラがいるけれど、間違いなく危険人物第一位はブラウドだ。

◇

午前の退屈な授業が終わり、背伸びをする。

横にいるアーモンに声をかけた後、サモンがいる黒学部へと向かった。彼はいつも独りで本を読んでいるけれど、その日の休憩時間は、ちょっと様子が違った。

黒学部の教室ドアを開けようとした時、サモンを褒める生徒の声が教室の外からでも聞こえたのだ。

「わぁ、サモン様はすごいです！」

……サモンが褒められている？

一体、教室内で何が起きているのだろうと覗くと、サモンが複数の生徒に囲まれている。

――おぉ……。サモンが人気者だ！

意外に黒学部内ではサモンを怖がる人が少ないようだ。彼が何をしたのかまでは分からないけれど、周りの生徒が驚いているので、きっとすごい魔法でも使ったのだろう。

自分のことの様に嬉しくて、心の中で手を叩いた。

うん……。邪魔しちゃいけないな。

あの場に僕が入っては水を差すようなものだと思い、非常階段で休憩時間を過ごす。

次の休み時間もサモンに会いたかったけれど、なんとなく非常階段で過ごした。僕の存在が彼の迷惑になってはいないかと、今更なことを考える。

小学部の時は、魔力制御が不安定だったから彼は自ら独りを選んでいた。でも、あれから一度も魔力暴走を起こしていないのだ、もう独りを選ぶ必要はない。

学園寮での生活が、僕ら二人の距離感をおかしくさせている。

一番始めの計画では、こんなにべったりとするはずじゃなかった。

「なんだかなぁ、僕は距離感間違えているよね」

昼食はサモンと僕が交互に作る。今日は僕の番で、シンプルに卵を挟んだだけのサンドイッチだ。

それをちまちま頬張りながら、少しずつサモン離れしていかなくちゃと思った。


何も事件が起きそうにない穏やかな日は、非常階段で過ごすことにした。

それが四日続いた日の夜のこと、寮の部屋でサモンが声をかけてきた。洗濯をしようと、ちょうど洗濯カゴを持った時だった。

「フラン、最近、なぜ教室に来ない？」

「あぁ、うん。今は学部にアーモン君がいてくれるからね」

「……」

「大丈夫。今は、特に問題はないよ」

登下校の時は変わらずサモンの隣にいさせてもらっているけれど、それ以外は会わないようにしている。今までも休憩時間毎に必ず会いに行くわけではなかった。それでも、昼食はいつも一緒に食べるのが当たり前になっていた。

こんなにべったりくっついていれば、彼も友人を作る暇がない。理想の関係は持ちつ持たれつなのだ。

「君ばかりに頼りすぎていたんじゃないかなって。今更ながら少し反省しているんだ」

「……は？」

「少しずつ君離れしていかないとね」

「なんだと？」

ちっと舌打ちが聞こえて、後ろを見ると、サモンの肩の周りから黒い靄《もや》が出ている。

ゴクリと息を呑むと、彼が椅子から立ち上がって、ツカツカと大股で近寄ってきた。

「ぎゃ……ストップ！」

その勢いがすごく、持っていたカゴを床に落としてしまう。散らばる衣類を拾い上げる暇もなく、彼が迫ってくるから後退《あとずさ》った。すると、彼の眉間のしわがさらに深くなる。

「なぜ、逃げる」

「だって、君がそんな怖い顔で」

近づいてくるから！

じりじりと彼から距離を取ったが、大して広くない部屋はあっという間に壁だ。壁際に追いやられた僕の逃げ道を防ぐように、ドン、ドン、と壁に両手が置かれる。

「フラン」

「……っ」

その強い視線にじわぁと顔が熱くなっていく。耐えられなくて顔を横に逸らした時だ……

「貴様がおじいさんになっても世話を焼き尽くしてやる」

「……え」

――おじいさんになっても？

それは、いつぞや、僕も彼に同じようなことを言ったっけ。

でも、あの時と今では僕の気持ちが……

その一言に衝撃を受けて完全に棒立ちしていると、彼が僕の髪を一房掴み、口付けした。

「ずっと一緒に」

「……」

――会心の一撃。

サモンの手が僕の耳に軽く触れて、ジンジン熱を持つ。

カクンと膝が崩れた僕を彼が抱きしめるように支えてくれる。

「――ぁ」

はくはくと息を求めるように口を開け閉めする僕の様子は……

まさにコイ。

第三章　悪役令息サモン・レイティアス

「貴方の力は大きいから、この力を人に向けては駄目よ」

——はい。母様。

「その髪の毛と目が、母は大好きですよ」

髪と瞳の黒は魔力が強い証。それから、呪われた色だと言われている。

自分の髪の毛も目も真っ黒だけど、母がこの色を好きだと言うから、俺も嫌いじゃなかった。

「サモン……父様のこと、ごめんなさい」

元々病弱だった母は、自分を産んでさらに体調を崩しやすくなった。病におかされ、ベッドから起き上がれなくなった母を見て、父の心までも病んでいく。

父は、母が病に罹《かか》ったのは俺のせいだと責め立てた。

変わってしまった父を見た母が、父の分まで謝ってくれる。俺のせいではないと心を守ってくれる優しい母だった。

大人よりも魔力が強い自分は、いつか治癒魔法が使えるようになり、きっと母を治せると信じていた。

そうすれば、父も元気になり、きっと全部元通りになる。

「まぁ、もうそんな難しい魔法まで覚えたのね」

「はい」

母の横で勉強していると、自分のことをとても才能があると褒めてくれた。

頭を撫でてくれるその手は温かく柔らかくて、とても優しい。

——だけど、それはある日唐突に、冷たく硬くなってしまった。二度と会えないところに母は逝ってしまったのだ。

母がいなくなった悲しみは一人じゃ耐えられなくて、必死に誰かの温もりを探した。手を伸ばした先の父は、こちらを見ようとしなかった。

「父様……」

母の病を治したかった。でも、間に合わなかった。

希望が全部壊れて——、魔力をうまく身体の中に収められない。

思えば、魔力が身体の外に出てしまいそうな時は、いつも母が抱きしめてコントロールしてくれていた。

今は、魔力の舵取りをしてくれる人がいない。

自分の周りに溢れ出す黒い靄《もや》を見た使用人は悲鳴を上げた。

母の死に直面した衝撃と、暴走し始める魔力……苦しくてさみしくて泣いているのに、誰も手を差し伸べてくれなかった。

◇

「父様っ、止めて！　母様の服を燃やさないで！」

暴走した魔力が人を襲ったのは、父に母の私物を燃やされた時だ。

ごうごうと燃え盛る炎に父は次々と母の物を放り込む。

止めてほしくて父の腕を掴むと、酷いアルコールの匂いが鼻についた。

「死んだ人間は生き返らないのだから、残しておく必要はない」

「嫌だ、やめてよ！」

それでも、自分にとってはそれらの形見も母だったのだ。母が二度死んだような気持ちになり、魔力が身体から一気に溢れ出した。

暴走した魔力は、真っすぐに父に向かった。


「この悪鬼め、父を……私を殺そうとしたな！」

「ち、違っ、ご、ごめんなさい！」

自分の魔力のせいで父は左手から首下にかけて大きな火傷《やけど》を負った。

ごめんなさいっ、ごめんなさい。

痛い思いをさせてしまって、ごめんなさい！

自分自身が怖くなった。

魔法を使うのが怖い。もう使いたくない。

魔力を全部封じよう。自分はもう一生魔法を使わない。そう思うほど、魔力の暴走を頻繁に起こしてしまう。

「うぁあ、あああっ、なんで⁉　なんで魔力が止まらないんだ！」

「……悪魔……」

親切にしてくれていた使用人たちも全員怯えるようになって、ついに父は別館へ自分を追いやった。

別館の扉の前に置かれた冷めた食事を手に取って、一人で食べる。

さみしさとそして、少しホッとする気持ち。

一人になれば誰も傷つけずに済む。雪が降る日も暑い日も、俺は一人きりだった。

「う……うぅ、誰か」

誰か、誰でもいいから傍にいて。逃げないで、怯えないで。俺に触れて。

身体の中で渦を巻く自分の魔力が溢れ出しそうで、助けを求めそうな時は必死に口元を押さえ、膝を抱いて蹲《うずくま》った。

◇

「サモン、魔法を学ぶのだ」

二つの季節が終わった後、突然別館に来た父がそう命じた。久しぶりに見る父の姿に心が浮き立つ。父は目こそ合わせないが、唯一サモンと、その名を呼んでくれる人だった。

「必ず魔力制御を覚えろ。私を失望させるな」

「……はい」

自分の暴走する魔力は、魔法を使わないという選択肢すら与えてくれなかった。

それから毎日、父が雇った魔法の教師がやってきた。

しかし、不安定な魔力は、その人たちをも傷つけた。教師が辞める度、父は次の教師を連れてきた。それを何度も何度も繰り返す。

何人目かの教師が、強い殻のイメージを持つ練習をさせた。

「抑えよ。魔力が暴れそうな時は、自分という殻に閉じ込めるのだ」

「……はい」

殻のイメージは持ちやすかった。この方法ならうまく制御できるように思えて、俺は魔力を体内に抑え込む特訓を繰り返した。

少しでも分からないことは自分で勉強する。父は、魔法や教養、雑学……ありとあらゆる本を俺に与えた。壁棚は与えられる本で埋められていく。俺はそれらを夢中になって読んだ。

難しい言葉は調べながら読み、知識が増えていくその間だけは不安が和らいだ。

そして、少しだけ希望が湧いてくる。

このまま魔力を制御できるようになれば、父に振り向いてもらえるかもと思ったのだ。

勉強しかすることがなかったから、魔法学園の入試にはトップで合格した。

合格発表の当日、久しぶりに本館に向かうことが許された。

すると、馴染みのその場所には、見知らぬ女性。

母が死んで、まだ一年というのに、父は再婚したのだ。

「はじめまして、……サモン・レイティアスです」

ミケーラという名の女性は、真っ赤な髪の毛を持っていた。母と同じ髪の色。後ろ姿を見た時、一瞬母だと思った。

初めて挨拶をした時は、緊張と期待に胸が膨らみ、母恋しさにそっと彼女の手に触れようとした。

「触れないでちょうだい」

しかし、伸ばした手は叩かれてしまった。

ミケーラは俺の髪も目も不気味だと言い、嫌悪を隠さなかった。ジン……と手が痛み、目頭が熱くなった。

「……」

魔力を抑えろと教師は言うけれど、心が苦しくて難しい。

また、魔力が溢れる。義母に怪我はなかったけれど、彼女からの当たりがさらに強くなった。

入学式では代表の挨拶をすることとなり、心のどこかで父に褒めてもらえるかもと期待する。

だけど、父は予定があり、入学式には来てくれなかった。

分かっていたことだけど、楽しそうにしている他の親子の姿が羨ましかった。

抱き合って、手を繋いで、笑っている。

この場で自分の手にだけは、温もりが与えられない。

そう思っただけなのに、俺の中に渦巻く魔力が暴走した。講堂の窓ガラスを全て割り、壁や天井を一部壊した。一番先に講堂へ着いていたから、幸いにも怪我人はいなかった。


振り返ると、俺を見てみんなが震え上がっている。

俺の魔力は呪いだ。

『貴方の力は大きいから、この力を人に向けては駄目よ』

分かっている。

俺を一人ぼっちにしたあの人の声がまだ残っている。

この声が残っているから、俺は魔法を学び、制御を学ばなくてはならない。

傷つけないように誰とも関わらず、無視して、怖がらせて、遠ざける。

——俺は一人だ。

◇

「フランと呼んでおくれよ」

キラキラと輝く金髪、大きな青い眼、白い肌。

あまりによくできすぎた顔立ちの、フラン・アイリッシュ。

昨日まで自分を避けていた奴が、急に人が変わったかのように声をかけてきた。

無気味なほど整った容姿に、突然の態度の変化、胡散臭い言動。

彼には何一つとして信用できるところがない。

「消えろ」

「ウザい」

「消すぞ」

そんな言葉を並べたが、その弱弱しい見た目とは裏腹に案外根性はあるのか、どんなに無視を決め込もうと、フランは懲りずに話しかけてきた。

——よっぽど俺に構う理由があるのだろう。

わざわざ席替えまでして俺の傍に来て、毎日声をかけてくる。そんなにレイティアス家や公爵の肩書きが魅力的なのか。

「ねぇ、僕と仲良くなってよ」

「……」

その言葉を聞いて、自分の腕を強く握った。

……仲良く？　お前には分からないだろう。俺がその言葉にどんなに飢えているか。

堪えているのに、心の奥底から込み上げてくるさみしさ。

それを感じると魔力の制御が難しくなる。息苦しくなって、ざわざわと腹の奥が嫌な感じがして一人校舎裏に隠れた。

息を吸って、吐いて。

家庭教師に教えられたように、魔力を俺という殻の中に押し込む。

すると、胃から何かがせり上がってきて、急な吐き気に襲われた。

「うっぷ。おうぇ……」

吐き気が止まらない。大して食べていないから、胃液が出て、口の中が気持ち悪い。

それらを耐えながら、なんとか魔力を封じる。

自分の魔力を抑えているだけなのに、酷く体力を消耗して蹲《うずくま》った。そのまま意識を失っていると、俺に躓くマヌケがいた。

「――え？」

一番会いたくない奴だった。

「……離れろ」

吐き気は治まったものの、まだ身体の中に抑え込んだ魔力が馴染んでいない。

こいつに弱みなど見せるものか。

立ち上がるが、ふらついてしまう。フランの手が俺を支えようと伸びてくる。それを拒否して……

「近づくな。壊すぞ」

「は？　ちょっと、何言っているの!?　体調が悪いのなら強がらないで、保健室へ行こう！」

やめろ。

お前に話しかけられると惨めなんだ。一人でいさせてくれ。最初から誰もいなければ傷つかないし、傷つけることもない。

……でも、いつまでこの地獄は続くのだろう。

あぁ、また吐き気がする。

◇

暴走する魔力を見て、失望した。

やっぱり自分は我慢しきれなかった、制御できなかった。

俺はまたやってしまったのだ。人を傷つけてしまった。

ガラスが降り注ぐ中、あの綺麗な顔は驚きに目を見開いていた。

魔力の暴走で窓ガラスが割れ、フランは魔力に当てられて気絶した。

保健室へ連れていき手当てを受けさせる。横たわる彼を見ると虚しさだけが支配する。

ほら、近づくなと何度も言ったじゃないか。俺は悪くない。俺みたいな危険な奴に近づいたから自業自得だ。

……もう近づいてこないだろう。きっと次に俺を見たら怖がるか、嫌悪する。

何を落ち込むことがある、と自分に言い聞かせながら職員室へ向かった。

大人に聞かれたことに淡々と答える。俺を見る大人たちの表情や態度は嫌悪と恐怖に満ちていた。何も感じなくなれば楽なのにと思っていると、次に学園長室へ呼ばれた。扉を開けたら、久方ぶりの父と義母の姿が目に入った。

「……ぁ」

足元がぐらつく。

説明を終え、学園長室を出た後も、本当は謝りたかった。けれど、気持ち悪さが身体を突き破ってしまいそうで声にならない。

義母の罵倒と父の凍てついた目が……怖い！

下を向きっぱなしのまま顔を上げられないでいると、そこに小さな影が現れた。

最近、よく聞く――ボーイソプラノ。

フランだ。

俺と父の間に立って、まるで彼は俺を助けるみたいじゃないか。

「保健室へ戻ろう、ね？」

「貴様……、何を？」

フランの頭にはやっぱり包帯が巻かれている。

傷つけたのは俺だ。もう近寄りたくないだろう。

それなのに、小さい手が俺の手を引っ張って、父と義母から引き離してくれた。

フランに促されるまま保健室に戻り、薬品の匂いのするベッドに横になった。

すると、急に身体が鉛のように重くなり、少しも動けなくなった。目も開けていられない。

ベッドの中で、意識が急激に沈んでいく。

暗い深海にどんどん潜っていくような感覚。

瞼《まぶた》はくっついて開けられないけれど、光はどこにもなくて急に恐怖を感じた。

凍えそうなほど、寒い。息が苦しい。ここでは息がうまくできない。誰か——ここから連れ出してくれ。

上に向かって手を伸ばした。

伸ばしてみたものの、この手を握ってくれる人なんて誰もいないだろう。

このまま深く沈んでいけば、母のところへいけるような気がした。

でも、母は来てくれない。俺は悪魔だから。

ずっと孤独で、暗闇に沈むだけだと思った時、俺の手は小さな手に握られた。

「早く治りますように」

「……」

どこからか聞こえるその声。

——温かい。

その手に握られると身体全部が温かくなる。

差し込む光に導かれるように、俺の身体は深海から浮上し始める。

俺はこの手を知っている。何度も払いのけたはずなのに、ずっと強く握ってくれていた。

薄目を開けると、キラキラと輝く金色頭。

それを見て、また瞼《まぶた》を閉じると、止めどなく涙が溢れた。

◇

次に目が覚めると、知らない場所、知らないベッドで寝かされていた。自分の額には濡れたタオルがかけられている。

怪我を負い発熱した自分を誰かが看病してくれたのか。

ここがどこであれ、こんな風に手厚くされることは久しぶりだ。

そんな風に思っていると部屋のドアがノックされ、金髪碧眼の女性が部屋に入ってきた。

優しげな表情にはフランの面影があり、昨日のことを急に思い出した。

自分が思った通り、目の前の女性はフランの母だった。

昨日、保健室で眠った後、怪我と高熱でうなされている俺を見かねて、アイリッシュ家に連れてきたのだそうだ。

「一生のお願い、ですって」

「え?」

「フランが言うのです。貴方の周りには助けてくれる人がいないから、自分が助けるんですって」

後にした。

何も事情を知らないくせに、何を勝手なことを言っているのだと腹が立った。

学園から戻ってきたらフランに文句を言わなくては……

「……」

フランの母は、俺の父と学園側に連絡を取ってくれていて、ゆっくり休むようにと言って部屋を後にした。

「ぶぶっ変な服！　ぶぶぶ」

帰ってくるなり、俺の格好を見て、フランが笑い始める。

「……貴様が着せたのだろう」

フリフリのフリルなど着たことがない。似合っているかどうかも分からなかったが、そんな風に笑われると、また腹が立ち、ギロリと睨んだ。

睨んでいるというのにそれでも笑うので、ずっと怒りは収まらない。

こんな緩い奴に世話を焼いてもらうなんて、自分のプライドが許さない。早く回復するために、しっかり食事をとる。温かいスープにパン。それから、横で一緒に食事をとるフラン。

何もかもが久しぶりだった。

「よかった」

へらへらした微笑みに腹が立つ。もう顔も見たくないと背を向けて横になった。

すると、奴はこちらをチラチラ見ながら、部屋を出たり入ったりする。鬱陶《うっとう》しいから質問してやった。

「貴様は俺が怖くないのか」

「……」

「もっと酷い目に遭うとは考えないのか？」

もし、彼の傍にいれば、父のようにその白い肌に痣を残すかもしれない。いや、もっと酷いことになるかもしれない。考えると腹立たしいことばかりだ。

「怖いよ」

「………なら」

早く俺から離れてくれ。できるだけ俺の視界に入るな。

「もし、君のせいで危険な目に遭ったら、その時は守ってよ。それなら僕は一番安全だ。そういう関係になろう？」

「……」

その言葉を聞いて、腹立たしさがなくなった。腹立たしいと思った感情は——期待が壊れる恐怖だったのだ。

みんな、どうせ俺から離れていくから、自分から突き離す選択しかしてこなかった。

壊すじゃなくて、守る。——なんてことを言う奴なんだろう。

彼を守る自分になれたら、傍にいてもいいのだろうか。

フランが出ていった部屋で、驚きと……喜びで震えた。

◇

「甘いタルトが評判の店ができたんだ」

あれは、これは……、フランはペラペラとよく喋る。話題は次々と移って、彼から見るこの世界はそんな風に楽しさで溢れているのだと思った。

自分の皮肉な目で見る世界と全然違った。

「君は無愛想だねぇ」

聞いていないわけではなくて、聞き逃したくなくて黙っていただけ。

面白いことを何一つ言えない俺に、いつフランが自分の元から離れていくのだろうかと何度も不安に思った。

「飽きたならそう言え、いつでも離れてやる」

「んもぅ、またそんな言い方して。——まぁ、好きに言うがいいよ。僕は離れてやらないけど」

離れたいわけではない。傍にいてほしい。

そんな気持ちがフランには見透かされているように感じた。

「……」

トンッと彼が俺にもたれかかる。

背中に感じる温もりは去っていかない。それどころか俺の傍にいようと努力してくれ、彼と過ごす時間が俺に馴染んでいく。

家よりまし程度の場所だった学園を、いつしか早く始まり遅く終わればいいのに、と思うようになった。

そして不思議なことに、魔力制御に伴う頭痛や吐き気といった不調は、フランが触るといつも軽減した。

もしかしたら、彼は天性の治癒能力者ではないかと思うことがある。

俺が使いたいと思って、間に合わなかった治癒魔法。

母の死後、治癒魔法が使えるか否かには生まれ持った属性が関係するのだと知った。俺はこれからも使えないだろうと思う。

治癒魔法を使える、人を癒すような能力者になれたら、こんな自分も許すことができたのに。

「あ」

フランは空気が沈むと、急に話題を変えてその雰囲気を壊す。

それから突拍子もないことを俺に提案して話をうやむやにする。鈍感なようでいて、俺のことを見てくれている。

そして、ある日も「あ」と言った。

「そうだ。今週末僕の家に来ないかい？」

フランの弟の誕生会に誘われた。

それを聞いて、自分にも弟ができたことを思い出して、話した。

弟と言っても、まだ一度も会わせてもらっていないから、どんな容姿なのかも知らなかった。

思い出すのは、義母の言葉だ。

『悪鬼！　その目でこっちを見ないでちょうだい！』

義母には元々毛嫌いされていたが、弟を妊娠してからは、もっと態度が悪化した。食事に異物を混入されるなどの嫌がらせを受けたこともある。

「へぇ……って、君に弟？」

フランが百面相をし始めた。見ていて本当に飽きない奴だ。

「サモン君、家を出て！」

「——家を出る？　貴様はまた突拍子もないことを」

俺はただ、弟ができたと淡々と話しただけだ。

義母との関係が悪化しているとも、自分だけが今も別館に一人で住んでいるとも言っていない。

フランの唐突な行動や提案は今に始まったことじゃなく、彼には人の心を読む能力でも備わっているのではないかと思った時期があった。だが、それとなく試してみても、全く反応がなかった。

なのに、彼はなぜ俺が自分でも気付いていない望みに気付いてしまうのだろうか。

「僕と一緒に学園寮に入ろう！」

一緒に。……その言葉は、苦しみも何もかも一瞬で溶かしてしまうような嬉しい響きだった。

◇

彼は宣言した通り、俺と寮での同室生活をスタートさせた。

長く一人で過ごしていた俺は、他人と生活することに慣れておらず緊張した。

強がっていたが、自分の魔力が知らない間に彼を傷つけたらどうしようかと思うと、恐ろしくて眠れなかった。

口数と食欲が減った時、まるで年上みたいにフランが世話を焼いてくれた。

俺の髪の毛や身体を洗ってくれる。

トクントクンと自分以外の鼓動を感じながら、朝方目を開けた。なぜかフランが一緒に眠っている。

「どうだい、言葉は出るようになったかい？」

「……言葉？」

「そうだよ。急に君は置物みたいに一言も話さなくなったんだ。大丈夫だから、ここでは安心していいよ」

「……」

フランはそう言いながら、すぅっと眠ってしまった。

どういう意味だ？　と思っていたら、日付が四日も変わっていた。その間、学園にも登園していて日常生活を送っていたようだが、俺には記憶がなかった。

ただ、フランに甘えさせられたことは思い出して、羞恥心とプライドで、起きた彼に酷い言い方をした。

「何を怒っているの？　別に恥ずかしがらなくてもいいじゃないか！」

「なら、俺も貴様の世話を焼いてやる！」

「へ、僕？」

やけくそに言った言葉だったが、彼に触ることができて好都合だった。

フランから始めたことなのだからと、拒否は聞き入れない。

その煌めく髪を初めて梳いてみた。

柔らかく、サラサラとして、指の間から零れる感触を何度も確かめる。

「んもぅ、あとで君の黒髪も梳くからね」

自分だけ世話されるのは嫌だと、鏡越しに後ろに立つ俺を見上げる。

何気に彼は負けん気が強く、あとでお返しとばかりに俺の髪の毛を触った。

「君の髪の毛は艶やかで綺麗だね」

「……」

忌み嫌われた黒の——俺の髪の毛に触れ、楽しそうに笑う。

そんな風に、本当に美しい金色を褒めればよかった。


彼との生活は、子供らしく心が踊ることばかり。

勉強以外で楽しいことはフランと共にすること。俺の視界の真ん中にフランがいること。

週末にはフランに半ば強引にアイリッシュ家に連れていかれる。

日当たりのいいテラス席にはフランと、そして自分用の紅茶と菓子が用意されていた。

「サモン君、ゆっくりしていってちょうだい」

「……はい」

フランの母、ナターシャは必ず来週も来るように俺に約束させる。

親子揃って、変わり者だ。

◇◇◇

月日は過ぎ、またフランと新しい季節を過ごしている。

花が舞う穏やかな季節。そういう季節が、彼にはよく似合う。

日差しを反射して金色の髪の毛がキラキラと輝く。同じ色のまつ毛の奥には宝石のような瞳。鼻も唇も顎《あご》も身体も指先一つ、爪一つとっても綺麗だ。

その輝きは、十年経っても、俺を捕らえ続けたまま。

俺などの傍にいても、彼の輝きは萎《しお》れないどころか、ますます美しく輝く。

クスクス。

金色の綺麗な髪の毛を梳かしていると、くすぐったいのか彼が笑う。

長いまつ毛が揺れて、俺の心まで揺れる。

「んもう、君ってば世話焼きなんだから」

「貴様の世話を焼くことは当然だ」

人は同じ言葉を強く何度も言うと、そのように感じるものらしい。

俺はそうなりたくて、その言葉を何度も使う。

起きて文句を言う彼も愛らしいが、寝ぼけて甘えてくる彼には堪らなく庇護欲が湧く。

俺の身体に身を寄せ、全てを任せるフラン。

寝ぼけた彼は俺しか見ない。

——俺だけの時間だ。


「フラン君、貴方が好きです」

フランへの男の告白を聞く度、出会った頃を思い出す。

フランは他人に誘われたくないから、俺のことを利用したいと言った。

今まで誰かに興味を持たなかったから知らなかったけれど、フランは全方位から強い感情を持たれる人間だったのだ。

好意だけでなく、嫉妬や妬み。

確か……そう、思い出した。ブラウドとかいう公爵家の次男。あいつのような者が近づけば嫉妬と妬みが一気にフランを襲うだろう。

気が付けば、また一人、フランを見つめている。

だが、俺が傍にいれば、恐怖でその視線は逸らされる。

早くにそれに気付いたフランは俺を選んだ。

選択が優れていたと彼には実感してほしい。俺を使えばいい。フランだけは俺を自由に使える。

彼の鞄の中に時折、手紙や物が入れられている。

その中には欲を纏《まと》ったおぞましい物が入っていることも多々ある。ぐちゃっと手紙を握りつぶし、彼の目に入らぬように燃やす。


「ありがとう、サモン君」

学校から寮までの帰り、周囲の視線から隠そうとフランの身体をマントで隠した。マントの端から彼が少し顔を覗かせて、笑う。

それを見て、喉が鳴る。

なんて愛おしいのだろうと何度も何度も思う。

愛おしさで胸が熱くて爛《ただ》れてしまいそうな時があるけれど、その気持ちは奥へ仕舞い込んでおく。

この輝きがいつまでも俺のもとを去らないように。いつまでも笑ってくれるように。

『フラン君、君のことが好きです』

どうでもいい奴らの声を頭の中で反芻《はんすう》させて、俺は彼の傍にいる。

第四章　恋する腰巾着

サモンの悪役ルートは、レイティアス家と離れることで順調に外れている。それから僕のモテフラグも次々と折れて、お互いＷｉｎＷｉｎの関係を築けていた。

ただ一つ想定外だったのは、サモンが僕好みに育ちすぎたこと。

顔は不機嫌な表情と色濃い隈《くま》で、周りからは褒められないけれど、本当はよく整っていて凛々しい。

それから中身だ。元々、彼の我慢強さや物事を学ぶ姿勢はすごいと尊敬していた。律義さや優しさ、芯がしっかりあるところ……そして包容力。彼のいいところは数え出したらきりがない。

前世で、自分を見てくれる恋人がほしいと思ったことが何度もあった。

その願いが、最近サモンの顔を見ると思い浮かぶ。

つまるところ、僕は恋をしている。彼の恋人になりたいのだ。

幼馴染への恋心を自覚して、ちょっとしたサモン離れは止めた。

◇

「ん～」

午前の授業が終わり、背伸びをした。

ランチの話をしているクラスメイトの前を横切り、黒学部の教室を訪ねる。

僕に気付いたサモンは、座るように椅子を引いた。彼の隣が定位置だと疑うことなく思ってしまうのは、普段のそんな行動にも理由があるのかもしれない。

この気持ちがまだ自分に馴染んでいなくて、そわそわする。

「こっちへ」

サモンの手が僕の肩に伸び、彼の方へと引き寄せられた。自分の身体で生徒たちの視線から僕を隠してくれたのだと分かる。

「……ゴホン」

咳払いして、そこから少し離れる。

――まさか今更、こんなささいなことに動揺するなんて。

恋を自覚すると、何気ない日常にもときめきが潜んでいた。

十年で見知った彼の情報が一気にときめきに変わり、襲ってきている。……今の僕は彼の体臭にまでときめく始末だ。

どうだ！　毎秒のきゅんに負けず、腰巾着している僕は大したものではないか⁉

教室内で声に出すわけにはいかないから、心の中でうるさく叫ぶ。

「フラン」

「あ、……はい？」

サモンが本から視線を外し、こちらを見つめてくる。肌つやとか、とにかくなんか輝いて見える気がする!? また一段と格好よくなったんじゃないか!?

自分は恋をすると、感情がうるさくなるタイプなのだと初めて知った。

至近距離で彼を直視できず、視線を彷徨わせて下を向いた。

不自然だし、恋愛下手すぎる。

「……先日、頼んだ件だが、今日でもよいか」

「……」

その話題に、僕は浮ついていた気持ちを抑える。

「頼んだ件って、プレゼント選びの？」

「あぁ」

来月、フェリクス公爵の誕生パーティが開催される。

パーティに参加するサモンに、公爵へのプレゼント選びを手伝ってほしいと頼まれたのだ。彼の珍しい頼みだ、二つ返事でOKした。

誰に対しても冷静な態度を崩さないサモンだけど、唯一、フェリクス公爵にだけは緊張した面持ちになる。

レイティアス家のことは聞かないようにしていた。けれど時折、彼の方から家庭のことを話してくれることはあった。

そういう時、彼は「俺などでは」と自分を下げるし、他にも言葉の端々から自信のなさが垣間見える。プレッシャーをかけてばかりで愛情を注がない公爵の態度を見れば、弱気になって当然だ。

僕には冷酷非道な父親に見えるけれど、当人同士にしか分からないこともあるだろう。

サモンを家と引き離しはしたものの、彼が悪役ルートにさえ乗らなければ、必要以上に引き離すこともないと考えている。

「でも、今日かい？　それは急だね。もちろん構わないよ」

「あぁ、さっき小耳に挟んだのだが、月末に収穫祭が開催される。付近の店は週末から閉めるようだ」

収穫祭では、近隣住民が集まりパレードが行われる。確かに、通りの店のほとんどは祭りの期間は閉めているっけ。

「そっか。それじゃ、今日は絶対行こうよ」

ちなみに、僕も公爵の誕生パーティに参加予定だ。——これは僕からサモンに頼み込んだ。

僕が知る限り、公爵の誕生パーティにサモンが呼ばれたことは今までなかった。他のイベントにも。

それにサモン本人がレイティアス家に帰るのは二年ぶり。だからこそ、少し心配だ。ピンチなら僕が間に入って、なんらかのフォローができるかもしれない。

……もちろんできないかもしれないけど。

でも、僕が傍にいれば多少なりとも緊張が解けるのではないだろうか。

これが、取り越し苦労ならそれでいい。

今のサモンは怖い噂こそあるけれど、問題行動を起こしていない。実力は学園一。

フェリクス公爵も息子に対する考えを変えているかもしれない。

「じゃ、また放課後にね」

「あぁ」


学園を出て、僕らは馬車で王都の中央通りに向かった。

この辺りは宝石店やスーツの仕立て屋など、一流の職人が営む高級店が立ち並ぶ。店の外観も美しく、訪れた者を楽しませる。

馬車から降りて、綺麗に整備された道をしばらく歩くと、赤レンガ造りの店がある。そこはアイリッシュ家御用達《ごようたし》の銀細工の店で、店内にところ狭しと美しい装飾品の数々が並んでいる。

他の店にも連れていこうと思っていたが、サモンはそこで約二時間じっくり悩んだ。

最終的に彼が選んだのはタイピンだった。それをプレゼント用に美しく包装してもらう。

帰宅時間が寮の門限をすっかり過ぎてしまったけれど、寮での生活態度がいい僕たちは、軽い口頭での注意だけで済んだ。


「いい物を買えてよかったね！」

ボスンと自分のベッドに腰を下ろして、はぁ～と背伸びをする。サモンは、プレゼントを机の引き出しの中に入れて頷いた。

「喜んでもらえるとよいが」

「……」

そう心配するサモンに、喜んでもらえるよと声をかけたかったけれど、やめた。ゴロンとそのままベッドに寝転がる。

「今日は楽しかったね！　僕とサモン君、二人であーだこーだ悩んで、ね！」

普段、何事も即決する彼だけど、プレゼント選びは優柔不断だった。

店員に何度も確認しているのに、思い悩んでまた選び直す。長い付き合いだけど、そんな彼を見るのは初めてで楽しかった。

動画をとってフェリクス公爵に見せてあげたいくらいだけど、それはできないので、今は僕だけの思い出だ。

「たまたま入ったカフェもよかったよね。あのショコラ、とっても美味しかったな」

美味しさを思い出してうっとりしていると、彼がフッと笑った。

「あぁ」

「っ！」

うそ。突然、来た……!!　超レアなサモンの素直な笑顔！

くっ、可愛い。いつもは格好いいけれど、これは可愛い。好き。

不意打ちを食らったとクッションに顔を突っ込んで、叫んじゃいそうな衝動を抑える。

すると、寝転んでいるベッドが軋み少し沈んだ。

「今日はありがとう」

僕はクッションから顔を出して、真横に座るサモンを見た。

「んへへ、君は変わったね。以前なら〝用事に付き合わせて悪い〟とか謝ってほしくないところでよく謝っていたけれど、今のはちゃんとお礼だった」

「……それは、貴様が嫌がってないのが、分かるから」

「ふふ、その通り」

あ。照れてそっぽ向いた。

けれど、彼の骨ばった長い指が僕の髪をくるくる絡めて、弄り始める。

どうも、これがサモンの癖になっているような気がする。

「最近、貴様の様子がおかしくて、目が合いにくいし、すぐ離れようとする。心配していたが、今日はいつも通りで安心した」

「――っ、あっ、それは……その、君のことを嫌っているんじゃないよ！」

あ、これは！

これはもしかして、告白するタイミングなのではないか。

前世では一度も好きな人と付き合えたことがなかった。

卑屈になるんじゃなくて、チャンスはものにするべきだって、前世の記憶が戻った時にそう思ったたろう。

尻込みしていないで、今告白するべき、覚悟を決めるべきだ。

抱きしめている枕から顔を離して、勢いよく起き上がった。

「君のことが、す、す、す、す、好きなの！」

「あぁ」

頷く彼の声も表情も柔らかい。

それを見て、やったと内心バンザイした。この様子はＯＫってことだろう。

……サモンと恋人。

僕の髪の毛を触ったままのその手が、赤くなった僕の頬を優しく撫でた。

あ、キスとかしちゃうのかな。

前世でも今世でも、まだキスなんてしたことがないけれど、……サモンとしてみたい。

キスよりももっと濃厚なことも……していいと思う。

他の奴にセクハラされるのは嫌だけど、彼なら、どこでも触っていい……と思う。

目を閉じるべきか迷って、目を閉じた——

「フランは優しいな」

降ってきたのは、唇じゃなく手だった。軽く僕の頭を撫でて、それから立ち上がる気配。

「風呂、空いているか確認してくる」

「え」

驚いて目を開けると、そのまま部屋から出ようとする彼の背中が見えた。

ポツンと部屋に残された僕。

「――え、あれ？　風呂？　……返事は？」

僕は優しい。

これが返事？

どういうことだと考えて、嫌な予感がしてきた。

僕は沈んだ様子のサモンを見る度、好きだよと言って元気づけていた。手っ取り早く彼に愛情を感じてもらいたかったのだ。

あの時はよかれと思って、今でもそれは悪いとは思っていないけれど。

「そうだった……僕は、好きを安売りしすぎていたんだ」

サモンは僕をとっても大事にしてくれている。それはもう溺愛と言ってもいいくらいだろう。

――親友として。

告白が、全然伝わらなかった。


――いや、落ち込むのはまだ早い！

すぐに気持ちを切り替えて、次なる作戦を考えていると、サモンが部屋に戻ってきた。

声をかけられて一緒に大浴場に向かい、脱衣室で服を脱ぎながら、鏡に映る自分を見る。

スラリと伸びた長い手足に細い腰、お尻の形は上向きで丸みを帯びている。

男なのに喉ぼとけもなく、柔らかくてもちもちの肌。

自分で言うのもアレだけど、流石は総受け漫画の主人公、綺麗なスタイルだ。

女性には男らしさが足りないと思わせる容姿だけど、男には欲望を抱かせる。それが僕の設定。

今までは好きな人もいなくて宝の持ち腐れだったけれど、好きな相手ができたなら、この設定、最大限に活かしてやる。

自信を持て。僕ならイケる！

――（元）悪役令息、サモン・レイティアスを攻略する！

自分を奮い立たせて、大浴場のガラスドアを開けた。大浴場には五、六人が入れる湯船と洗い場が設けられている。

毎回、着替えが早いサモンは既に椅子に座り身体を洗っていた。

ルーカ王国の人たちは、日本人と同じくらい風呂好きだ。あとトイレはちゃんと便座がある。前世の記憶が戻って、これらの設定を一番ありがたく感じた。

湯船に身を沈めながら、前方で身体を洗う広い背中を見る。骨ばった身体に程よく付いた筋肉。背中には割れた窓ガラスで負った古傷がある。

……今更、何とも思わないと思っていたんだけど、急に触りたいような気持ちになってくる。

まさか男にムラムラするとは思わなかった。

見慣れたその背中を眺めていると、洗い終わったサモンが立ち上がってこちらに近づいてきた。

「少し寄れ」

「……うん」

僕の横にサモンがチャポンと音を立てて座った。

こうして裸同士で座っていても、彼は僕を見ることはない。

小学部の時からずっと見ているから、目が慣れてしまって何とも思わないのかも。

それともＢＬ漫画世界では珍しいけど異性しか恋愛対象じゃないのかな？

いいや、迷うな。漫画通り、僕は男の人にとって性的に魅力的な存在のはず。

現状、親友としか思われていないけれど、自信を持ってアタックすれば、魅力に気づいてもらえるはず。

風呂は絶好のチャンスだ。

「サモン君、僕ってどうかな！」

自分の最大の武器である身体を見てもらおうと、その場で立ち上がった。

けれど、勢いがよすぎて水しぶきがサモンの顔にかかり、彼は眉を顰《ひそ》める。

分かっていたけど、ポッと頬を染める……みたいな反応はない。むしろ、水しぶきがかかって不機嫌だ。前髪をだるそうに掻き上げながら目線だけ合わせてくる。

「何が？」

こういう時は勢いが大事だと、彼の両頬に手を当てて自分を見るように促す。

「僕のこと、いいと思う？」

恥ずかしいが裸でこんなことを言えば、どこがいいのか探すために僕の身体を……見ない。見ないじゃないか。僕の目から視線が外れない。人と話す時の常識だけども。

手ごたえが何も感じられない……

「いいと思わなければ十年も傍にいないだろう。今更、分かりきったことを聞くな」

「……」

——その通りだ。でも、全くほしい言葉じゃない。

僕の裸に一切興味を持たず動じない、つまり——恋愛対象外ということ。

「……それはそうだね、どうも」

撃沈。少なくとも、今日はもう攻撃できない。

すすぅっと再び湯船に身体を沈めた。

不貞腐れてブクブクと頭まで沈めた時に、サモンが立ち上がって足早に大浴場を出る。

いつもは僕の髪の毛を洗ってくれるけれど、一人になりたかったのでちょうどいい。

ドアの向こうでサモンがチッと舌打ちしたのが聞こえて、ガラスドアに映るシルエットを眺める。

「人払いをしておくから、ゆっくり身体を温めろ」

「うん、そうかい。……君も湯冷めしないようにね」

静かになった大浴場で、僕は大きな溜め息をついた。

「……はぁ、分かりきったこと、か。今更裸くらいでグラつくようなら、僕が魔法薬で発情している時に手を出されちゃっているよねぇ」

親友と恋愛……それは結構難しいのかもしれない。

サモンの反応を思い出すと、落ち込む。けれど、始まったばかりの恋なのだから、結果を急く必要はない。

長期戦を覚悟しようと湯船から出た。

◇

ルーカ王国は、大陸の真ん中に位置し、商業の〝通り道〟となる国だ。

商業の発展と共にレイティアスの一族が作った銀行制度は諸外国で採用された。今もなお、各国の銀行はレイティアス一族の管理下にある。一族の力は王族、司祭などの聖職者階級に匹敵するほど大きいと言われている。

そのレイティアスの一族、フェリクス公爵の大邸宅に僕は来ていた。

「ここが、サモン君のお家か」

馬車から降りた僕は邸宅を見て、ほぅ、と感嘆の溜め息をついた。

広大な庭園の中心には大きな湖があり、そこには赤いレンガ造りの邸宅が映っている。まるで美しい絵画の中の風景のよう。

その壮麗さに僕はブルリと震え、上着を羽織った。

門の前に向かうと、そこにも多くの馬車が並んでいて、煌びやかな衣装に身を包んだ貴族が集まっている。

これだけ大勢の貴族が公爵の誕生日を祝いに来たのかと思うと、気が引き締まる。

「失礼ですが、招待状を」

「えぇ」

サモンから預かった招待状を門前に立つ係の者に見せると、ゲストルームに案内された。

既にサモンは嫡男《ちゃくなん》として会場入りしている。

緊張することは分かっていたから、今日はかなり気合いを入れて武装してきた。

水色のスーツにフリルの多い白いシャツ。髪の毛は後頭部で一つにまとめて垂らしている。支度の手伝いをしてくれるメイドが全力を注いでくれた。

レイティアス一族の誰がいるか分からない。粗相のないようにしなくては。

「失礼、お美しい御仁、お名前を伺ってもよろしいですか」

ゲストルームは他の貴族も大勢いて、早くもひっきりなしにおじ様方から声をかけられる。

ある程度、こうなるとは想定していたけれど、数が多すぎる。愛想笑いが引きつりそうになっていると、前方の部屋からサモンがやってきた。

サモンは銀色の刺繍が施された紺色のスーツを身に纏《まと》っている。

普段もきっちりとはしているけれど、真っ黒で地味な服を好むので、パーティ用に着飾った彼の変貌を見て驚く。

サモンは座る僕の目の前に立ち、女性を扱うような仕草で僕に手を差し出した。

おぉ……、なんだいなんだい。この紳士的な振る舞いは。ものすごく凛々しいじゃないか！

「サモンく……」

「その格好では目立ちすぎるな。万が一に備え、避難用の個室を用意させておこう」

「……」

いつも通りの心配性な言葉にスン……と冷静になる。

この男、着飾った僕を見て少しは何か思わないのか。

——まぁ、サモンが僕の容姿に興味がないのは知っているから、この反応も想像していたけど。

「……はぁ、はい。もうちょっと地味にしようかなとも考えたんだけど、君のお父さんに好印象ならいいと思って」

「……」

「ん？　どうしたの？」

返事がないけど視線を感じ見上げると、露骨に視線を逸らされた。

「行くぞ」

「……うん」

会場入り早々落ち込んでいるわけにもいかない。

気を取り直してサモンの手を取って、共にパーティホールに向かった。

ホール内には玄関前よりも大勢の貴族が集まっている。煌びやかな美しいシャンデリア、ずらりと並ぶ豪華な料理、予想以上に華美なパーティだ。アイリッシュ家のパーティとは次元が違う。

正式な社交界デビューを果たしていないから、緊張で身を強張らせた。

そんな僕を横に置いて、普段は無口なサモンがこの場に相応しい堂々とした振る舞いをしている。学園内とのギャップに驚くけど、考えてみればサモンも嫡男《ちゃくなん》として教育を受けているので、できて当たり前のことなのかもしれない。

挨拶していた男が、僕を見た。その瞬間、サモンが僕の腰に手を添える。

「そちらの美しい御仁は？」

「えぇ、彼は私が招待した方です。大切な方ですので父にも紹介しておきたくて」

「っ⁉」

おい。おい。おい……

なんだい、その言い方は！　そんな紹介されるなんて聞いていないよ。

――いやいやいや、落ち着け。こういう言い方をすることで、周りの好意的な目を逸らしてくれているのだ。

いくらなんでも嫡男《ちゃくなん》の大事な人に手を出すわけにはいかないもんね。牽制だとは分かるけれど顔が赤くなる。

――本当に、恋人みたいじゃないか……

「ほぉ、そんな可愛らしい表情をされて。なんとも初々《ういうい》しいですね」

「彼は照れ屋なんです。ではこれで失礼いたします」

サモンのエスコートでその場を離れた。

僕の耳元に顔を寄せた彼は「この場では俺の恋人だと紹介する」と囁くから、ドッと心臓の音が大きくなる。

茹で蛸のように真っ赤な顔のまま、その隣で挨拶して回ることになってしまった。

「父の周囲にいる客が少なくなったタイミングで声をかける。それまで一人で待機してもらって構わないか？」

「もちろん」

「何かあったら――」

「サモン君を呼ぶね。用意してくれた個室もあるし、大丈夫」

断り辛い上位の爵位の人には、先に挨拶して回ってくれたから、声をかけられるようなことがあっても自分で対応できる。

壁際にいると伝えると、サモンは残りの挨拶回りをしに向かった。

会場全体を端から観察する。中心部にいる公爵夫妻の周りには人集りができていた。それから、中心から少し離れた場所にいるサモンに注目が集まっている。嫡男《ちゃくなん》が公《おおやけ》に出ることが初めてだから、みんな興味津々だ。

この場は政治や経済、難しい話題ばかり飛び交っている。僕には全く分からないけれど、知識量がすごいサモンはしっかりと受け答えしていた。

そんな彼の対応に周囲の評価は高いようで、ホッと胸をなで下ろした。

これなら、フェリクス公爵もサモンの見方を変えてくれるかもしれない。

「……」

少し視線を外した先に、黄色い派手なカラードレスを着ている令嬢がいた。彼女はサモンを見つめていた。よく見ると、その令嬢以外にも。

学園では傲慢な振る舞いと怖い噂が広まっていて、近寄ってくる女性は少ない。けれど、ここでは違うようだ。

サモンの周りを、一人、また一人と令嬢たちが取り囲み始める。媚びているように感じられる彼女たちの態度に、胸が苦しくなってきた。

こうしてサモンを取り巻く令嬢たちを見ると、同性で親友という立場は、一番意識してもらいにくい、恋から遠い存在な気がする。

きっと学園を卒業したら、僕らを取り巻く環境は一変するだろう。

寮生活のようにずっと一緒にはいられない。

おじいさんになっても仲良くしようと互いに言い合っているけれど、親友のままでは、彼に恋人が、そして家族ができるのを見守らなくてはいけない。

「苦……」

会場でもらったレモン水が、まるで泥水を飲んでいるみたいに苦く感じた。

◇

女性に囲まれているサモンから目を離すことができないでいると、彼がこちらを見て戻ってきた。

「フラン、随分声をかけられていたようだが、大丈夫か？」

「君の名を出させてもらったからね、全然平気だよ。それよりも君が女性にモテるなんて知らなかったよ」

ぐいぐい胸を押し付けられていたし……。サモンを見て急いで化粧直しに向かう女性までいたよ。

「挨拶していただけだ」

「……そう」

挨拶だけと言うなら本当だろう。僕が勝手にやきもちを焼いているだけで、彼が令嬢たちに心を動かされた様子はなかった。

いくら僕でも女性には太刀打ちできないからホッとする。

「今から父に挨拶しに向かうが、一緒に行けるか？」

僕が黙っているから疲れたと思わせたのか、休むかと聞いてくれるけど首を横に振った。

「行くよ。そのために今日は来ているからね」

公爵夫妻がいる中心の人集りは少なくなっていて、挨拶するチャンスだ。

僕はサモンの横に並んで、共に挨拶しに向かった。

久しぶりに見るフェリクス公爵は記憶よりもずっと老けていた。

初めて見た時は白髪交じりの茶髪だったが、今は真っ白だ。あの時はサモンに似ていると思ったけれど、今はそんな風に思わない。

こんなにやつれていただろうか。

「父上、お久しぶりです。謹んで誕生日のお祝いを申し上げます」

サモンが声をかけると、公爵がこちらを向いた。その横にいる公爵夫人ミケーラは扇子で口元を隠し、目を細める。

サモンが身を固くし、緊張していることが伝わってくる。

「久しいな、サモン。優秀な成績を収めていると聞いている」

「まだまだです」

公爵が横目で僕を見る。やつれても威圧感はそのままだ。だけど、負けじと僕は背筋を伸ばした。

サモンが僕を紹介しようとした時、大きな溜め息が公爵から聞こえる。

「だが、お前のことを呼んだ覚えはない。どうやら手違いがあったようだ。ここにはまだ戻ってくるべきではない」

「……」

その言葉にサモンが固まる。手違いとはどういうことなのだろう。

公爵の横で、ミケーラが扇子を扇ぎながらニヤリと口角を上げた。

「ほほほ、サモンさん、どこのどなたかと思いましたわ。長くお会いしていないから忘れておりました」

ミケーラの後ろには十歳くらいの少年がいた。ひょこっと顔を出し、サモンと僕を見て首を傾げる。

「母様、誰ですか？」

「あぁ、貴方には関係ない人ですのよ。さ、お父上にお飲み物を差し上げて」

少年はミケーラそっくりの顔立ちと髪の色を持っていた。すぐに彼がサモンの弟だと分かる。

「呼ばれていないのに、どうして来たのかしら」

随分、意地の悪い言い方をする。ミケーラの冷ややかな視線と嫌みに、彼女の取り巻きかと思われる数人がクスクスと嗤った。

これは、彼女の仕業か。サモンと義弟を同じ舞台に立たせて、どちらが公爵のお気に入りで優位なのか周囲に見せびらかすために、仕組まれたもの？

「失礼します！　サモン君は！」

夫人の嘲笑が許せず、声をかけようとした時、サモンが静かに首を横に振った。

「いい。フラン」

「でも……」

サモンの手にはプレゼントが握られていて、まだ渡せていない。彼の気持ちは公爵には伝えられないのだろうか。

迷う僕の手を彼は握り、公爵たちに無言で背を向けた。

「サモン、遊びに現《うつつ》を抜かすな」

「……」

公爵の厳しい声にサモンは頭を下げただけだった。返事はせず僕を連れて足早にその場を離れる。

バルコニーのドアを開け外に出ると、前を歩く足が歩調を緩めた。広い屋敷内はどこがどこだか分からないけれど、僕は彼についていく。

テラスには綺麗なバラが咲いていて、酷く刺々しい印象を受けた。その花壇の前で、彼がようやく立ち止まった。

「挨拶もまともにできず悪かったな」

「違う、君は全然悪くないよ！　僕の方こそフォローできなくてごめんなさい！」

静かなその背中を見ていると切なくなる。

こういう時、いつもサモンは口を噤んで反論しないのだ。

彼の気持ちを思うとやるせなくて、その背中に思いっきり抱きついた。

「すごく意地悪だった！　あまりの理不尽さに腸《はらわた》が煮えくり返りそうだ。どんな人でも僕はサモン君に冷たい人は嫌いだ！　君がどんなに頑張っているかなんて知りもしないで邪険にするなんて、信じられない！　あぁあ、今更どうこう言っても仕方ないのに！」

僕は一体、何年彼の腰巾着をしているんだ。

フェリクス公爵のことは正直分からないけれど、ミケーラは計算高い女性だ。この事態、僕ならば予想できたはずなのに。

ざまぁ展開の一つや二つ僕の頭で捻り出せていたら、少しはサモンの気が済んだのではないだろうか。予測し対策するべきだったのに、恋心で浮ついていた。――僕のせいだ。

すると、抱きついた彼の背中がフルフル震え出した。泣いているのかと思ったけど……

「く、くくっ」

「へ？　え――笑って？」

なぜ、笑う？　どこに笑いの要素が？

意外な反応に驚き、身体を離した。そろりと彼の正面に回って見上げたら、肩を揺らして笑っている。

「ふ、くくく」

彼の身体からは黒い靄《もや》は出ていない。

強がっているわけじゃなくて、平気……なのか？

「俺は、貴様が怖いよ」

「えぇ!?　なぜ、僕が？　僕の腹黒さが垣間見えた!?」

ショックを受けていると、珍しく彼の笑いのツボに入ったようで肩まで震わせる。

少年のような笑い方だ。

その笑顔に見惚れていると、夜風が僕らを包んだ。バラの花びらが宙に舞い上がり、その美しさに目を奪われる。

「怖いくらいフランが――……だ」

「え？　ごめん何？」

花に気をとられて、サモンの言った言葉が聞きとれなかった。聞き返したけど、彼は独り言だと言って微笑む。

「花びらが付いている」

風で舞った花びらが僕の髪の毛に付いていたようだ。

彼はそれを取り、僕の髪の毛に口付ける。色気を感じる動作にドキドキしていると「一緒に帰ろう」と背中に軽く手を添えられた。

「帰り支度をしてくるから、ここで少し待っていてくれるか」

見つめてくる目線が今までにないほど優しくて、その目でずっと見つめられたくなる。

「……うん。もちろん」

頷くと、テラスに設けられた長椅子に僕を座らせて、彼は奥の別館へ向かった。

騒がしい気持ちを落ち着かせながら、テラスから本館のパーティホールの方を眺める。人集りの真ん中で、きっとミケーラはしてやったりと高笑いしていることだろう。

今日、ここに来てよかったのかもしれない。

この家からサモンを早くに切り離した判断は間違っていなかった。

あからさまな冷遇が垣間見えた。それに今回、フェリクス公爵にいい変化が見られないということは、恐らくサモンには爵位を継承できない未来が待ち構えている。何か問題でもない限り、爵位はミゼルに言い渡されるだろう。

——でも、悪役にはさせない。サモンを切り捨てるような家なら遠慮はしない。

爵位などなくてもサモンは魅力的だ。魔力も高く頭脳明晰、そして由緒正しいレイティアス家の一員だ。

そう——有望な人材は僕がいただこうじゃないか。

僕と共同経営とか？　いやそれだと僕しか得しない——

考え込んでいたから、ホールからテラスに続々と人がやってきていることに気付けなかった。

「こんばんは、美しい人」

「えっ？」

「貴方が一人になるチャンスを窺っていました」

「この宝石と私の気持ちを受け取ってほしい」

「一目惚れです」

あっという間に僕を中心に人集まりができる。

ホールでは大人しくしていた男たちが、一斉にアプローチを仕掛けてきたのだ。

まずい。この人数は対処しきれない。避難用に用意された部屋はテラスからは真逆だ……

「はは……は」

苦笑いしながら後退《あとずさ》り、一気に奥へと走った。人気《ひとけ》のない場所を探す。

でも、知りもしない場所をやみくもに進むべきじゃなかった。

僕が逃げ込んだ通路には酔っ払いが三人いたのだ。服装から貴族であることは分かるが、どうやら酔っ払ってホールからここまで追い出された様子。

彼らは僕に気付くと、酔っ払い特有の据わった目で笑った。僕の身体を上から下までいやらしく舐め回すような視線を送ってくる。

「驚いたなぁ。こんな綺麗な子、初めて見た」

「君、男の子なのに、艶っぽいね」

「……」

……こんなところで、ＢＬ漫画の主人公の本領を発揮したくない。

すぐにその場を離れようとしたが、背後に回り込まれる。三人が挟むように僕に近寄ってくると、アルコール臭と体臭とが混ざった変な匂いが鼻を突く。

逃げ道を塞がれて、背後の男に腕ごと拘束するように抱きしめられた。

「離してください！」

「君、匂いまでいいね。……興奮しちゃうな」

べろりと首筋をなぞられ、周りの男も羨ましそうに僕の身体に触れてくる。

「尻なんて、ほら、弾力があってぷりぷりしている」

「ぎゃっ」

両手でぐにぐにに尻を揉まれて、全身にすごい勢いで鳥肌が立った。

「いい夢だな～」

そう言いながら僕のスーツのボタンを外し、シャツの上から乳首をツンツン突いてくる。それを見た別の男は股間に手を伸ばしてきた。

「ちがっ！　夢じゃないです！　起きろ！」

局部をしゅっしゅっと上下に擦るように刺激されるが、こんな状況で反応できるわけがない。

男は不思議そうな顔をしたが「ま、いっか」と、スラックスの上からグイグイと硬い何かを押しつけ始める。

それが何か分かった時、怒りで目の前が真っ赤になった。

掴まれている両腕が少しでも外れたら、電撃魔法《電気ショック》を食らわせてやる。以前、ブラウドにセクハラされた時にサモンに教えてもらい、特訓を積んでいたのだ。

そう意気込んでいると、拘束されていた身体が軽くなり、ドサリと重たい音がした。

「――サ……」

きっと、サモンだと思って喜んで振り向いて――固まる。

「無事かな、フラン」

「……え？」

ここにいるとは思ってもみなかった人物に目を見開く。助けてくれたのはブラウドだった。そして、その後ろにはもう一人男性がいる。

彼らは手早く、あっという間に三人の身柄を拘束した。

二人とも、とても慣れていた。特にブラウドの動きは俊敏で、騎士として名を上げたのは伊達ではないことが分かる。

ブラウドは着ているスーツの汚れを手で払い、僕に近づいてきた。

「……ありがとうございます」

魔法薬の件を思い出して苦い顔になる。それでも助けてもらったお礼を伝えると、彼は微笑んだ。

「怪我はないかい？」

「えぇ」

ブラウドの後ろにいる男に目を向ける。見たことがあるキャラだ。

彼もまた漫画の登場人物で、ブラウドの友人だ。フランに想いを寄せる主要キャラの一人。ブラウドと仲が良かったが、僕を取り合うことで仲違《なかたが》いをしてしまう。

――とはいえ、彼とのラブエピソードのきっかけとなる出会いの時期は既に過ぎている。フラグは立っていないと思う。

「……貴方たちはどうしてここに？」

ブラウドに視線を戻すと、彼が僕に耳を貸せと言うように手招きする。素直に従うと、耳元で小声で話し始めた。

「今、とある人にレイティアス家の調査を頼まれていてね。内情を探っているのさ」

「え？」

すると、ブラウドの友人がはぁっと溜め息をついた。

「ブラウド、なぜ一般人に任務を明かしてしまうのですか」

任務……。その言葉にハッとする。

もしかして、彼が学園に復学したのは、王都中の貴族が通う学園内の方が内情を探りやすいからではないだろうか。

「可愛い子には特別に教えてあげないと。……というか、僕らが公爵の誕生パーティに参加していることを怪しまれては元も子もないからね。先に言っておいた。大丈夫、この子友達少ないから」

最後の一言にカチンとくる。

友達は少ないのではない、ちゃんと選んでいるのだ。

腹が立つし早く離れたいが、この二人の行動も気になる。どう探りを入れようかと思っていると、ブラウドの方から提案された。

「レイティアス家の内部事情、特別に教えてあげようか？」

「え？」

それはぜひ教えてほしいと顔を上げると、すぐ近くに彼の顔があってギクリとする。

話を聞くために近寄っていたことを忘れていた。驚く僕を見てニヤリといやらしい笑顔。

「やっぱり愛らしいな、君は」

そう言われた次の瞬間には、両頬を強引に掴まれ、柔らかい感触が自分の唇にくっついていた。……長い茶色いまつ毛が肌に触れる。

「――――んんっ⁉」

突然のキスに、口の中で呻いた。

初めての唇の感触に驚いていると、口の中に舌が侵入してきた。慌てて離れようとその胸を押すが、ビクともしない。完全に面白がられていて、むしろ抱きしめられてしまう。身動きができない状況で舌を喉奥まで突っ込まれた。

ぎゃぁあ！　気持ち悪い。

口の中でにゅるにゅる動く舌に噛みついて、ようやく唇が離れた。

でも、まだ抱きしめられたままで、拘束から逃れようと身体を左右にバタつかせる。

「ははは」

「笑うな、何す――」

文句の途中で言葉を失った。

視線の先にサモンがいたからだ。きっと彼は急いで僕を探してくれていたのだろう。その肩は少し上下に揺れている。

「……っ！」

今のキスを見られてしまった……

彼に見られたことが、自分のファーストキスよりもショックで呆然とする。

「あ」

声を漏らした時、サモンが大股で近づいてきて、僕の身体を引っ張った。そのまま彼の方に行きたいけれど、僕のもう片方の腕はブラウドに掴まれている。

「貴様ぁ……！」

「っ!?」

吊り上げられた眉と唸るような低い声。見たこともない怒りをサモンから感じた時、ブラウドの腕が、急に離された。

「ぐっ!?　……うっ、ぐぁ」

ブラウドが呻き声を上げ、僕を掴んでいた方の腕を押さえる。そこには真っ黒な靄《もや》が巻き付いていたのだ。

腕が痛むのだろうか、ブラウドの表情が苦痛で歪む。その一瞬の隙にサモンは彼の胸ぐらを掴んでそのまま地面に叩きつけた。

ブラウドの方が体躯がいいのに、あっという間だった。それにしてもサモンがこんな風に怒りで手を出すのは初めてで、僕は呆然とする。

「貴様は許せん、後悔させてやる」

攻撃魔法を詠唱し始める声にハッとして、ブラウドの友人と共に慌てて止めに入った。

「レイティアス、怒りを鎮めろ」

「サモン君、もういいよ。そんな奴に構わないで！」

燃え上がるような黒い靄《もや》が彼の肩から溢れ出てくる。激昂し我を忘れている様子だったけれど、僕が両手でその腕を掴むと、彼はピタリと動きを止め、もう一度引っ張ると視線が合う。

黒々とした瞳は怒気を孕み、興奮で上下する肩は何ごとにも冷静に対処する彼とは別人みたいだ。

「僕は大丈夫だから、もう行こうよ」

「……」

「寮へ帰ろう」

声をかけると、サモンは怒りを鎮めるように呼吸を整える。

眉間には深いしわが刻まれたままだが、黒い靄《もや》を抑え、魔法を使うのを止めた。

それから、彼は僕を隠すようにマントで覆う。

その場を離れようとした時、倒れていたブラウドが、「いてて」と言いながら起き上がった。あの状況で咄嗟に受け身を取ったようだ。どこも怪我はない。

「はぁ、フラン、番犬の躾がなっていないよ」

そのまま倒れておけばいいものの、また挑発するようなことを言う。

「サモン君、ブラウドには腹が立つけど。――一応、彼らは僕を助けてくれたんだ」

足元には三人の酔っ払いが転がっている。

頭のいいサモンなら、この状況がどういうことなのか察するだろう。

帰ろうと促していると、再びブラウドが挑発してくる。

「なぁ、レイティアス、君はただの番犬だろ。恋人でも何でもない。この前、フランの身体に触れて知ったんだよ」

「貴様、フランのどこまで……」

サモンの肩から再び黒い靄《もや》が浮かび上がる。

そういえば、魔法薬事件の時に尻を軽く触れられたんだった。サモンからは死角になっていて見えなかったのだろう。というか、この男、どこまで僕にセクハラすれば気が済むんだ。

何を考えているのか分からないその笑みを睨む。

「フラン、さっき言いかけた件を君に伝えよう、時間をとってくれるかい？」

「……」

聞きそびれたレイティアス家の内部事情。万が一にもサモンの悪役ルートに繋がるようなことはあってはいけない。

今すぐ聞き出しておきたいけど……

「行くな」

マントの中で身体を強く抱き寄せられる。

……サモン？

「見るな、触るな、近寄るな？　はは……随分束縛するじゃないか。今後はその役、僕が奪ってやろう」

「黙れ」

ゾクゾクするような殺気がサモンから伝わってくる。本編の悪役ルートと今は全く違うけれど、ブラウドがサモンを討つシーンを思い出し、ゾッとする。

サモンの死……いやだ。

「アイツの言葉を真に受けないで。もう帰ろう！」

「……」

サモンの身体にぎゅうっと抱きつくと、ようやく僕の思いが伝わったようだ。彼は僕の身体をマントに隠しながら抱き上げ、ブラウドたちに背を向けた。

「フラン、またね」

マントの隙間からブラウドが手をヒラヒラさせているのが見えた。

◇

それからサモンと共に、外に待機させていたアイリッシュ家の馬車で寮へ向かった。

馬車の中では、さすがにマントから出してもらえた。けれど、サモンは僕の腰をずっと抱き寄せたままだ。

彼が話したのは寮に着くまでに一言だけ。

「怪我はないか」と聞かれて返事をした後からはずっと無言だった。

空気が重くて、会話する雰囲気ではないため、僕も口を噤む。

「フランお坊ちゃま、サモン様、寮に着きました」

馬車が停まり、御者がドアを開けてくれる。お礼を言いながら地面に降りると、サモンが僕の腰をまた引き寄せた。

「ひゃっ⁉　え、寮では大丈夫だよ！」

「……」

彼はそれには返事せず、御者に挨拶を済ませる。

「ふふ、いってらっしゃいませ」

御者は僕らを見て微笑んだ。この人はアイリッシュ家に仕えて長い。屋敷内で従者として働く傍ら、馬の扱いに長けているために御者も務めているのだ。

八歳の時に起きた校舎裏の出来事……あの時、意識のない少年サモンを僕のベッドに運んだのもこの人だ。

白髪交じりの御者は僕らに頭を下げた。


御者に生温かく見守られながら、サモンは僕を抱き寄せたまま寮の中へ入った。

寮の中には人がまばらにいて、すれ違った人の視線を感じる。

僕は着飾ったままだから、事情を知らない人にはデート帰りとでも思われているのではないか。

せめて、またマントで隠してくれればいいのにと、彼の腕の中で身を小さくする。

部屋の中に入って、ようやくサモンは僕の身体を離した。

僕はふぅっと息を吐いて堅苦しいスーツを脱ぎ、ラフな服に着替える。

レイティアス家では色々あったから、今日はもうキャパオーバーだ。

早くベッドにダイブしたいなと思っていると、背後からぎゅっと抱きしめられた。

「へっ!?」

突然の抱擁に、落ち着いたはずの鼓動がまた激しくなる。

「サ、サモン君……、どうしたの？」

「我慢ならないんだ……」

サモンは抱きしめる腕の力をだんだん強くするから、苦しくなって小さく見じろぎした。すると、彼はベッドに腰掛けて膝上に僕を乗せた。

「……あ、の」

強張っているその表情を見て、心配をかけたのだと分かるけど……

この膝の上は、ひたすらドキドキする場所になってしまった。むしろ、なんで今までは平気でいられたのか。

「フラン」

「は、はい？」

返事をすると、僕の頬に両手が添えられた。

え。なに、顔が近い。

彼の視線の先は……僕の唇？

雰囲気的にキス……いや、僕の考えすぎだ。前もそんな風に勘違いした。いい加減学ぶべきだ。

なのに、唇を親指でなぞられて、顔に熱がこもる。

サモンだから期待しちゃ駄目だ。どんなに甘い雰囲気でも、他キャラだったらラブフラグが立つようなシーンでも、このサモンには通用しないんだから。

分かっているのに期待感が膨らんでくる。早く、次にがっかりさせることを言ってほしいのに無言で見つめられる。

なかなかこの空気を壊してくれないから、自分で期待感を萎ませるようなことを考えていると、

――ふにっと唇にゆっくりと柔らかい感触。

顔にかかる黒い髪の毛。彼の黒いまつ毛が微かに掠める。

柔らかくて、温かいそれがサモンの唇だと分かって、呆然としてしまう。

え。

……キスしている？

途端に心臓が太鼓のように強く鳴り始め、息苦しさを覚えて見悶えた。

すると、唇が微かに離れる。でも、目と目が合う前にまたくっついた。

……離れてはくっつくのを繰り返す。その感触に身体が小刻みに震える。

「……っ」

このキスは、自分の勘違いでも、間違いでもないのだろうか？

そう思うと、全身が沸騰するように火照《ほて》り出す。なぜか耳までジンジン痛む。僕の顔はきっと真っ赤だ。

サモンの意志で……？

顔の角度を変える動きで鼻が擦れ合う。吐息がかかる。

「――んは……」

息を吐いた時、ぐっと深く唇が合わせられ、厚い舌が口腔内に入ってくる。彼の唇は渇いているのに、粘膜は熱くぬめっていて、ゾクゾクと知らない感覚が身体の奥、腰辺りから込み上げてきた。

「んっ、……っ、んふっ、っ」

あ。舌が絡みついてくる……

絡まった舌が離され、逆方向にもくるりと巻き付かれる。その動きはゆっくりで、敏感に舌の感覚を追ってしまう。

「ふぁ」

その舌はとても器用だ。歯、上顎《うわあご》、舌や付け根。舐められ、擦られ、絡められる。

これが、サモンのキス……

き、気持ちいい。キスってこんなに気持ちいいんだ……

特に舌の付け根を撫でられると、頭の奥にツンッと気持ちよさが通り抜ける時がある。

もっとこの感覚を味わいたくて、目を閉じて彼のシャツをきゅっと握ったら、唇が離された。

「……ぁ」

サモンが僕の唇に親指で触れた。唾液で濡れているのを指で拭われたんだ。

目を開けると、彼と視線が合う。夢心地から覚めて、羞恥で自分の顔を手で覆った。

動悸が治まらなくて、なかなか覆った手を外せない。

僕の脇に彼が手を差し入れるから、またキスをするのかと驚いたけれど、膝上からベッドに下ろされただけだった。

そして、沈黙……。サモンは恥ずかしがる僕を待ってくれているのかと思った。

だけど、そろそろ何か反応が欲しくて、キスの理由を言ってほしくて、期待しながら覆っている手を外した。

「……え？」

——思っていた反応じゃなかった。

何も言われずとも、その表情を見て勝手に裏切られる。

サモンの顔は真っ青だった。キスして紅潮する僕とはまるで逆だ。嫌な予感がしていると、彼は自分の腕をぎゅっと強く握りながら、振り絞るような声で言った。

「同じ嫌なことでも、俺がした嫌なことの方を記憶してくれ」

「……嫌なこと？」

ブラウドにキスされたことなんて、蚊に刺された程度だ。

その程度だったから、今のキスで全部——吹っ飛んだ。

……これが、サモンが僕にキスをした目的？　ただの上書き行為？

おかしいでしょ。

親友にそこまで責任を感じる？　でも、それがサモンなのかもしれない。

『馬鹿！　君が好きだからキスを受け入れたんだよ！　他の誰でもない、サモン君だからだ』

そう言いたい。

でも、サモンにとっては、僕とのキスはそんなに真っ青な顔になるようなことだった。

熱を持っていた身体が、冷水をかけられたみたいに冷めていく。それくらいショックだった。

「そっ、そうなの!?　や、やだなぁ。勘違いしちゃいそうだったんだけど？　君って悪人だよね。

上書きにキスなんて――今度したら、怒るんだからね！」

気になんてしていないと、わざとおどけた。

彼の気持ちはちっとも分からないけれど、今この状況が僕にこう振る舞えって言っている。

あはは……と笑って、暗くなった空気を誤魔化すために彼の背中をペチペチと叩いた。

後で泣く。


それから何事もなかったように振る舞った。

パーティで夕食を食べそびれた僕らは、何か軽食を作ろうとキッチンに向かった。ハムと卵があったので、ハムエッグとオムレツを作る。そしてパンを焼いて一緒に食べた。

ハード系の硬い食感のパン、普段ならこの食べ応えも嫌いじゃないけれど、口の中に水分がないせいか飲み込むのが辛い。

食べながら、向かいの席に座るサモンを見て、はぁっと大きな溜め息が出た。

僕のことを親友以上に思っていない彼が、急にキスしてくるなんておかしい。

少し考えれば分かるはず……ううん。違う。僕は彼とキスしてみたかったのだ。だから自分に都合がいいように考えた。

十年一緒にいて、なんでも知っているような気持ちでいたけれど、今、一番分からない。

キスのことばかり考えていたせいか、その日の夜、夢精してしまった。

◇

学園ではアーモンと一緒にいる時間が増えた。

彼はなかなかのヲタク気質で、自分が関心のあることに関しては早口になる。

前世で、姉の友達がアーモンみたいな人だったなと思い出して、僕の警戒心は割とすぐに解けた。

「はぁはぁ、今日もお二人、ご一緒に歯を磨かれていて、アイコンタクトでタオルを渡し、コップを渡され――ぁあ、朝からなんともいいものを拝見させていただきましたぁ！」

今日もアーモンは相変わらずの調子だ。サモンと僕が一緒にいる姿が萌えると熱弁している。

「二人の仲睦まじい姿は尊い。カップリングで推します」

アーモンのタイプはまさに、〝壁になりたい〟系ヲタク。

けど、結構な勘違いをしている。

「……僕らは付き合っていないよ」

他の人に聞かれても面倒臭いので、隣にいるアーモンだけに聞こえるように小さく呟いた。

彼は小首を傾げて沈黙した後、徐々に目を大きく見開いた。

「えぇ〜〜！　付き合っていない⁉」

まさか大声で言われるとは思わず、その口を手で塞いで、自分の口元に人差し指を立てた。

「す、すみません。だって、サモン様は……」

「うん、分かるよ。彼って僕だけに優しいよね」

「え……？　いえ、そうじゃなく……」

何か言いたげな表情のアーモンだけど、周囲に集まる視線を感じて黙った。

僕は迷った後、ノートに書いた。

『僕の片想い』

それを見たアーモンは目を輝かせて、はぁはぁと息を荒くした。自分の手で自分の口元を押さえて、うるうると涙ぐみながら頷いている。

一生推すだとかなんだとか言って興奮している。つまり、僕の片想いを応援してくれるってことだろうかと思った。


そんなアーモンとの会話が他の誰かに聞かれていたのだろう。

みんなどこかで、僕とサモンは恋仲であると思っていたようで、噂は大きく広まってしまった。

それから迫ってくる男たちがいたけど、サモンが「散れ」と追っ払ってくれたので、僕の方は数日で騒ぎが収まった。

ただ、大きな誤算があった。

子供の頃と違って、悪役っぽさが抜けつつあるサモンは、女性からアプローチされるようになったのだ。

実は僕という美人が傍にいたから、女性たちは尻込みしていたのだと知った。

サモンは僕との時間を優先しているから、邪魔する人は黙らせるけれど、それ以外は普通に会話くらいはするようだ。

変わらないものなんて、ないのかもしれない。

◇

「フラン、この魔法、写し間違いをしている」

「あ、本当だ」

「それと、ここの魔法式の方が分かりやすい」

勉強し始めると、面倒見のいいサモンはついでに僕の勉強も教えてくれる。

彼の机にはいつも本やノートが積み上がっていて、朝は早くから夜も遅くまで黙々と勉強している。空いている時間は経済誌なんかを読む。物語は歴史小説が好き。

最近、彼が机に向かう時間がもっと増えた。目の下の隈《くま》が濃くなって……、黒学部はテストが多いのだろうか。

少しだけ目が合って、そしてまた彼は本に目を向けた。

何か変だ。ずっと傍にいる僕だけが分かる違和感。だけど、何が違うのか分からない。

彼は相変わらずの世話焼きで、傍にいるのに……

疑問を持ったその二日後——二人で夕暮れの道を歩いている時、自分たちの影を見て分かった。

影が少し離れていたのだ。

それを見て、あぁ、ずっと彼の体温を感じていなかったっけ、とさみしくなった。

気付いてしまうと、僕は無性に彼の体温がほしくて堪らなくなった。べったりくっついていた時よりもずっとそれを想像してしまう。

背もたれにして、されて。

「あっ、――そうだ。夕食後は一緒にカードゲームでもしない？　たまには息抜きも必要だよ」

「……いや、することがあるんだ」

大きな背中に抱きつきたくて、手を伸ばす。

「……そっか、無理しないでね」

でも恋心が邪魔をして、昔のように無邪気に抱きつけない。

拒否されることを想像して……

僕は臆病者の弱虫だったのか。

そっと、彼の服に触れるだけで、精一杯だった。

◇◇◇

「フラン様、次の授業は別館ですね。移動時間がかかりますので早めに教室を出ましょう」

専攻学部が普段使っている魔法実践場が改装工事中のため、小学部校舎横の別館で授業が行われることになった。

グランツ魔法学園の敷地は広い。小学部と専攻学部はかなり距離があるため、アーモンと共に早めに教室を出た。

「まだ、授業まで時間がありますね」

「だね、ベンチで休もうか。」

早く着きすぎてしまった僕らは、途中の通りにあるベンチに腰をかけて時間を潰すことにした。

歩いている人をぼんやりと眺めていると、人間観察が趣味の彼が呟く。

「最近、カップルが多くなってきましたね」

「そういえば、そうだね」

「来年は卒業年なのでいろいろ忙しくなりますから、今のうちに恋人を作って楽しもうと思われる方が多いのではないでしょうか」

——卒業か……

僕は卒業までには、この気持ちをサモンに伝えたいと思っている。

けれど、好きだと気付いた頃より気持ちが大きくなってしまって、なかなか言い出せずにいる。

告白に失敗すれば親友も失うかもしれないと、尻ごみしてしまっていた。

「サモン様と最近ケンカでもなされましたか？」

「……していないよ」

「そうですか……。僕の気のせいですね」

「……」

アーモンに気付かれるほど、僕らは距離ができていたのだろうか。

「フラン様？」

「ううん、なんでもない。そろそろ時間だね、行こう」

ベンチから立ち上がり、美しく整備された中庭を歩く。小学部には滅多に寄らないから、校舎を見ていると懐かしさが込み上げてくる。

その時、校舎前の花壇の奥に鮮やかな赤い長髪の女性を見つけて、ギクリとする。

——え。

その後ろ姿に僕は思わず立ち止まった。

赤毛はこの国では茶色に次いで多い髪色で、黒っぽい赤、オレンジ寄りの赤……と赤毛にもいろいろな色合いがある。

今見かけた女性の髪は鮮血のように真っ赤だ。あんなに鮮やかな赤毛は、そう多くない。

あの印象的な髪色を、フェリクス公爵夫人、ミケーラも持っていた。

「アーモン君、僕は急にお腹の具合が悪くなって……トイレに向かうよ！」

「え、フラン様⁉」

いててと腹部を大袈裟に押さえながら、アーモンに嘘を吐いて、赤毛の女性の元に向かった。

花壇を通り抜けたが、既に彼女の姿はない。

どこに移動したのかと捜していると、校舎の玄関口でその後ろ姿を見つける。学園関係者らしき男性と一緒に何か話している。

彼女たちに気付かれないように、樹の後ろに隠れた。

気の強そうな吊り上がった目と眉毛……間違いなく、ミケーラだ。

彼女が学園に来た目的はなんだろうか。いつものツンと澄ました高飛車な態度ではなく、やけに媚びるような仕草と表情をしている。その手には分厚い封筒。保護者として学園に来ることはあり得るけど、妙に気になる。

「不用心だね」

「っ！」

背後から突然声をかけられ振り向くと、そこにはブラウドがいた。

驚いた後、彼を睨みつける。

「なんで、あんたがここにいるの」

何度もセクハラする奴に敬語は不要だと取っ払った。

こうも頻繁に彼に出くわすなんて、まさか付きまとわれている？

……ううん、違うな。パーティで会った時、ブラウドはレイティアス家を調査していると言った。その調査範囲に僕がいるんだ。

あっち行ってと言おうとした瞬間、彼が僕の口を手で塞いだ。

「シィ」

「……」

なぜか彼も一緒に木陰に隠れる。

離せと口を覆った手を掴むと、彼が顎《あご》を上げて、ミケーラたちを見るように視線で促した。指示に従うのは嫌だけど、今はそうも言っていられない。

耳を澄ませても、隠れている場所からは彼女たちが何を話しているのか聞き取れない。ただ、やはりミケーラの態度が気にかかる。彼女が学園関係者に媚びを売る理由は分からないけれど、サモンに対するぞんざいな態度しか知らない僕は、温順を装っている様子を見てモヤモヤしてきた。

「レイティアス一族の人間は頭がいい。フェリクス公爵もやり手だが、どんなに頭がよくても女性を見る目は節穴だったようだな」

「女性を見る目……？」

「静かに」

ブラウドは僕の身体を寄せて、陰に隠れる。話を終えたミケーラはカツカツとヒール音を鳴らして学園の玄関口へ向かっていった。

ブラウドが僕の身を隠したおかげで見つからなくて済んだ。

完全に彼女の姿が見えなくなり、ふぅと息を吐く。

「……どうも」

「いえいえ」

一応、礼を言って、身体を離そうとする……が、離れない。

僕の肩に置いてあったその手がつうと背中を撫でる。爽やかに微笑みながら尻を揉んでくるので、強めに叩き落した。

「呆れた。セクハラで訴えるからね」

「キスした仲だし、いいじゃないか」

「はぁ？　馬鹿じゃないの。あんなのキスでもなんでもない。忘れていたのに言わないでよ」

本当に忘れていた。サモンの上書き行為は役に立っていた。

そういえば、あれ以降サモンとギクシャクし始めたんだ。八つ当たりでブラウドが憎くなる。

「うーん、随分な態度だね」

「当たり前でしょう。平気でセクハラしまくる人に愛想よくなんてしてやらない」

いつまでも横にブラウドの体温があるのが嫌で、その身体を思いっきり押した。

「フランって可愛い顔して、意外と気が強いよね」

「うるさい。早く用件を話して」

「うーん、そんな態度《おねだり》じゃ、何も話したくないな。せめてキス以上のことさせてくれなくちゃ」

キス以上と言って、ブラウドが口を指さした。口でキス以上？　……フェラチオ？

「するのでもされるのでも、どっちでもいいけど。あぁ、せっかくだから同時にするってのはどうかな」

「……げ。するわけないでしょ」

呆れを通り越して、引いてしまう。

一刻も早く離れたくなり、ブラウドを無視して歩き始めた。

聞かなくていいのかい？　と後ろから聞いてくるが、教えるつもりがあるのかないのか。

ギロリと睨むと、ブラウドは肩を竦めた。周りに人がいないか確認し、再び木陰に入る。

「フェリクス公爵の次男がこの学園に通い始めたのは、知っているかい？」

どうやら、真面目に話す気はあるようだ。

「……うん。でもサモン君は関わろうとしないし、僕もあまり知らない。公爵の誕生パーティで初めて見かけたくらいだよ」

サモンの弟が今年入学したのは知っていた。でもいい噂は聞かない。基本的な魔力量が少なく、九歳になるまで入学試験に落ち続けたのだそうだ。

「夫人はコネと金で次男を入学させたんだ」

「裏口入学？　フェリクス公爵が許しそうにないけれど」

そんなことがバレたら、一生もののいい恥だ。

公爵はサモンにどんなに冷たく当たっても、質のいい勉強ができる環境を与えている。難しい本の数々も家から送られてきていると聞くくらいだ。

学ぶ美徳を知っている人がそんなことをさせるのだろうか。

「……もしかして、夫人の独断？」

ブラウドが頷くのを見て、自分の頭の中で点と点が繋がるのを感じた。

以前、母に夫人の出身について聞いたことがある。

彼女は貧しい農村出身で農夫の娘だ。裏口入学させるだけの財力はない。公爵の管理下でもないとすれば、残るは……

「夫人は、銀行の金を一部自分の物にして、今も学園に横流ししている？」

「……え、すごいね。名推理だ」

やっぱりそうだ。

銀行の金を横流し……

これは〝悪役令息サモン〟のストーリーだ。原作ではサモンが銀行の金を横流しすることになっている。もしかして、それもミケーラの策略だった？　漫画ではサラリと触れているだけだったけれど、キャラ設定表には書いてあったのかもしれない。……あぁ、ちゃんと読んでおくべきだった。

「サモン本人も夫人の企みに気付いているのかい？」

「……それは、知らない。サモン君とあの家をあまり関わらせたくない」

ふぅんと、ブラウドは腕組みをした。

「それなら君にも言わない方がいいかな」

「何それ！　ここまで教えたのなら、教えて！」

僕はブラウドの胸ぐらを掴んでグラグラと揺さぶった。必死だったから、彼の背を樹にドンッと押し付ける。

「ちょ、っと、フラン！　分かった！　ストップ」

「ちゃんと教えて！」

本当にセクハラで訴えると脅すと、ブラウドは「清楚可憐なイメージじゃないな」と苦笑いした。

清楚可憐なのは見た目だけだ。

早く言えと目で訴えると、にやついていた彼の表情が真顔になった。

「――公爵夫人はサモン名義で銀行から金を引き出している。僕が矛盾点に気付かなければ、サモンが銀行の金を横領している犯人になるところだ」

「！」

ミケーラがサモンに濡れ衣を着せようとしている？

サモンの悪役フラグは折ったつもりだったのに、勝手に悪役令息ルートが浮かび上がっていた。

どういうことなのかブラウドに聞かなくちゃと、また胸ぐらを掴むと、彼が「あ」と後ろを指さした。

何が「あ」なのか。勢いで振り返った先には、サモンがいた。

――あ。


授業開始の魔法ベルが鳴ったけれど、誰もその場から動かない。

そういえば、黒学部も移動教室だっけ？　――なんてタイミングが悪い。

不機嫌さを隠そうとしないサモンは、鋭い視線を僕に向ける。ブラウドの胸ぐらを掴んだままだったことに気付き、パッと手を離した。

「……フラン、随分そいつと仲がいいのだな」

「偶然だ！　これにはわけがあって！」

「そうそう、ふかーいわけだよね」

ブラウドが茶化すように僕の身体に抱きついてくる。その態度とは裏腹に腰を掴む手の力が強い。

「引っ付かないでよ！」

「えぇ？　さっきは自分から迫ってきたじゃないか」

「誤解を招くような発言はやめて。胸ぐらを掴んだだけでしょ!?　サモン君、本当になんでもないから！」

これじゃ、浮気現場を見られて必死に誤魔化している間男《まおとこ》みたいだ。

「本当に黙って」

「……いいじゃないか、フラン。試してみようよ」

ブラウドはサモンの方を向いて、見せつけるように「仲良くなったんだ」と僕の腰を抱き寄せた。

「は？　さっきから何を言っているの？」

「前はフランに近寄ることも許されなかったのに、随分親しく話してくれるようになったと思わないかい？　この先は友達になって親友になりたいな。案外、君のポジションは簡単に奪えるかもしれない」

まるで、わざとサモンを挑発するような言動だ。

——挑発？

そういえば公爵家でのキスだって、この男はサモンがやってきたタイミングで襲ってきた。彼が来るって分かっていたからだ。

わざとサモンを怒らせようとしている？

「サモン君、挑発に乗らないで！」

思惑通りになってはいけないと、ブラウドの胸を突っぱねて離れようとするけれど、逞《たくま》しい身体はビクともしない。それどころか「あー、可愛いなぁ」と頭に頬ずりされる。

全力の抵抗も、彼にとっては赤子の戯れ同然なのだろう。

必死に首を横に振りながらサモンを見た。彼は腕組みしたまま、その場に立ち尽くしている。呆れているようにも、冷静に判断し、挑発に乗らないようにしているようにも見えた。

そんな彼にさらなる挑発が続く。

「公爵の誕生パーティの様子を見ていたよ。君は爵位を継承できるのか？　できなかったらその時、君の隣にフランはいるのかな？」

「ブラウド、何を言うの⁉」

公爵の誕生パーティが終わった後から、サモンはより一層の努力をしている。

努力に努力を重ねれば、父親に認めてもらえると思っているみたいだった。そんな彼の必死さも知らないで……

「ほら、ブラウドさんから、ブラウド。名前の呼び方だって変わる。変わらないものなんてないんだ。君たちだってそうだ」

「やめて！」

変わらないものなんてない。

ここ最近のサモンの様子や取り巻く環境を見て、僕もそう思っていたところだ。

今のサモンは周囲に協力的な人が大勢いる。理解者も多い。道はたくさん開かれている。

僕には悪役令息ルートを折る役目があると思っていたけど、昔と違って、サモンの傍にいたい人はごまんといる。その役目が僕である必要はない。

もし、サモンが離れていこうとするなら、止めちゃいけないのかな……

でも、僕には僕の恋心があるのに。

「……やめてよ。僕が一緒にいる意味がなくなるじゃないか」

「──フラン？」

より一層悲しくなってきた。弱弱しく訴えた時、ようやくブラウドが捲し立てるのをやめて僕の顔を覗き込んだ。

腕の力が緩んだのに気付いて離れようとした時、ぐらぐらと地面が揺れる。

──地震……？

ピシリピシリと大地がひび割れる音が鳴り響く。

サモンの方を見ると、黒い靄《もや》を全身に纏《まと》っていた。その様子は異質で、まるで竜巻の中心にいるみたいだ。

ブラウドは息を呑んだ後、笑い出した。

「──はは、サモン・レイティアスが本当に安全な存在なのか確認しておきたくてね」

「……っ⁉」

わざとらしい挑発の数々は、サモンを怒らせてこの状態にさせるためだったのか。

「いろいろ噂はあるけれど、自分の父親に火傷《やけど》をさせたのは事実だろう⁉ その爆発物のような強い力は本当に制御できているのかい？ 誰かを思うがままに傷つけたくなる時はないのか、傷つけないでいられるのか⁉」

「黙れ」

サモンが自身の腕を強く握ると、溢れていた靄《もや》が徐々に彼の体内に収まっていく。完全に収めきって、僕の方へ近寄ってきた。

「フラン」

「……」

「その隣は俺だけのものだ。誰にも渡さない」

サモンは無表情だけど、その目は怒りで黒々としている。横にいるブラウドを完全に無視して、僕だけを真っすぐに見ていた。

それは確かな僕への執着心――

僕はブラウドの胸から飛び出して、迷うことなくサモンの手を握った。

◇

サモンが僕の手を引っ張り足早に歩く。必死についていきながら、いつかの日を思い出す。

「あっ、あのさ、前にもこんなことがあったよね？」

まだサモンと仲良くなる前だ。

ブラウドに誘われて困惑していた僕に気が付いて、サモンが連れ出してくれた。あの時からずっとサモンに世話になり続けている。

「……フランはアイツがいいんじゃないのか？」

「え？」

サモンがそんなことを言ったのは初めてだ。

「授業に戻れ」

立ち止まった場所は別館の入り口だった。

サモンはもういいと言いながら、僕から離れる。先ほどよりもさらに足早だ。

まるで、僕が追いかけてくることを拒んでいるようだった。呆然と見ていると、あっという間にその姿は小さくなっていく。彼の背を追いかけたいけれど、諦めて別館に入ろうとした。

あれ、あっちは……

サモンが向かったのは校舎裏の方向だった。

彼がそこに向かうのは、調子がよくない時が多い。そのことを思い出し、踵を返して校舎裏に向かった。

太陽の光が入らない陰気な空間は、何かが出てきそうなほど、無気味だ。

もうずっと来ていなかった小学部の校舎裏に足を踏み入れると、びゅうと唸るような通り風が強く吹く。

相変わらず薄気味悪い場所に、鳥肌が立った腕を擦る。

「サモン君……？」

さらに奥へ向かうと暗さが増す。そこでサモンの背中を見つけた。

彼が暗闇を選ぶ理由——、それは黒い靄《もや》がここでは誤魔化せるからではないだろうか。

具合が悪いのか、呼吸の度に肩が上下している。

やっぱり追いかけてきてよかったと、彼の近くに駆け寄った。

僕に気付いているけれど、彼は振り向かない。

「……来るなと言っただろう」

「君が心配なんだ。あのさ、ブラウドが酷いことを言ったけれど、気にしないで。……帰ろう？」

彼の肩に手を伸ばすと、パシンと叩き落とされた。

ジン……っと手が熱くなる。

拒絶に胸がチクンと痛むけど、フンと自分を奮い立たせた。

「——魔力が溢れてきて苦しいんだよね⁉　発散したらどうだろう？　そうだ、魔力譲渡！　僕に試してみるのはどうだい⁉　君との相性はいいからきっと魔力だって受け止められるよ」

一般的な魔力譲渡は、魔力の低下で具合が悪くなった者に、魔力を与える処置だ。

彼の場合は逆だけど、身体から魔力が溢れ出しているのならば、出しきってスッキリすればいい。

僕が提案している横で、サモンは魔法樹に向かって手を伸ばした。

――ミシミシ。

樹の幹が軋む音がして、叫び顔のような不気味な模様がひび割れていく。

小さく悲鳴を上げると、彼がくっと喉の奥で堪えたような声を漏らした。

「これをフランが受け止められるわけがないだろう。頼む、もう行け。……壊したくないんだ」

サモンは魔法樹から手を離し、僕の方をゆっくりと向いた。

俯き加減の彼の表情は、暗闇に溶けて分かりにくい。

でも、小学部の時の何もできなかった僕とは違う。

僕は地面にしゃがんで魔法陣を描き、周りに結界を張った。これで、何かあっても外には被害が及ばないはずだ。

立ち上がり、その手を握る。

「大丈夫だから、魔力を譲渡して」

「きっと壊れる」

「壊れない！」

サモンが奥歯を噛みしめる音が聞こえたその瞬間、僕の肩は強く魔法樹に押し付けられた。

「やめろ……、今なら我慢してやる」

「我慢しないでよ！」

大声で返すと、彼はドンッと魔法樹の幹を叩いた。樹は大きく揺れて、ミシミシと唸っている。

「――それは脅しかい？」

「……」

「脅しても僕はビビらないよ。だって、君だもん」

樹に押し付けられた背中は痛いし、拒まれて悲しい。

――でも、肩に置かれた手は震えている。よく見れば、額に汗を掻いて辛そうだ。

「フランを壊したくない」

肩に置かれた手がおそるおそる、頬に添えられた。

静かに「壊れないよ」と答え、瞼《まぶた》を閉じる。安心させようと、頬に添えられた彼の手に自分の手を重ねて、魔力譲渡されるのを待った。

しばらく経っても彼は動く気配がなく、まだ迷っているようだ。

「ちゃんと僕が受け止めるから」

瞼《まぶた》を閉じたまま伝えると、ようやく彼が動き始めた。そして、柔らかな感触が唇に触れる。

知っている感触と吐息、それはサモンの唇だとすぐに分かった。

でも、以前キスした時と違って、その唇は冷たい。それが具合の悪さを物語っていた。

魔力譲渡は普通に触れるだけでも可能だ。だけど、体液には魔力が含まれるため、粘膜接触が一番効率がいい。

具合が悪いから、早く譲渡したいのだろう。

身体の力を抜き、唇を微かに開けて、サモンを受け入れた。

僕が逃げないと分かると、触れ合いが激しくなる。彼の舌が僕の唇を割って、口の中を舐めつくし舌に絡みつく。これは魔力的な処置だと分かっていても、好きな人にキスされて余裕などあるわけもなく、すぐに息が乱れて、口淫に翻弄される。

静かな空間に、互いの荒い息と唾液の濡れた音が響く。

息継ぎのために顔を横に向けて唇を離すと、すぐに追いかけられて塞がれる。彼の舌が僕の口腔内で暴れてまるで嵐のようなキスだ。

「んんっ」

あまりの激しさに身を捩ると、押さえ込むように抱きしめられた。魔法樹とサモンに挟まれて、いつの間にか、つま先しか地面についていない。

それなのに、唇が何度も角度を変えて攻めてくるから、生理的な涙が溢れてくる。

待ってほしいとサモンの胸元をぐいぐい引っ張ると、彼の唇が微かに離れた。

「――はぁはぁ、っはぁはぁ」

息を整えながらサモンを見る。今の彼は無表情の仮面すら被れずに顔を歪ませている。

苦しい……と表情がそう物語っているようだ。

「大きくなって、張り裂けそうだ。もう無理だ……全部壊れればいいのにって」

「サモ……んっ」

ちゃんと聞きたいのに、彼の大きな口が僕の唇をすっぽりと塞ぐ。

口付けの間で、何かがミシミシと軋む音がする。

後ろのひび割れた魔法樹の音かもしれないけれど。僕には彼の心の音みたいに思えた。

深く、より一層深く、舌が口の中を弄び、口付けが深まる。

舌が絡んで吸われて引っ張られる。引いて逃げても、もっともっとほしがられて、身体がジンジンと反応してくる。

彼の手が僕のシャツに入り込み背中から腰を撫でた。

「はぁ、んっ、んっ⁉」

「止まらない、……っ」

その唇は僕の頬、顎《あご》、そして首筋を移動していく。

「なっ、なに⁉」

熱い舌の感覚に震えていると、首筋をガブリと食べられた。

「ひゃぁあっ⁉」

悲鳴を上げたのは噛まれたからだけじゃなく、背中を撫でていた手がスラックスの中に忍び込んできたからだ。尻の膨らみを撫でられて飛び跳ねる。

「サ、サモン君⁉　あっうんん、んんっ」

首筋の噛まれたところに吸いつかれる。サモンの唇も手の動きも、それから黒い靄《もや》も止まらない。

「あ、ん、ん……、もしか、して……」

もしかして、魔力譲渡がうまくいっていない？　さっきから魔力らしきものは伝わってこない。

じゃ、これに何の意味があるの？

縋りついていた服を引っ張ると、サモンが首筋から唇を離し、また大きく口を開けて顔に近づく。

漆黒の瞳が真っすぐ僕を見つめて——、こんな時なのに身体が甘く痺れた。

「止まらない」

「……っ」

魔力譲渡じゃない……キス。止まらないのは、どうして？

荒々しい動きにキュウッと胸が締め付けられる。求められてキスされているのに、酷く苦しい。

こんな風に魔力を暴走させながら僕に触れて、それで、その後もサモンは僕の傍にいてくれるのか。

「壊すことしか……できない」

「サ……んっ」

「もう全部、食い尽くしたい」

黒い靄《もや》がサモンからもっと溢れて僕らを包み込み、視界が揺れ始める。キスの衝撃とは別の感覚だった。この感じを僕は知っている。魔力が暴走しかけているんだ。

彼の肩から溢れている靄《もや》が、まるで僕を食べようとする大きなバケモノみたいに見えた。

「んっは……っ！」

キィンと耳鳴りがして、さらに視界が大きく左右に揺れる。

その感覚に八歳の頃を思い出す。独り震えて耐えるしかなかったサモン。

——そうじゃない、今は僕がいるのだと伝えるために、僕の方からも彼の唇に引っ付ける。

彼の肩が微かに震えたのを感じて、そこに腕を巻き付けると、ゆらりと、周りを包む靄《もや》が揺れる。

「……」

思い出した。……大きな靄《もや》の膨らみ、一見怖そうだけど、僕は口数が少ない彼の感情表現みたいに思っていたんだ。黒い靄《もや》の動きを見れば感情がすぐに分かり、楽しかった。

これはバケモノなんかじゃない。

彼が唇を離そうとするから、首裏を引き寄せる。

「いい」

「……」

「いつも通り僕に触ってほしい」

サモンが息を呑み、僕の身体を弄っていた手を止めた。

「止めなくていい。君にどんな風に触られても、僕は傷つかない」

「っ、そんな風に言われる奴じゃない……、俺は……」

苦しそうな声。動きを止めなくていいのだと彼の腕に触れてみた。

本当は大丈夫だと言おうとした。

けれど、その言葉は、触れた腕の変な手ざわりで引っ込んだ。

――嫌な予感。眩暈や耳鳴りよりもその腕の嫌な感触が勝り、そこに意識が集中する。

彼の手を掴み、おそるおそる袖を捲り上げた。

「……っ！」

ぞぉっとするような抉《えぐ》れた傷がそこにはあった。

皮膚を掻きむしったところが、深い傷になっている。傷の上をさらに何度も強く掻いて――自分で抉《えぐ》ったのか？

ひっと喉から悲鳴が上がる。傷口が深すぎて出血すらしていない。

早く治療を受けさせなくちゃいけないけれど、こんな深い傷なら一生痕が残ってしまう。

「こんな傷、どうでもいい」

さっきまでの切なげな彼の様子と違い、淡々とした冷めた口調になる。

「こんな傷じゃないよ！　抉《えぐ》れているじゃないか！」

サモンの腕と顔を交互に見た。傷を痛がろうともしないその様子に、ショックで僕の心も抉《えぐ》れそうだ。

「なんで……」

どうでもいいだって？　――僕は、ずっとサモンのことが大事だって伝えてきたつもりだった。

「何も伝わって……いなかったのかい？」

同じだ。八歳の彼も自分に傷をつけて耐えるしかなかった。

今は違う、辛いことがあれば僕が聞いてあげられる。そう思っていたけれど、違った……。彼の支えになっていると思い上がっていた。

恋心だけじゃない。一番大事なことが、まるで伝わっていなかったのだ。

唇を噛みしめたのに、悔しくて堪えきれずにポロッと涙が零れ落ちた。

それを見て、サモンが小さく息を呑む。

「う……、っ、どうしてだい……。僕は君をずっと……、ずっと大事に、思っている。……なのに、君は……全然、何も分かっちゃいない」

「フラン」

悲しみや心配、複雑な感情が入り交じって怒りを覚える。力のままにその胸板をドンッと強く叩いた。

「自分をもっと大事に思えよ！」

もう一度、ドンッと胸を叩いて、彼の痛ましい腕にそっと抱きつく。

「う……うぅ……君は僕の大事な人なのに……」

「……」

サモンを責めながら、無力さに包まれる。傍にいながら彼の苦しみに気付けなかった自分の情けなさに涙が止まらない。

どうしたら、分からず屋に気持ちを伝えられるのだろう。サモン自身を大事にしてもらえない悲しみに包まれながら、八つ当たりして——祈る。

こんな傷早く治ってしまえばいい。

痛みなど全部……、全部消えてしまえ——

治癒を強く願った時、身体の血が騒ぐような感覚がして、暗闇の中で自分の周りだけが急に——明るくなった。

必死だったから、その明るさにも気づけなかったけれど……

「……これは」

「……？」

純粋に驚いているサモンの声に顔を上げると、彼の頭上に見たこともない魔法陣が浮かび上がっている。

「――へ」

「フランの涙から……魔法陣が」

僕の涙から魔法陣が？

突然現れた魔法陣に驚きながらも、手を伸ばすと、それがパァッと光った。そして、キラキラと粒子のように降り注ぎ、サモンの身体を包んだ。

僕はぱちぱちと瞬きをした。

何が起きたのか分からないけれど、もしかして……と彼のシャツの袖を捲る。

「――っ!?」

醜く抉《えぐ》れた傷がなくなっている。

傷のあった箇所にそっと触ってみても、初めから傷などなかったかのように、皮膚組織が完全に元通りになっている。

「これは……」

「っ、治った!?　治っているよ！　ついに僕は治癒能力が開花したんだ！」

「……治癒能力？」

力強く念じたら魔法陣が浮かび上がり、僕が触れると治癒魔法が発動した。

赤くもなんともない綺麗なサモンの腕の皮膚を見て、嬉しくてまた涙が零れそうになる。ぐしっと腕で涙を拭いて、彼の手を握った。

「よかった！　これでサモン君の魔力がいつ暴走しても、君も周りの人も全部治してあげられる。何も壊れない。怖がらなくていいんだ、もう安心だよ！」

「……っ」

すると、サモンがぐしゃりと今にも泣き出しそうな表情になった。

「……サモン君」

だけど、そんな彼を抱擁する力は僕には残っていなかった。サモンの魔力暴走の影響か、それとも初めての魔法を使ったからか、足がガクガク笑い始める。

ピシッと決める場面だったのに、前のめりに倒れ込んでしまう。

しかし、彼の手がすぐに伸びて支えてくれて、倒れなくて済んだ。

彼は力が入らない僕の身体をぎゅっと抱きしめて、息を吐きながら呟いた。

「は……っ、こんなの、耐えられるはずがなかったんだ」

身体の震えは僕のものなのか、サモンのものなのか。

「……好きだ、……っ、好きなんだ」

驚いた。

なのに、僕の意識は限界で、返事は瞼《まぶた》の奥の君に伝えることしかできなかった。

第五章　想いが通じて

身体が大きくゆらりと揺れた。

目を開けると、ちょうどサモンに背負われているところだった。彼は立ち上がって僕を落とさないようにゆっくりと歩き始めた。

身体が重くて、目だけを動かして辺りを見る。ここは校舎裏だ。気絶してそれほど時間は経過していないようだ。

静かで薄暗い校舎裏は、気絶する前となんら変化はなくて、あれから何事も起きていないことが分かった。

サモンの魔力は暴走していない。魔力をコントロールできたんだ。

「よかった……」

安心して、その広い背中に頬擦りする。

「どこにも行かないで」

「っ」

ブルリと大きく震える背中を力なく抱きしめる。

「一緒にいてね」

言いたいことはいろいろあるけれど、船酔いした時のように気持ち悪くて、また目を閉じた。

◇◇◇

次に目を覚ますと、見慣れている寮の部屋にいた。すぐに校舎裏でのことを思い出して、焦って飛び起きた。

「――サモン君っ！」

その名を呼ぶと、二段ベッドの上段がギシリと軋み、サモンが降りてきた。

「フラン、大丈夫か？」

彼の姿に、安堵の溜め息をついた。

「はぁ、よかった……！　君がどこかに行ったらどうしようかと思った」

「……」

「よかった。ここで少し話をしよう」

そう言って、自分のベッドをポンポンと叩いて座るように促すと、彼は隣に腰を下ろした。

校舎裏では、サモンがどこか遠くへ行ってしまうような気がしたのだ。追い詰められた様子だったし、その予感はあながち間違いでもなかったように思う。

でも、彼がここにいるということは、僕の行動でそんな考えを変えることができた……のかな。

「……僕、どれくらい眠っていたの？」

「あぁ、まだ夜中だ」

風呂の時間は過ぎたから、タオルで僕の身体を拭いておいたと言う彼は……いつも通りすぎるサモンおかあさんだ。

なんで、そんなに普通なんだと彼を見ると、その首に赤い筋が見えた。猫がひっかいたような擦り傷。

「この傷、僕が？」

サモンも掠り傷に気づいていなかったようで首を傾げる。それどころじゃなかったのもあるだろう。

校舎裏では互いに必死だった。キスで翻弄されている時に爪がひっかかったのかな。

「……痛むよね」

――先ほど、僕の治癒能力が開花した。

治癒魔法を使った記憶を思い出して目を閉じる。自分の身体の中心に今までに感じなかった熱がある。

うまく使いこなせるか分からないけれど、〝治れ〟と念を込めながら彼の首筋にそっと触れた。

「これはフランが付けた傷だから……」

サモンが何か言った気がしたが、魔法に集中していてよく聞こえなかった。

弱い光と温もりがゆっくり手から溢れ、その首筋にできた傷がスゥッと消えていく。

――やはり、治癒魔法が使える。

自分で魔法をかけておきながら、まだ使い慣れていないこの能力に驚いて、呆然と手を見つめた。

ふとサモンの方に目をやるとなんだかムスッとしている。

「ん？　他にも痛むところがある？」

「ない」

「？」

「……それより、魔法詠唱なしで、これほど完璧な治癒魔法が使えるのはすごいな。身体に異変は？」

彼は僕の手を握り、治癒魔法後の体調に変化はないかと心配してくれる。

「うん。今使ってみて分かったけれど、小さな傷でも割と魔力を消耗する」

僕が気絶したのは、強い魔力にあてられたのもあるけれど、初めて使う治癒魔法で魔力を消費しすぎたのかもしれない。

校舎裏でのことを伝えると、サモンの表情に深い後悔が滲んだ。謝られる前に僕は慌てて付け加える。

「今度、治癒魔法を使う時は、サモン君が魔力譲渡してくれないかな？」

「……」

「君ってほら、暴走せちゃうくらい魔力が有り余っているわけでしょ？　それって有効活用しなくちゃもったいないよね。僕にくれたら一石二鳥じゃない？　治癒はいいことだし」

サモンの魔力はいつもその精神力で抑えている。けれど、校舎裏で大きく膨れ上がった魔力の全貌を見た。あれをいつも身体に収めるというのは至難の業だ。

彼の魔力を受け止めるには、彼と同じくらい大きな器が必要だったんだ。彼が〝壊れる〟と言って、結局僕に魔力を譲渡しなかったのはそういうことだと思っている。

……キスの意味は今は置いておく。

要は魔力譲渡されても身体に溜めず、すぐ使えば問題ないってことだろう？

魔力譲渡は彼にとっても僕にとっても悪い話じゃない。いいアイディアを思いついたことに次第にテンションが上がる。

「治癒能力を使うために……俺が」

「うん。どうだろう？」

サモンは何か眩しい物でも見るかのように少し目を細め、訥々《とつとつ》と話し始めた。

「俺は昔……、治癒能力に憧れていた」

でも、学んでも全く使えなかったのだそう。治癒魔法を使えるかどうかは個人の特性にもよるから。

誰に治癒魔法を使う予定だったのかと考えて、切ない気持ちになる。

「ぜひ、手伝うよ。フラン」

「うん」

彼の前に手を出すと、すぐに握り返してくれる。

見つめ合いながら、微笑み合った。

一難が去って、僕らの絆はより固く結ばれたような気がする。

あ……、絆といえば、……そう、僕らは。

校舎裏でのサモンの告白を急に思い出し、にたぁっと頬が緩む。

「ふ――サモン君が僕の傍にいてくれたら、それだけで無敵だね。あっ、そう、……もっと僕たち仲良くなれる気がするよね？」

恋人としてね。

強い魔力を譲渡されても使いこなせちゃう僕って、最高の恋人なんじゃないかな。美人な上にこんなに機転が利くなんて、サモンも僕に惚れ直しているのでは？

惚れ……、そうだ。さっき好きだって言ってもらったけれど、意識を失う直前だったから、ちゃんと言ってもらいたい。

「すご〜く、仲良くなれる気がしない？」

耳に髪の毛をかけながら、上目遣いで瞬きをする。ここぞとばかりに可愛さアピールしてみた。

「……」

――無反応。表情がない。

きたか、サモンのこの分かりにくいリアクション。

彼の感情を読み取ることに慣れている僕でも、全然分からない。上がっていた僕のテンションが落ち着いていく。

彼は唇を固く一文字《いちもんじ》にして、僕をじっと見つめている。

……それってどんな感情？　もしや、引かれている？　また空回っているの？

ちょっと可愛い表情を作ってみた僕が馬鹿っぽいじゃないか。

恥ずかしくなって、かぁっと顔が赤くなる。

恋愛って難しい。こんな空気で僕も好きだって返事していいのだろうか。そういう話をしているんじゃないだろって呆れられて、嫌われはしないだろうか。

百面相していると、すごく大きな溜め息が聞こえる。

「なんで、ずっとそんななんだ」

「そんなって？」

やっぱり空気が読めずに呆れられたのだ。

俯こうとした時、彼の手が僕の両頬に添えられて、唐突にキスの予感。

「ふ……っ!?」

柔らかくくっついた唇は、さっき舌がだるくなるほど、口付けを交わした唇で、感触を覚えている。

間違いじゃなかったと、胸がきゅうんと高まった。

軽く押し当てるだけの唇はゆっくりと離された。それだけでも僕の気持ちはいっぱいになり、表情を保てない。

「フラン」

目の前にあるのは、情欲に濡れた肉食獣のような瞳。

「――あ……、え……」

艶を帯びた雄らしい表情に驚いていると、ドサリと身体をベッドに押し倒された。

「ちゃんと向き合いたいのに、我慢できないだろう」

我慢。校舎裏でも聞いた言葉を言いながら、彼が僕の身体に覆いかぶさってくる。

「逃がしてやろうと迷った時もある……、でももう逃がさない。今、決めた」

「逃げ？　……ぁ」

サモンの顔がゆっくり僕の頬に近づいて、ちゅっと音を立てて口付けした。その唇は頬をなぞって唇に運ばれる。また唇が重なり合う。

校舎裏での荒々しい嵐のようなキスではなくて、ゆっくりと唇同士の柔らかさが伝わるキスだ。合わさって少し離れて、またくっつく。その繰り返し。

逃がさないと言われたけれど、どこも拘束されていない。

「壊れないなら、大事にすれば絆《ほだ》されてくれるか」

「……」

「ずっとほしくて、これしかいらない」

「……これって？」

サモンは答えず、ただ、僕の胸をトンと指で突いた。

遅れて――ドッと胸が苦しくなり、顔に熱が集まる。彼は眉根を寄せて、僕の顎《あご》を甘噛みし「もう我慢できないんだ」と呟き、またキス。

初めて聞く彼の胸の内が苦しそうで、これは本当に自分に向けられた言葉なのかと驚く。

切なげな表情で、僕の首筋に歯を立てる。

返事する暇もなく、シャツの中にその手が入り込み、撫でてくるから意識がそっちへ向く。

首筋に歯を立てながら身体を弄る行為は、野生動物が獲物を狙うみたいだ。

「っ、ひ……あっ、そこは……っ！」

彼の手が身体のラインをなぞるようにして胸まで到達した。

胸の尖りを指の腹で擦られる。敏感なそこは、少し触れられただけでプクリと勃ち上がった。

快感のスイッチが入ったようで、下半身もうずうずと反応してくる。

「んんぅ……」

くすぐったいような柔らかい刺激に、思わず身体が逃げてしまう。

すると、逃がさないとばかりに、歯を立てられている首筋をちゅうっと強く吸われる。

「あっ！」

サモンは僕の首に吸いつきながら、乳首を指の腹でクルクルと円を描くように撫でた。

気持ちがいい。彼の愛撫に感情がぐるんぐるん回る。

「腰が浮いている。下も触れられたいのか？」

「あ、あぁう」

下衣を下ろされると、僕の性器がぴょこんと跳ねて飛び出した。

サモンの目にそれが映るのが恥ずかしくて足を閉じると、彼の身体が割り入ってくる。

それどころか、グリッと熱くて硬い熱を股間に押し付けられ、熱い欲望を知ることになる。

「ぁ……っ」

サモンも勃って……？

僕に対して興奮しているのだと分かると、ホッとするような、よかったと思う気持ちが広がる。

「……そんな反応、他の誰にも見せたくない。フランの身体に触れるのは俺だけ——なぁ、絆《ほだ》されてくれ」

「えっ……あっう、んんっ」

サモンの手が性器に伸びて上下に動き出すから、その刺激でうまく返事ができない。

情熱的な言葉が僕の身体をますます溶かしているというのに、彼は乞うのをやめない。

「あっ、あ……っんん」

自分で擦るよりも快感が強い。くぅっと下腹部に力を入れて耐えないと、今にも白い液体を漏らしてしまいそう。

食いしばった唇をサモンに舐められる。口を開けるように促され、熱い舌を受け入れる。

「あっ、あ、……んんぁ、ふぅ、ん」

舌を絡められた時、ゾクゾクと快楽が込み上げてきて、我慢できず勢いよく白濁を放った。

快楽の余韻で小さく痙攣《けいれん》する身体に、熱い視線を感じる。

その視線から逃れるために、目を閉じると、今度は耳朶を甘く噛まれる。全体を舌で舐られて、ぬちゃぬちゃと濡れた音が響く。

身悶えていると、性器に生々しい熱を感じた。

「あっ……っ」

咄嗟に下半身の状況を見たら、互いの性器が触れ合っている。

サモンの剛直は腹に付くほど猛っていて、視界のいやらしさに息を呑んだ。

彼は僕が放った白濁を互いの性器に塗り込み、そして二本同時に擦り始めた。異なる二つの温度はすぐに違和感がなくなるほど熱く馴染む。

「ぁっ、まって……っ」

「待たない。……ほしい。全部大事にするから俺にくれ」

「っ！」

真っすぐに彼の気持ちを伝えられて、心も身体も翻弄される。

これが、サモンが我慢していたことなの!?

僕にも言いたいことがある。けれど、愛撫が止まらないから、口から変な声が漏れる。

「っ、あぁ、あふ、ん、……んっ、そんな……また、で、出ちゃう」

腰が浮いてくる。下腹部に力を込めても、気持ちよくて我慢できない。

今日の彼は僕の願いを聞いてくれる優しい幼馴染ではないようだ。

いつも大人びていて、どこかで線を引かれていると感じていた。でも今は……違う。

そんな風に渇望されて、止める気になど一切なれない。

「……っ」

サモンが小さく息を呑んだ後、僕の腹部にたっぷりと白濁が出され、僕も続けて放ってしまう。快感に呆けているというのに、すぐに唇を重ねられるから、ゾクゾクとずっと気持ちよさを拾ってしまう。

「はぁはぁ……、はあ……、馬、鹿……」

「ごめん」

「……」

口から出ただけの文句に彼は勝手に反省する。くっついていた身体を離そうとするから、すかさず首に腕を回した。

謝った彼にコツンと額同士を軽くぶつける。

「こんなに我慢して馬鹿だね。僕はサモン君が好き。ちゃんと好きだよ」

ビクリと彼の身体が震えた。

視線の真上にあるサモンの目の表面がうるりと潤う。

――あ。

そこからポツンと涙が落ち、彼は目尻を下げて笑った。

◇

――両想いになれば、もっと劇的な変化があると思っていた。

次の日、目覚めるといつも通りの朝だった。

一緒に登園し、周囲の視線から隠してくれる。

ただ、いくらいつも通りと言っても、昨日、僕の身体に触れてきた手の感触も記憶も鮮明に残っているから照れる。

てっきり最後までエッチするのかと思いきや、性器の擦り合いだけで終わった。彼のモノは全然萎えていなかったけれど、それ以上は迫ってくることはなかった。

キスは何度もされたけれど……

一人で百面相していると、校舎の中でサモンが立ち止まった。

「フラン」

「は、はい……」

ジッと見つめてくる視線にたじろいでいると、スッと彼から手が伸びてくる。

もしかして、キスフラグが立ったのかと瞼《まぶた》を閉じた。

「花びらが付いている」

「……」

僕の髪の毛に付いた花びらをとってくれる。一瞬キスされるかと期待した。

でもまぁ、これがサモンだ。急に甘くはならないか。

「何？　まだ僕に何か付いている？」

「フラン、俺は嫉妬深いから」

「え？」

首を傾げると、サモンは僕の頬に手を添えながら呪文を詠唱し始めた。僕の前に魔法陣が浮き上がってくる。複雑な魔法陣だ。それは僕の身体の中にゆっくりと入った。

「何？」

身体に異変はないけれど、腕を見るとうっすらピンクの紋章が付いていた。だんだん僕の肌に馴染むように色が変わり、表面上は分からなくなった。

今までに習ったことがない呪文だ。聞けばサモンのオリジナル魔法らしい。

「護符みたいなものだ。受け取ってくれ」

「護符？　心配性だね」

サモンの心配性は今に始まったことじゃないし、彼が僕に悪い影響を及ぼす魔法をかけるなんてあり得ない。

〝護符〟とやらもありがたくちょうだいすることにして、サモンと別れて教室に入った。


「フラン様、おはようございます」

「アーモン君、おはよう」

一番前の席に腰掛けると、アーモンが横に座った。

そういえば、昨日はミケーラを中庭で見つけて以降、無断欠席したのだ。

アーモンにも何の連絡も入れていなかったことに気付き、慌てて謝った。

「いえ、実は意識がないフラン様をサモン様が背負われていたという目撃情報が入って。僕なりにフォローしようと、授業のノートはとってあります」

そう言って微笑むアーモンはまるで天使みたいだ。

「君にはいつも世話になるよ。ありがとう、何か今度お礼をするね」

「お礼なんていいですよ」

アーモンと知り合ってから助けてもらってばかりだ。

何か彼が喜ぶこと……あぁ、今度ＢＬ漫画を描いて薄い本をプレゼントしよう。

前世では、同人イベントの締め切り前になると、姉によく男の股間を描かされたものだ。……あれは地獄だった。

十八禁の漫画を描いていたことを思い出していたら、アーモンが鞄を机に置いてノートを取り出した。その鞄に付いている丸いロゴマークが目について声をかける。

「アーモン君、以前から気になっていたけど、それは何のマークだい？」

鞄以外にも、彼はよくこのロゴマークが付いている物を身に着けている。

家紋とは違っているので不思議に思って質問すると、チョコリレ家の商業マークらしい。

「へぇ、初耳だ。君の家、商売をしているの？」

「えぇ。魔法具の卸売業です」

「卸売業か……」

ルーカ王国は、商業が盛んで商人貴族も多い。

僕のこの新しく目覚めた治癒魔法も、今後はポーションにしていくつもりだ。これを売ってプリマリア領を潤したい。だけど、僕にはまだその伝手がない。

チョコリレ家は卸売業と聞いて、にやりと口角が上がった。

「なるほど、今後のために君を味方に付けておかねば」

「？　フラン様って時折思っていることがそのまま口に出ますよね」

にやにやし出した僕を面白そうにアーモンは眺める。

「ふっふ。同人誌で君の心を鷲掴みにしてみせるよ」

今後の人生計画が、治癒能力の開花により順調に進み始めた。それに有望すぎる人材が周囲にいるとは、僕も運がいい。

とはいえ、余裕がある今だからこそ、きちんと問題に向き合っておかなくてはいけない。

振り向いて、教室の後ろで談笑しているグループを見た。

――まずは、一番解決しなくちゃいけないあの問題だ。

グループの中心にはブラウドがいる。相変わらず、彼の周りは賑やかだ。

タイミングを見計らっていると、昼休みになってようやく彼が一人で教室を出た。

僕も横にいるアーモンに声をかけ、急ぎ教室を出てその後を追う。

教室を出てすぐの廊下に姿は見えない。どこに行ったのだろうかと捜していると、廊下の角を曲がった所でブラウドが壁にもたれて僕を待っていた。

「やぁ、フラン。とうとう君も僕の魅力に気付いたかい？」

どうやら、僕が追いかけてくることが分かっていたみたいだ。

「茶化さないで。昨日中途半端に聞いたこと、ちゃんと教えて」

すると、彼は周囲に目をやりながら、僕に近くに来るように手招きした。警戒しながら、人一人分の距離を空けて彼の傍に近づく。

「ん〜、そうだね。とりあえず空き教室に向かおうか」

嫌だけど、レイティアス家のことを聞き出すには仕方がない。

頷くと、ブラウドが距離を詰めてきて、その手が伸びてくる。逃げるより彼の動きの方が早いからタチが悪い。

だけど、彼の手が肩に回されると同時に、バチィッと銀色の光が僕の身体から出る。――何事かと思っていると、横にいるブラウドの身体が大きくビクリと跳ねた。

「え……」

白目を剥いている。

冗談かと思ったが、そうでもない。立ったまま動かず……気絶している。

彼の顔の前で手を振りながら、声かけしても全く反応がない。

強い静電気のようなものが彼を襲った……ような？　僕は何ともないけれど。

何が起きたのか分からないけど、人として放置することはできない。

助けを呼ぼうと思っていると、ちょうど大柄な生徒が通りかかったので、保健室に運んでもらった。

一応僕も付き添って、養護教諭に事情を伝える。

あとは任せて、保健室を出ると、前方の廊下からサモンが足早にこちらに近づいてきた。あっという間に目の前。

「え……、サモン君？」

ゴゴゴゴと肩から黒い靄《もや》を出しながら不機嫌そうに睨む。昨日の今日でその靄《もや》のイメージも随分違うけれど。

どうやら、僕に会いに来たようだけど、彼はどうして僕の場所が分かったのだろうか。

首を傾げて、ハッと気づく。

「あ。もしかして、ブラウドが気絶したのも、君がここにいるのも、〝護符〟のせい？」

ブラウドの名前を出すと、彼の眉がピクリと動いた。

「ブラウド？　……あの男がまたフランに近づいたのか、……して、不能にしてやる」

おっかない表情で、ブツブツと放送禁止ワードを言い始めた。

ブラウドの自業自得だろうけど、サモンの怒りは全然消えていないようだ。このままでは本当に彼が何をするか分からない。

「違うんだよ。今回は僕の方がブラウドに用事があって声をかけたんだ」

ゆらりと黒い靄《もや》を肩から放出して、明らかに怒っているサモンが僕の腕を掴んで詰め寄ってくる。

「ブラウド、ブラウドね」

「……うん、お、同じクラスだし」

「へぇ」

怒りを含んだ瞳に睨まれて、僕の背中がゾクゾクしてくる。

絶対ブラウドの話はしないように気を付けようと思っていると、彼は僕の腕を引っ張って歩き始めた。

「っ、サモン君⁉」

「……」

もうすぐ昼休みは終わるというのに、どこへ行くのか。

引っ張られるままに付いていくと、学部とは別方向に向かい、自習用の空き教室に入る。

鍵はないけれど、魔法で鍵をかける。無断でそんなことをしていいのかと思っていると、休み時間終了の魔法ベルが鳴った。

こちらを振りむいたサモンは怖い表情をしていて、その額には青筋が立っている。

「ひ……ひぇ」

見慣れた僕でも背筋が凍る。ズリズリと後退していると、ついに壁に背中が付いた。

逃がさないと言わんばかりに、彼は僕を囲うように壁に手をついた。

——付き合い始めた恋人に向ける表情なのか、それは。

「あいつと二人で会うな」

「う……、それは……約束ができない、かな」

嘘を吐くのは下手だ。変に誤魔化さずに伝えると彼が舌打ちする。

「今朝、護符と称した魔法は、下心ある者がフランに触れば、強い電撃が発動するものだった」

「へ？　下心……」

――ブラウド、まだ僕に下心を抱いていたのか……。やっぱり危険な男だ。

ブラウドの恐るべきスケベバイタリティーに驚くと共に、サモンの魔法に感心する。

魔法が発動すれば、術者であるサモンに僕の居場所が伝わるようになっているのだとか。彼が作り出したオリジナル魔法は僕専用の便利な魔法だった。

感心している間も、鋭い視線は僕に突き刺さる。

「浮気か？」

「っ⁉」

その一言に驚いていると、サモンの肩から黒い靄《もや》が出てくるものだから、慌てて訂正する。

「あ、もちろん違うよ。そんなことするわけないじゃないか。ただ……」

「ただ、なんだ？」

「ただ、君の口から〝浮気〟だなんてフレーズが出てきて驚いたよ。ちゃんと恋人になれたんだなって……嬉しい」

浮気を疑われるってことは、やっぱりサモンは嫉妬深いのか。今朝言っていたっけ。

何にも動じない鉄壁みたいなイメージだったから、こんなささいなことで嫉妬してもらえるなんて嬉しい誤算だ。

「えへへ」

照れて頬を掻きながら、まだ誤解が解けないのかとそろりと彼を見上げた。もう怒っていないようで黒い靄《もや》は消えているけれど、眉間のしわはそのままだ。

サモンははぁ、っと大きく溜め息をついて、僕を抱きしめた。

「抱きたくなった」

「そうそう抱きたく……え、えぇ⁉」

一瞬、聞き間違えたかと思った。

あの真面目な優等生のサモン・レイティアスが、学園でそんなことを言うなんて信じられない。

しかし聞き間違いではないようで、彼が僕の制服のリボンをシュルリと取り外す。シャツのボタンまで外そうとするので、彼の手を掴んで止める。

「正気なの⁉」

「あぁ」

「嘘でしょ⁉　君らしくないよ⁉」

器用にボタンが外されて、胸元が露わになる。

サモンが腰を曲げ、僕の顔を覗き込んでくる。駄目だと言おうとした台詞《せりふ》がグッと喉奥に引っ込んだ。

眉間にしわを寄せ不機嫌そうだと思っていた表情は、見る角度によっては切なそうにも見える。

思わず、触りたくなるような表情だと思った。

「今、ただ、フランに触りたい」

そっと僕の頬に手を置かれる。

「う。で、でも、……、学園だし。寮に帰ればいつだって……」

「そうだな」

「そうだなって……っ」

抗議の言葉は彼の唇に塞がれる。

再び、強く抱きしめられながらのキス。

合わさった唇から早くも彼の舌が口腔内に忍び込んでくる。いやらしく器用に動くその舌に翻弄されながら、きゅっとシャツを掴んだ。

こんな場所では駄目だと分かっているのに、彼にキスされているのだと思うと、嬉しくなるのを止められない。

柔らかい唇の感触に、また胸が締め付けられる。

チョロい、いや、僕はチョロくない。サモンだけ。

「んぁ……っ、キス、だけ」

キスの合間にそう言うと、抗議するようにキスが深まる。

でも、キスだけと言ったその言葉に後悔した。自分の感度のよさを甘く見ていた。

キスの角度が何度も変わる度に、舌が触れる場所が変わる。ぞく……と甘い刺激が身体を走る時があり、それが続くと、次第にうっとり蕩けてしまうのだ。

「はぁはぁ……はぁ……ん」

ようやく唇を離されたけれど、ぼんやりして身体に力が入らない。

そんな僕を見て、サモンがゴクリと喉を鳴らした。

「……フラン、自分の身体、見て」

「ん……身体……？」

指摘されて、自分の身体を見ると、薄ピンクの胸の尖りはツンと上向きに勃ち、それから局部はスラックスを穿いていても分かるくらいに膨らんでいた。

彼はどこにも触れていないというのに。

「うぅ……見ないで」

キスに反応した場所を手で隠したのに、それは許さないと言わんばかりに外される。

恥ずかしくなって、彼の視線から逃れるように腕で顔を覆った。

「なら、少しだけ。それならいいか？」

「……っ」

僕に合わせた提案をされて、コクリと頷くと柔らかく抱きしめてくれる。けれど、太腿に彼の性器の高ぶりを感じて、羞恥心が増す。

「フラン」

「サモ……ひゃ」

突然、足が床から浮いた。彼が僕を抱き上げたのだ。ツカツカと大股で近くの机に移動する。

机に突っ伏すような体勢で、スラックスと下着を一気に下ろされた。

顔が隠れていいけれど、お尻が丸見えでもっと恥ずかしいことになっている。

「あっ、恥ずかしい、っ、こんなところで、最後までは――」

「あぁ、最後までしない」

どこを見ながら、そう言っているのか。低くていい声は情欲を孕んでいる。

尻を撫でられて、身体をくねらせていると、太腿の間にサモンの熱を感じた。あまりの生々しさに背筋がゾクゾクする。

「――っんん、ぁ、これ、あっ、素股？　……っううっ、ん」

腰を掴まれ、彼の長大な性器が股を行き来し始める。

自身の性器の裏筋も一緒に擦られて、あっという間に気持ちよくなってしまう。

ウズウズと腰を動かしたい衝動が込み上げた時、クニッと尻の蕾に指が添えられた。

「あんんっ！」

背後で魔法詠唱が聞こえると、自分の下腹部が温かくなり、内部がじゅんっと濡れた感覚がする。

それは潤滑魔法だとすぐに分かった。以前発情した時にもこの魔法を使用されたから……

濡れたそこに彼の指が軽く押し込まれる。

「ひゃぅ」

「悪い。見ていたら我慢できなかった」

「あっ！　これ、少し……っ、じゃない、あんん」

好奇心旺盛なサモンらしく、中を確かめたいなんて言って、指を奥まで挿入される。

魔法のおかげで滑りがよくて、痛くない。指を根元まで挿れられると身体がブルリと震え、きゅうっと指を締め付けてしまう。

「どこまで触れれば、満足するのだろうな」

「あ……？」

彼は腰と指を同時に動かし始めた。

彼が腰を引くと、指を引かれ、腰を進めると、指を根元まで挿れられる。

素股の体勢と相まって挿入しているみたいで、脳内で誤作動を起こしそうになる。

「ん、んっ、ぁ、……ぁんん、……ひゃ、あっ、だ、だめっ。お尻、弄っちゃうの……っ、声、で、でる」

学園の中なのに、声が我慢できず大きくなってしまう。

口を手で塞ぐと、その手をサモンに外されて大丈夫だと言われる。

教室内に防音のシールドを張っているそうだ。準備万端、ヤル気満々じゃないか。

「あっ、や、やぁやだっ！　そこっ！」

「ここだろ、覚えている」

前立腺の膨らみを押すように指で擦られる。僕は指を締め付けながら、ピュウっとあっけなくイってしまった。

サモンも射精が近いのか、腰の動きを早める。

イッたばかりの身体に強い刺激は辛いけれど、手を握って堪える。すると、彼が背後から覆いかぶさり、耳元で囁いた。

「したい」

「っ！」

とんでもないことを言うので、首をブンブン横に振った。

サモンは分かっている、でもまたしたいと切なげに言う。

「今はしない。でも……飢えてくる」

「っ……」

なんてズルい言い方をするんだろう。

そんな風に、あのサモンが言うだなんて思いもしなかったから、動悸が止まらない。

「はぁはぁ……あっ」

背後で小さく息を呑んだ音が聞こえると、尻に熱いぬめりを感じ、彼が射精したことが分かった。

サモンは互いの出した汚れを魔法で綺麗にした後、快感の余韻で呆ける僕の身なりを整えてくれた。

この世界で男同士のセックスが一般的なのは、魔法で色々準備や処理が簡単だからだろうか、なんてぼんやり思った。

「大丈夫か？」

「……うん」

余韻で動けない僕はサモンの膝の上。髪を梳かれて結い直される。

このまま授業が終わるまでこうしていようと言う彼の提案に頷いて、その腕の中で過ごすことにした。

一向に身体の火照《ほて》りが治まらないのに、サモンが柔らかく腹部を撫でてくるからさらに汗ばんでくる。

やっぱり、フランの身体設定がビッチだから、こんな風に身体が疼くのかな……

前にお尻を弄られた時、乱れたのは魔法薬のせいだと思っていたけど、薬がなくてもこんなに気持ちいいなんて。

これでは落ち着くものも落ち着かない。

甘い状況に困惑していると、魔法シールドを張っているはずの教室のドアがガラリと開いた。

「うわっ⁉」

絶対人が入ってこないと思っていたから、驚いて飛び上がる。慌ててサモンから離れようとするけれど、彼が僕の腰をグッと掴んだ。

何を、と思って振り返ると、その表情が険しくなっている。

「やぁ、サボりかい？」

「ブラウド⁉」

「……」

先ほど、気絶したはずのブラウドが教室にツカツカ入ってきた。

僕の背後からひゅうっと冷気が漂う。突然のブラウドの出現にサモンの機嫌は氷点下だ。

「貴様、……よくシールドを破って入ってこられたものだ」

「頑丈なシールドだけど、僕はシールド解除が大得意でね。それより、サモン・レイティアス。人に暴力を振るっちゃいけませんって教わらなかったのか」

いつも飄々《ひょうひょう》としているブラウドだけど、その額には青筋が立っている。僕に触れて気絶したこと、あれが誰の魔法のせいか気付いていているようだ。

「黙れ、変態。あれは下心がある者が、フランに触れれば発動する魔法だ」

変態と言われたブラウドのこめかみがピクリと動く。

「フラン、こんな根暗はやめて、僕にしておきなよ。粘着質で嫉妬深くて、重たくて、そのうち監禁とかしちゃうタイプに違いないよ」

「では、貴様は変態のストーカーだろう」

「へぇ、自分のことを否定しないのだねぇ。罪を犯す前に捕まえてやろうか」

捕まえると言う言葉にギョッとする。腰を掴むサモンの腕を離して立ち上がり、睨み合う彼らの間に入った。

「二人ともケンカはやめよう！」

同時にサモンも椅子から立ち上がったため、高身長の間に挟まれて二人の視界に入れない。

「捕まえる？　貴様に何の権限があるんだ」

「他人に興味がない君は知らないだろうが、僕は国家権力を使える立場にあってね、君を捕らえるなんて朝飯前だ」

　バトルでも始まりそうな険悪な雰囲気に頭を抱える。

　サモンとブラウド。できるだけ彼らの接点を少なくしたいと思っていた僕だけど、彼らはいがみ合う運命なのかもしれない。

　僕は考えを変え、二人の腕を引っ張った。

「二人ともそこに座りなさい！　僕はブラウドにどうしても話を聞く必要があるんだ」

　にらみ合う二人を強引に椅子に座らせ、僕もサモンの横に座る。ちゃんと聞いてほしいと懇願すると、ようやく視線がこちらに向いた。

「……サモン君に関わる話なんだよ」

「俺の？」

「正しくはレイティアス家のことだよ」

　ブラウドが結界を破ってまでここに来た理由は、サモンにもレイティアス家の状況を知らせるためではないだろうか。そう思った僕は、ブラウドに説明を促した。

「ブラウド。文句を言うためだけにここに来たの？　違うでしょう」

「そうだねぇ、でも、コイツの顔を見ると無性に腹が立ってね」

「同感だ」

「……そんなことはどうでもいいから、早く」

　話がややこしくなる前に、説明を催促する。ブラウドはやれやれと大袈裟に肩を竦めながら、やっと事情を話し始めた。

「サモン、遅かれ早かれ君の耳に入ることだ。今伝えるのは親切心でしかない」

ブラウドが表情を切り替えると、空気もピリッとする。

「それに、君が危険人物じゃないと判断したから話すんだ」

「……」

前置きの後、ブラウドはレイティアス家の内情捜査について話し始めた。

事件の始まりは、銀行から不正に金が引き落とされていると密告があったことだ。とある人物から命を受けて、ブラウドたちが調査を進めていくと、レイティアス家が不正に関与していることが判明する。

その不正な金が動く際に浮上する人物名が、サモン・レイティアスだった。

初めはサモンが不正の犯人ではないかと疑い、調査を進めていたが、サモンが犯行に及ぶことへの矛盾が出てくる。

寮暮らしで質素な生活を送るサモンに、金を使った形跡は一度もなかったのだ。また、どこかに横流ししているでもない。

そして、公爵の誕生パーティで冷遇を受けるサモンを見て、さらに疑問は強まった。改めて調査し直して、ミケーラが捜査線上に浮上したのだ。

話し終えた後、ブラウドがサモンを窘める。

「君は自分のことなのに、何も知らなかっただろう」

「……」

「やめて。僕がそうしたんだ。サモン君がレイティアス家に目を向けないように。だから責める相手は僕にすべきだよ」

僕がそうしたと言っているのに、ブラウドは首を横に振った。

「いや、君だけじゃない。そうしたのはフェリクス公爵だ」

「――父が？」

これまでの話をずっと黙って聞いていたサモンだが、公爵の名が出て表情を変える。

ブラウドは話を続けた。

「この捜査の依頼人はフェリクス公爵だ」

公爵と銀行上部は不正な動きにいち早く気付き、顧客に被害が及ばぬよう手を打っていた。

動く金がサモン名義であることに疑問を持った公爵は、誰かがサモンに濡れ衣を着せようとしていることを知る。そこで事件が解決するまでの当面の間、サモンをレイティアス家に関わらせないようにコンタクトを絶っていたのだ。

「それなのに、誕生パーティだ。いるはずのない君らが来て、公爵も驚いていた」

「――公爵が、事件から遠ざけるためにあえて疎遠にしていたってこと？」

元々連絡は取り合っていなかったけれど、最近はあえてそうしていた……？

冷たい視線でサモンを蔑ろにする公爵のイメージしかなく、今の話はにわかに信じがたい。

だけど、ブラウドがこんな嘘を吐くメリットもないから真実なのだろう。

「今日、公爵家を家宅捜索する。夫人の身柄を確保し、余罪がないか調べる」

ミケーラは自分の犯行をうまく誤魔化していたが、証人が現れてからは次々とボロが出始めた。

言い逃れることはもうできないだろう。

それをサモンは静かに聞いていた。

「……そう」

一連の話を聞いて、心にもやつきが残る。

ミケーラという女性は、貧乏な農村出身の農夫の娘だということは知っていたが、公爵と結婚したことで欲に目がくらんだのかもしれない。

派手な見た目からして、公爵夫人として充分に使える金はあっただろうに。

僕の中で、傲慢で欲深な女性像ができ上がる。

「高飛車な態度だけじゃなくて、怖い女性……」

その時、教室の前で物音がした。誰かいるのかと目を向けると、ブラウドがドアまで移動する。

「そうそう。彼にも教えておいた方がいいと思ってね」

ブラウドが微笑みながらドアを開けると、そこには小学部の制服を着た赤毛の少年が俯いていた。

「中に入りな」

「……」

ブラウドが教室内に招き入れると、少年は顔を上げてこちらをキッと睨んできた。見覚えのある顔に驚いた。

「おい、そこのオンナ男！　母様を悪く言うな！」

「えっ、オンナ男？　……母様って、君は――」

僕はサモンを見た。サモンも僕を見て頷いた。

この赤毛の少年はフェリクス公爵とミケーラの子供で、ミゼル・レイティアス。サモンの腹違いの弟だ。誕生パーティで少し会っただけだけど、ミケーラそっくりの顔は見間違えるはずがない。

「この男の名義で銀行の金が使われていたのなら、こいつが使ったんだ。母様がそんなことするわけがない。強くて優しい人なんだから！」

この男と指さすのはサモンのことだ。喚き出したミゼルをブラウドがどうどうと宥める。

「偶然、保健室で仮病のミゼル君と出会ってね。母親の事情を彼に話すと、信じてくれなくて面倒臭かったから、ここに連れてきたんだ」

ブラウドは笑っているけれど、目が笑っていない。僕らに話したように淡々とミゼルに告げる。

「僕は事実を話したまでだ。午後から家宅捜索が始まる。君もサモンも事情聴取を受けることになるだろう」

母親の逮捕は子供には残酷だろう。僕は同情してしまい、かける言葉が見つからない。

「違う！　この男が魔法で何かしたんだ。俺は知っているんだ。こいつは生まれつき呪われた魔力を持ち、人を傷つけることを躊躇わない悪鬼だ。父様が左半身に火傷《やけど》を負っているのだって、この男が魔法で燃やしたからだと聞いている。こいつの存在が人を不幸にする！」

ミゼルは動揺しているのか、すごい勢いで捲し立てた。〝悪鬼〟――そういうことをサモンに向かって言う人がまだいるなんて。

「全部この悪鬼のせい――」

「駄目だ。それ以上は言わせない」

僕はしゃがみ込み、ミゼルの口を手で塞いだ。

「僕が君のお母さんのことを悪く言ったのは悪かった。でも、サモン君は悪鬼じゃない。他人を思いやれる優しい人だ」

「……っ！」

強く言うと、彼はビクリと怯えて、ボロボロと泣き出してしまった。

こんな子供を相手に大人気《おとなげ》なかったかな。

子供の頃の年齢差は大きいもので、大人三人に囲まれただけでも威圧感がある。

僕がミゼルの口から手を退けると、彼は唇を噛んで僕を睨みつけた。強気なところは流石ミケーラの子といったところか。

「なら、お前みたいな美人と遊び呆けている怠け者だ！」

「……サモン君は努力の人だ。魔法も勉学も首位だよ」

サモンの優秀さすら知らないなんて、本当にこの子は何も情報を持っていないんだ。

「長男なのに、何も家のことをしないじゃないか。帰ってもこない！　俺だってこいつが兄であることすら知らなかった。無責任な放浪者だ！」

「色々あって……僕が連れ出したんだよ」

「ほらな！　やっぱり遊ぶためじゃないか！」

ミゼルはどうやってもサモンのことを悪者だと思い込みたいようで、何を言っても無駄な気がした。

彼から離れ背を向けた。「……あっ」と小さな声が聞こえるけれど、無視してサモンの横に戻る。

「何を言われても気にならない」

「そうかな。……君が傷ついていないなら、いい」

「……」

もう行こうと、サモンに声をかけると、彼は頷いて僕の腰に手を添えた。

教室を出ようした時、ミゼルが叫ぶ。

「ちょっと待ってよ！　母様は村に仕送りしていたんだ！　悪い金かもしれないけれど、悪いことばかりじゃないよ！　それに、父様に捨てられたら俺、行く場所がないんだ！　あんた、長男だろ、助けてくれよ！」

ブラウドがミゼルの肩を叩いて首を横に振った。

ミゼルは大きな声で泣き出したが、僕らは教室を出た。彼の泣き声が廊下にまで響いている。

やるせない気持ちは残っているけれど、サモンも僕もそれを感じる必要はない。

今まで、ミケーラがサモンにしてきた行為は許せるものじゃない。初めて見た時からサモンに酷い言葉を浴びせていた。彼をあの家から離してもなお、濡れ衣を着せようとした。悪女そのものじゃないか。

でも、ミゼルは今まで、僕らと同じで何も知らなかったのだ。

「フラン」

気付けば下を向いて歩いていて、視界には彼の黒い靴。

「……あっ、何かな？　急にたくさん話を聞いて、ぼんやりしちゃった。っていうか、君が一番疲れたよね。大丈夫かい？」

「あぁ、父と銀行上部が手を打っていたならば、被害は最小限のはずだ。後始末は父が自分で対処するだろう」

「そう……」

冷静に話すサモンに安堵しながら、ミゼルのことを考えて言い淀んでしまう。

無意識にまた俯いてしまう僕にサモンが手を差し伸べた。指先を彼の手のひらに乗せると、ぎゅっと掴まれる。

「フランは困った奴を見過ごせないからな、――助けたいのだろう」

「……」

いつもなら頷くけれど、今回はできない。彼らがサモンにしてきた仕打ちを考えると、頼んじゃいけない。

「いつものように〝お願い〟って言わないのか」

「言わない」

「そう言われるのが好きなんだが」

その言葉に顔を上げると、いつも通りの彼らしい態度で話した。

「実のところ、父のこともあの人のことも、何も感じないんだ。もうとっくに誰かのおかげで苦しんでいない」

その声は平坦で、クラスメイトや知り合いのことを話す時と同じ。

「……」

「ミゼルのことは、困っていれば助けてやればいい」

まさか、そんな言葉をきけるとは思わず、目を見開くと、彼が僕の手を引っ張った。

これは僕の役目だったのに。

変わっていくのは、周りだけじゃない。

「――は……うん、そっか。君はどんどん格好よくなっていくね」


ミケーラがどのような罪に問われるか、今後どうなるかはまだ分からない。

現時点でできることは学生の僕らにはない。けれど、もしミゼルに困ったことがあれば、サモンは手助けすると言った。

計画的なサモンが後先を考えずに言ったのは、怒りや憎しみに囚われていないことを僕に伝えるためだったんだと思う。

〝助けよう〟と前向きになることで、僕らの視野も行動も広がっていく気がする。

授業終了の魔法ベルが校舎に鳴り響いて、二人で苦笑いした。

「授業が終わってしまったな」

「うん。午後からの授業、丸ごとサボっちゃったね」

「俺が悪いが、サボらせすぎたな。授業についていけているか」

「……」

ここ最近、授業をサボっただけでなく、恋に現《うつつ》を抜かしていて勉強に身が入っていなかった。

「……大丈夫……のはず」

「はず？　月末は定期テストがあるが、大丈夫なのか？」

「……」

あやふやな発言をした僕にサモンが目を光らせる。

一度教室に戻って鞄を回収すると、図書館に連れていかれた。アーモンから預かったノートをサモンがペラペラと捲り、ドンドンドンと座っている席に本を積み上げる。

レイティアス家のこともなにもかも、一瞬頭から全て吹き飛んだ。

これはまさか……

「フランが読む本だ。暗記しろとは言わない、魔法の流れを把握しろ。レポートの知識になる。実技は放課後に付き合ってやる」

「……え」

ふっと笑うその表情。知っている。この表情をする時、サモンは喜々として僕に勉強を教えてくれるんだけど……スパルタなんだよぉ。

僕は積み上げられた本を見て小さく悲鳴を上げた。

◇◇◇

それから、僕らは慌ただしく多忙な日々を送っていた。

勉強もあるけれど、レイティアス家のことだ。

ブラウドに話を聞いたその日の夕方、寮に調査兵が来た。サモンは事情聴取を受け、事件が解決するまでの当面の間、レイティアス家に戻らないようにと指示を受けた。

その二日後には、ミケーラの有罪が確定した。

公爵が多額の罰金を払うことで彼女は逮捕されなかった。今回の事件、早めに公爵が対処していたため被害は少なく済んだが、罪は罪。今後ミケーラは社交界への出入りが難しくなるだろう。

それから、学園側は賄賂を受け取っていたことを認め、金の全てを銀行に返済し謝罪した。

一連の騒動により、学園内ではサモンに対しても冷ややかな視線や噂が多く飛び交っていた。

そんな中、ブラウドが僕らを学園のテラスに呼び出した。この三人でテラス席に座ると注目を浴びるが、サモンがギロリと睨むと、野次馬はみんなその場から立ち去っていく。

静かになったテラス席で、事件後のレイティアス家について話を聞いた。

「皆、公爵が離縁すると思っていたそうだが、現状公爵にその意志はないそうだ」

「……そう、なんだ」

公爵は離縁せず、ミケーラもミゼルもそのままあの屋敷で暮らしている。

ミゼルには助けてと言われていたけれど、公爵が離縁しないなら安心した。

罪を犯し離縁された女性は、まともな職に就くことは難しい。しかも彼女は貧乏な農村出身。

母に頼んで仕事を紹介しようかとも考えていたけれど、それも必要なさそうだ。

「しかし、離縁しないことでフェリクス公爵の立場も悪くなった。当然重役からは外されている。

レイティアス家の人間だから会社にいられるだけだ。これから苦しい状況になるだろう」

「義母の不正行為を阻止できなかった父にも原因はある。当たり前だ。俺も学園生活を続けられなくなるかもしれないな」

ブラウドの話を聞いて、僕も内心心配になっていた。

「別に君を助けたいわけじゃないが、サモンは優秀だから学園の補助金が下りるはずだ」

「いや、充分好き勝手させてもらった――」

サモンが言いかけて固まったから、不思議に思い、その視線の先を見た。

そこには、不機嫌そうに眉間にしわを刻むフェリクス公爵がいた。思ってもみない人物の登場に驚きを隠せず、僕も固まる。

それにしても、いつどこで見ても威圧感がある人だ。

この状況でここにいるということは、学園側と何か話をしていたのだろう。

沈黙を破ったのは公爵の方だった。

「話を聞いていた。サモン、まだ家に戻る必要はない」

公爵の言葉に、座っていたサモンは立ち上がった。それを見て僕も同じく席から立つ。

「お言葉ですが、厳しい状況で優雅に学園生活を送らせてもらっても気分がよくありません」

「お前に心配されるほど、落ちぶれていない」

二人は互いに視線を外していて、親子の溝の深さを感じる。

「反論はいい。勉学を怠るな」

「……」

一言だけを残して公爵は立ち去っていく。その態度に諦めたようにサモンは大きな溜め息をついた。

学園生活を続行できるのは嬉しいけれど、サモンが何か言う度に遮って、直接の会話を避けようとする公爵の態度が釈然としない。

今回の事件だって、本当のことを公爵の口からサモンに伝えればよかったのに。

そう思うといてもたってもいられず、公爵の後を追いかけた。

「お待ちください！　もっと彼に伝える言葉はないのですか!?」

公爵は追いかけてきた僕を一瞥した。

ずっとこの人が何を考えているのか分からなかった。サモンに対してもミケーラに対しても。

冷たいようで、罪を犯したミケーラを見限ることはしない。

「君か……、あの子に話すことは何もない」

「なぜです⁉　サモン君に冷たくするのはどうしてですか⁉」

この機会を逃せば、もう一生公爵の本心を知ることはできないだろう。そう思い、公爵の行く先に回り込んだ。道を遮られた公爵は、眉間にしわを寄せた。

間近で見た公爵は頬の肉がこけていて、深い疲労が見える。

強い視線を送っていると、公爵は大きな溜め息をついて、しゃがれた声で話し始めた。

「最愛の妻……サモンの母が死んで、私は深く病んでいた」

「……」

「〝悪鬼〟などと我が子に言ってはならぬのに、息子を見ると暴言が止まらなくなった。反省しても母親の面影を残す彼を見れば、酷い態度を取ってしまう。顔を見なければと一人別館に追いやった」

公爵は妻の死を受け入れられなかったのかもしれない。でも、それとサモンに酷く当たるのは別の話だ。

「……憎まれて当然。今更許されようなどとは思っていない」

重々しく告げられる本音に、公爵の不器用さを感じる。

「それから君には、感謝している」

「……」

僕に対して深く頭を下げる様子に、そうじゃないと腹の奥がムカムカしてくる。

別に感謝されたいわけじゃない。その態度は僕にではなくサモンに向けてほしかった。それなのに、そのまま去ろうとするので、公爵の背に怒鳴った。

「馬鹿にしないで！」

「……」

「サモン君はそんなちっちゃい人じゃないよ！　貴方の中でだけで完結するな！　彼はとっくに前を向いているんだ。これ以上ないほど素敵な人なんだよ」

感情のままに声を荒らげたから息切れする。

公爵は立ち止まったが、振り向きはしない。殻に閉じこもった頑なな態度には僕の言葉など響かないのか？

「……なんで、そんなに自分勝手なんだ……」

うまく言葉にできない歯がゆさで唇を噛み、下を向いた時、背中に温かい手が添えられる。

斜め上を見上げるとサモンがいた。僕を追いかけてきたのか。

「あ……、ごめん、ね。余計なことを……」

「ありがとう」

彼は僕にそう言うと、立ち止まっていた公爵の背に言葉を投げた。

「いつでも助けになります。困っていても、困っていなくても」

「……」

公爵はやっぱり振り向かなかった。そして、ゆっくりと去っていく。その背が小さくなるまで僕らはその場にいた。

「うっ、う……」

先ほどのサモンの言葉、公爵には効果がなかったのかもしれないけれど、僕には効果抜群だった。

ズビズビと泣き出した僕を、彼は鼻水が付くのもお構いなしに抱きしめてくれる。

「これは、心底参るな」

「……っ、君が辛いのに、僕が……ごめんねぇ……」

「……」

見上げると、サモンがこちらを見て悩んでいる。

「はぁ、永遠に魅了できる立場と権力と金がほしい。……これはもう成り上がるしかないな」

「何の話？」

「いや」

「そう？」

「あぁ」

聞き返しても答えてくれなかったけれど、何か吹っ切れたような清々しい表情をしていた。

◇

「えぇ！　お二人はついに!?」

教室内で大きな声で反応するアーモンの口を手で塞いだ。

定期テストから解放されて、デートにオススメのスポットはないかと隣にいるアーモンに聞いてみたのだ。ついでに恋人になった報告も。

「ごめんね、つい口を塞いじゃった。隠しているわけじゃないけど、サモン君は周囲の騒ぎの真ん中にいるから、みんなに知ってもらうのはもう少し落ち着いてからでもいいかなって」

「あ、そうですよね」

「君は態度を変えないでいてくれるから嬉しいよ」

「当然です！」

レイティアス家の騒ぎは一か月経っても落ち着かない。

中には態度を変える人もいる中、サモンは周囲に影響されることなく堂々としている。むしろ事件後、目標ができたようで経済活動についてよく調べている。

逞《たくま》しくなっていくサモンだけど、真面目すぎてポキッと折れないか心配なので、十九歳の爵位発表までは気が抜けない。

この一か月間、僕もサモンのスパルタモードに付き合っていたので余裕はなかった。でも、根を詰めすぎる彼に息抜きしてほしい。

オススメのスポットを聞いてみたのもそれが理由だ。……もちろん、いい雰囲気になりたいのもあるけれど。

「フラン様、こちらに来てください！」

「ん？」

連れていかれた先は人が少ない屋上だった。振り向いたアーモンはハァハァと息切れしている。この様子、前世の姉やその友達が推しを語らう時の表情だ。

「それで、どこまで⁉　お二人はどこまで⁉」

「えぇ……、僕はそういうのあんまり言いたいタイプじゃないんだけど？」

「すみません！　妄想が現実になったと思うとつい興奮して！　先っぽだけ、ちょーっとだけ教えていただけませんか？」

「うーん」

彼は言いふらすタイプじゃないし、信用している。いろいろ助けてもらっているし。

「期待されてもね……。実は付き合い始めの二日目までは熱火だったんだけど。この騒動だし、テスト期間で一切ないよ。キスも何にも」

スパルタモードのサモンとの間に甘い空気は一切流れない。一緒に風呂に入っても寝落ちして着替えさせてもらっても、手を出されない。

「サモン君は、僕の見た目が大して好きじゃないんだよ」

付き合う前に裸で色仕掛けした時も不機嫌そうにされただけ、着飾っても無反応、または周囲の目を心配される。長年の付き合いの中で、彼が僕の見た目を褒めてくれたことは一度もない。

こういう時期だし、甘い雰囲気になることは難しいのかもしれないけれど、空き教室で迫ってきたサモンが幻覚だったんじゃないかと思ってしまう。

「……誤認……いえ、そういう風に悩まれる美人っていいですよね。僕は推せます。フラン様はもうそのままでいらしてください」

「なんだい、それ……」

アーモンに恋愛相談しても実りがないことだけが分かった。僕の白けた薄目に気付いた彼は、焦りながら人気のデートスポットを教えてくれた。

屋上からの帰り、用事があるというアーモンと別れた。廊下を歩きながら、ふと校舎の窓から外を見ると、小学部の生徒が一人で歩いていた。

赤髪の少年だ。気になって窓から様子を見ていたら、それが誰か分かってしまった。

「――ミゼル？」

どうして、あの子が一人でここに？

不思議に思い、校舎から出て、彼の元に向かった。

◇

「どうしてこうなった」

目の前でサモンが額に青筋を立てて、仁王立ちしている。その目は吊り上がって、今にも黒い靄《もや》が肩から出そうな雰囲気だ。

悪役というより魔王っぽい。

彼が不機嫌な原因は、僕の隣にいる人物だった。

「サ、サモン君……、あのね」

どう説明しようか迷っていると「ひぇ、呪われる！」とその人物が僕の後ろに隠れた。

僕の後ろに隠れるという行為が、サモンをますますイラつかせたのだろう。

サモンは怖い表情のまま近づいてきて、後ろに隠れる人物をヒョイとまるで物でも掴むように持ち上げた。

「何のつもりだ。ミゼル《貴様》」

「離せ！　お前に関係ないだろ！」

僕と一緒にいたのはミゼルだ。

睨まれたミゼルは半泣きで、その腕から逃れようと足をジタバタさせる。

「サモン君！　可哀想だよ!?」

今にもミゼルのことをぶん投げそうなサモンを宥めると、掴んでいたミゼルの服をパッと離した。

尻餅をついたミゼルには興味がないと言わんばかりに、サモンは僕の前に立つ。

「フラン、一体どういうことだ？」

「あ〜……。うん。説明するね」

専門学部の校舎の窓から、一人でいるミゼルを見かけた。小学部の校舎からは離れているから不思議に思い、外にいる彼の元に向かったのだ。

外に出て赤い頭を捜すと、ミゼルはゴミ焼却炉の横で蹲《うずくま》り、啜り泣いていた。

こんな場所で一人泣いている理由は、義母のことだろうと察知した僕は、彼に声をかけ空き教室に連れてきたのだ。

「だから？」

「だから……、その、可哀想だし、話くらい聞いてあげようかなって」

すると、ミゼルが駆け寄ってきて、ぎゅっと僕の腰に抱きついた。

「そうだ！　お前と違って、フランはとても優しいんだからな！」

「こら、そんな言い方しちゃ駄目でしょう！」

慌ててミゼルに注意すると、サモンの肩から黒い靄《もや》がすぅ〜っと浮かび上がっている。そして彼はまたその首根っこを掴んで、ポイッと投げ捨てた。

「——フラン、随分仲が良くなっているようだな」

「え……ミゼルの話を聞いていただけだよ？　やだなぁ、彼は子供だよ？」

「子供だろうが何だろうが関係ない。いずれ敵となるなら、今抹殺する」

サモンに睨まれると、悪いことなんてしていなくても冷や汗が出てくる。

彼の言動は怖いけれど、そうやって今まで丁寧にラブフラグを粉砕してくれていたから、何も言い返せない。

「僕の安全を君が守ってくれているのは分かっているよ。その……でも、ミゼルは大目に見てやってくれないかい？　隠れて一人辛そうにしているところを見るとさ、過去の君の状況に似ていて、それを思い出しちゃったんだよ」

「……俺と同じだからだと？　それで――絆《ほだ》されたのか」

「っ!?」

ブワァッと部屋が一瞬で真っ暗になった後、すぐに元通りに戻った。何が起きたかミゼルは分からなかったようで「停電!?　いや、でも電気はついていない、昼間だし」と驚いている。

部屋中に大量の靄《もや》が一気に放出されたのだ。さすがに鳥肌が立った。

腕を撫でていると、サモンがミゼルの方を向いて声をかけた。

「おい、貴様。いつまで地べたに座っている。椅子に座れ」

「――え！　え？　サモン君、もしかして話を聞いてあげようと？」

「あぁ」

では、さっきの黒い靄《もや》は怒りではなく、何かの葛藤だったのか？

ミゼルのことは他人の僕と違っていろいろ思うところがあるだろう。それでも、話を聞いてあげようとする彼はなんて大人なんだろう。

「見張る方が確実だ」

サモンが小声で何か呟くのと同時に「フラン！」とミゼルが口を尖らせるもので、ついミゼルに意識がいってしまう。

その態度は何というか、自分の話を聞け聞けとせがむ三歳児みたいだ。我が儘放題育ったのだなと思いながら、「サモン君に聞いてもらうにはどうするべきか、自分で考えた方がいい」とやや冷たく助言する。サモンに酷い態度を取るなら自分は味方をしない、それをミゼルに伝えた。

「……わ、分かったよ」

話を聞いてもらうには従うしかないと判断したようで、ミゼルはようやく椅子に座った。

両者は睨み合っているけれど、サモンの圧勝だ。これではミゼルも話しにくいだろうから、まず僕が彼から聞いたことを代弁することにした。

「大体想像できるだろうけど、今、ミゼルは孤立しているんだ」

今まで、レイティアス家というだけで魔力も少ない、成績もよくない彼を学園中がちやほやしていた。それが、ミケーラの事件後、みんなが態度を豹変させた。

友達だと思っていたクラスメイトもみな、そこに誰もいないかのように無視するそうだ。

「当たり前だ。俺もそう変わらない」

「全然違う！　お前は周りに人がいるだろう！　こんなに綺麗で優しいフランが傍にいるから偉そうなこと言えるんだ！」

彼らだけだと険悪になり会話が進まないため、フォローに入る。

「ミゼル、それはレイティアス家じゃなくて、〝サモン君〟だからついてきているの。君にはこれがチャンスだと思えたらいいけどね」

今回の事件はサモンにだって影響があった。でも、アーモンや黒学部の生徒たち——変わらない人も多い。

「……ぐず。俺も……フランがいてくれれば」

「甘えるな」

ミゼルの口から僕の名が出てくる度に、サモンの額から青筋が浮き出る。

「あっ！　でも、君は学園を休まず、前を向いていていて偉いと思うよ」

「違う。学園を休んだら、母様が悲しむから……」

「……」

騒動以降、ミケーラは外に出られず家に引き籠っている。ミゼルが学園の準備をしているとホッとした表情を見せるのだそうだ。

ミゼルから聞くミケーラは優しい人だ。学園への賄賂は別として、残りのほとんどは故郷の村への仕送りだった。僕らが知っている彼女とは真逆だ。

――いるよね。敵味方できっぱり態度を分ける人。自分に好意を寄せる人には甘いけれど、それ以外にはとことん冷たくできる人。僕の持論としては、情に厚いけど、「私がやってあげているのよ～」が口癖。

「ミケーラさんは君にとってはいい人だったんだね」

「うん！　母様のおかげで暮らしが楽になったって人がいるんだ！」

ようやく表情を明るくしたミゼルに微笑むと、彼の顔がポポッと赤くなる。

「――ん？」

「フラン、俺……、また会いに来ていい？」

ミゼルの言葉とサモンが立ち上がったのは同時だった。

「貴様のことを助けてやるとフランに言ったのは事実だ。だが、フランに触れてみろ、消し炭にするぞ」

　僕からはサモンの背しか見えないけれど、ミゼルはヒッと小さく悲鳴を上げる。

「お、お前には何も望んでいない……」

「フン、貴様のド底辺の頭をどうにかしてやると言っている。ありがたく思え」

「わぁ！　ミゼル、よかったね！」

　サモンがミゼルに勉強を教えるということか。それはいい。

　どっち道、ミゼルの成績で進級できるほど、この学園は甘くはない。実力がつけば周りの目も変わるし、名門に通わせたいというミケーラの想いも叶う。ミゼルにとって最良だ。

　蛇に睨まれた蛙みたいな状態の二人だけど、僕は円満な解決だと喜んで手を叩いた。

◇

「自分で決めたことだが、後悔している」

　寮に着くと、サモンは服を着替えながら、大きな溜め息をついた。

　サモンは人の悪口も言わなければ愚痴も少ない。なんでも自分で解決する彼がぼやくのは珍しい。

　これは僕の包容力の見せどころだと、彼の手を握って、ベッドに腰掛けさせた。

「今日はミゼルの話を一緒に聞いてくれてありがとう。さらにミゼルの先生役をお願いしてすまないね。その代わり、今度は君の悩みをたっぷり聞くよ？」

「ミゼルミゼル……って」

彼は手で顔を覆って、再びはぁっと深い溜め息をついた。

昼間はあぁ言ったけれど、家族との交流は彼にとってやっぱり負担になるのだろうか。

いいアイディアだと思ったけど、苦痛に感じるならしない方がいい。

「ミゼルって態度も大きいし、口も悪いよね。無理しなくていいよ」

「……俺だって、そうだっただろう」

小学部のサモン？　――無視、無表情、無反応、魔力威嚇……

幼いながらに心の壁が硬く、壊すのに時間がかかった。壊せたのはラッキーだったくらいだ。

あのサモンとミゼルが一緒？　ミゼルは話を優しく聞いてあげ、ニコッと微笑んだだけで堕ちたくらいだ。労力が全然違う。

「？　僕が代わりにミゼルに勉強を教えようか。小学部の内容なら僕だって教えられるし」

調子に乗らせればヤル気になるかもしれない。サモンほど分かりやすい説明はできないだろうけど。

「――それは小学部の頃の俺に似ているからか？」

「えーと……いや、似ていないけど」

もしかして、ミゼルと焼却炉横で出会ったシチュエーションのことを言っているのだろうか。

確かに小学部の頃のサモンを思い出したけど、それだけだ。

ミゼルは容姿もミケーラ似だし。そんなことはサモンだって分かっているだろう。

サモンの顔を覗き込むと、その眉間には深いしわが寄っている。イケメンなのにもったいなくて彼の眉を左右に伸ばした。

「……フランは、チョロい」

「えぇ、チョロくないよ⁉」

それは誤解だと、首を横に振る。

すると、サモンはトンッと肩を押し、僕をベッドに押し倒した。

「え？」

のしりと肉食獣を想像させるような動きで、僕の身体の上にサモンが覆いかぶさってくる。

「チョロい。俺のような奴に簡単に上に乗らせて、どんな目で見られているかも知らない」

「いやいや、だって、君は恋人……んぁ」

腹部を撫でられて、変な声が出た。触れられれば反応して当然だ。でも、テスト期間中ずっと触ってもらえなかったから嬉しい、とか――やっぱりチョロいのだろうか。

自分の考えに気を取られていると、彼は本当に肉食獣になったかのように、僕の首筋を噛んだ。

「んあっ⁉」

噛んだ後、舌で歯形をなぞり、そこを強く吸う。見えない場所だけど、きっと濃い痕が付いている。

首筋から顔を離したサモンは、変わらず睨むような視線を僕に向ける。

「フランのその目が俺以外に向いたら、そいつを呪う」

「えぇ、ヤンデレ……いや、駄目だよ」

とんでもない発言に驚く。ヤンデレフラグは早めに折らなくてはと、首を横に振る。

それに対して彼は無言。でもその手は僕のシャツのリボンをシュルリとほどいて、ボタンを器用に外していく。

「ふぇ、え!? するのかい？ んんんっ」

驚きの言葉はキスで封じられた。

唇がくっつくと、肉厚の舌が口の中に侵入し動き回る。苦しいはずなのに、いやらしい僕の身体ときたら、すぐに快感を拾い始める。

舌を絡めとられ、吸われるものだから、ゾクゾクしてしまう。

「ん、んぁ、あ……はぁう」

キス……、やっぱり気持ちいい。

初めから抵抗などしていないけれど、すぐに身を委ねてしまう僕は、チョロい気がしてくる。

キスに蕩けていたら、少し唇が離れた。もう終わりなのかと見上げると、彼の瞳は情欲に濡れていて、ゾクリと背筋に甘く響く。

ぎらついた黒色の瞳に、心臓を鷲掴みされる。魅了され動けないでいると、両頬に手を添えられ、熱の籠った声で名を呼ばれる。

「フランに対する気持ちは、ずっとどこかおかしい。恋とか、そんな可愛いものじゃない」

「……」

「俺だけ、見てくれ」

「っ」

……うわ、これは、おねだりだ。

あのサモンがこんな風に言うなんて——ときめくじゃないか。

彼の切なげな表情も胸を刺激して、室内の糖度が上がる。

だけど、勝手に不安がっているサモンのケアが先かと、彼の肩に腕を回し、頷いた。

「うん、いいよ」

「……」

「僕は君を見ているからね」

肩に回した手で背中を撫でていると、サモンが顔を上げた。

切なそうに眉を顰《ひそ》めて、でも、愛おしいものを見るような目で僕を見つめる。

そんな彼を見て、僕の方こそ、好きだなと胸の内が熱くなる。

「全部ほしいんだ。フラン」

「……うん」

厚い胸板に顔を寄せて、すりっと頬擦りした。

それから僕らは互いに服を脱ぎ捨て裸になり、抱きしめ合った。

キスをしながら、彼の熱い手が僕の身体を弄る。既に高まって痛いくらいに反応していて、互いの手で精を出し合った。

なのに、すぐに興奮してしまう。

触れ合っている手は熱いのに穏やかで、挿入するだけのおざなりな行為じゃなくて、ゆっくりと深まっていく。とても大事にされていると、その触れ方から伝わってくる。

「ん……、ぅん……」

どこもかしこも口付けられ、ふわふわした気分で僕もサモンの胸元に口付けの痕を残した。

ピクンとその身体が反応するのが面白くて、口付けを続けていると、彼の指が後孔に触れ、ゆっくりと押し込まれていく。

「んぁっ！」

サモンは僕を宥めるように軽いキスを落としながら、その指を奥へ進める。根元まで挿れると、そこで中を掻くように指を曲げた。

息を吐きながら異物感に堪えていると、徐々にお尻の中から疼くような気持ちよさが込み上げてくる。弄られる度に気持ちよさが強くなって、彼の口の中でいっぱい喘いでしまう。

舌を吸われながら、二本目、三本目と指が増えていく。そこでは苦しさなど一切なくて、お尻を甘やかされる気持ちよさに震える。

指がトントン……と特に感じる場所を擦ってくると、腰が勝手に前後に動いてしまう。

「はぁ、はぁ……んぁ、あっ、ん、んっ、んぁあっ」

勃ち上がっている性器から、タラタラと涎が溢れてくる。

快感で羞恥心など忘れていたのに、強い視線とぶつかって、思い出したように下半身を手で隠した。

「見せてくれ」

「っ」

耳朶を舐りながら強請《ねだ》ってくる声に、耳が焼けそうになる。

何でも見せ合った仲だからこそ恥ずかしいと訴えても、聞き入れてくれず手を退かされる。

「次にするために、どこが気持ちいいのか、ちゃんと知っておかないと」

「ま、真面目っ！　ふわっ!?　ぁっ、だ、駄目っ、胸と一緒にお尻触っちゃ……っ」

蕾を拡げるように指を動かされ、同時に胸の尖りを舌で転がされる。

堪え性がない僕は、サモンの愛撫にぴゅっぴゅっと精を出してしまう。腹に溜まった精液を彼はペロリと舐めて、指を僕の後孔から抜いた。

「……ぁ……」

ひくつくそこに、逞《たくま》しく反り上がった屹立をあてがわれる。受け入れるために充分に解されたとはいえ、そんな長大な性器が中に入るのかと不安になる。

「悪い」

「……え？」

彼が僕の腹に手を置くと、腹部が温まり内側が潤う感覚がした。さっきも同じ魔法を使われたけれど、より念入りだ。

「もう、ほしくて限界だ」

額に汗を掻きながら荒い息を吐き、欲望に耐える表情は切なげだ。

普段の冷静な彼を知っているからこそ、僕を求める時だけに見せるその余裕のなさが、嬉しい。

「……うん。我慢、しないで……。僕に挿れて」

遠慮なんて要らないと言うと、彼はゴクリと喉を鳴らしながら、腰を進めてきた。

指とは比べようもない大きな熱。誰も受け入れたことのない狭い通りに太い熱を押し込まれて、彼の形に拡げられていく。

「……あッ！」

想像以上に圧迫感があり、肩に回している手に力が入る。内臓を押し上げられる感覚が苦しい。でも、苦しげに眉根を寄せて息を乱している彼を見つめると、止めてほしいとは思わない。

生々しい圧迫感に耐えていると、その腰の動きが止まった。

「大丈夫か……？」

「ふ……ふぅっ、う、うん、……は、いった？」

返事の代わりにサモンが僕の頬にキスを落とした。

彼の熱を受け入れられたのだと安堵する。息を整わせながら彼を見ると、眉を顰《ひそ》めてなんとも言えない表情をしている。

「ふ、ふ……、分かるよ、言い表せない……気持ち……だね」

「……あぁ」

彼は確認するように僕の腹部を撫でた。

「フランの中に入っている……」

嬉しそうな様子に愛おしさが込み上げてくる。どちらからともなく唇を寄せ合って、柔らかいキスをした。

その心地よさで身体の緊張が解れてくると、受け入れている箇所から、ドクドクと脈打つ熱、硬さ……それがとても生々しく伝わってきて身悶える。

サモンも腰を動かして快楽を得たいだろう。なのに動かず、僕の身体が彼の大きさに馴染むのを待っていてくれる。

もういいよ、とキスの合間に声をかけると、彼は指で輪を作って僕の性器を扱《しご》き始めた。

「ひゃっ⁉　っ、……ふっ⁉」

中に熱を咥え込みながら、前を刺激される淫靡さに、あっという間に身体が甘い兆しを見せる。

一度、気持ちよくなると、僕の身体はもう駄目だった。

きゅうっとお尻の中も気持ちよくなって、疼いてくる。そんな僕の反応に気が付いたサモンは、浅いところで腰を動かし始めた。

「ひ……ぁんんあっ、あっ⁉　へ⁉」

……何⁉

剛直が浅く内壁を突くと、強烈な快感が脳まで届いた。

「んんん〜〜〜〜！」

ピンッとつま先を伸ばしながら、白濁を勢いよく放ってしまう。

「はぁはぁ……んんっ！」

「フラン……」

「――はっ、あっ、……まっ」

今度は待ってくれなかった。

彼自身我慢できなかったのだろう。腰を掴まれて、ゴリゴリと彼の熱が内部を耕していく。熱い杭で打ち込まれる度に、きゅうきゅうと強請《ねだ》るように内部が痙攣《けいれん》する。

「はっ……あっあ、あ……んんっ、ん」

恥ずかしい。

どこがどう気持ちいいのかサモンに伝えてしまう。

一際、反応がいい箇所を執拗に攻められ足先から頭まで快楽が走る。

身体を捩らせて、その快楽から逃げようとしても、その熱は追いかけてくる。歯を食いしばって「んん～！」と堪えても堪えきれない。溢れてしまう。

抽挿の度、濡れた内部からグジュグジュといやらしい音が出る。全ての感覚器官がサモンと繋がっているようだ。

「んぁ、あぁ、出ちゃ、う、出ちゃうよっ、しちゃ……もう、もうっん、ん～～……」

気持ちよさに涙が流れた。サモンの唇がそれをすくって、そして唇にキスをしてくるから涙味のキスになる。

そのままキスは深くなった。舌を絡めて吸われ、一番気持ちいいキスを味わいながら、互いに果てた。

ずっと僕の中に熱塊がいる。

「フラン、言葉にできない……」

情欲に濡れた彼は、凄まじい色気を漂わせながら、僕の中を何度も浅く深く突き上げる。

熱塊は何度果てても萎えず、足りないと強請《ねだ》られ抱きしめられる。どこにこんな情熱を隠していたのだろう。

それは、僕の全く知らないサモンだった。

「ひゃ、ぁ、っ……あ……ん、ん」

僕の全部をほしいと言わんばかりに、身体の内外に印を付けられる。

「フラン」

僕の名を呼ぶだけでそんな愛おしそうな顔をして。それをずっと見せられて、触られて、おかしくなっている。

「ふ……ぁあ、変、変だよっ、出ないのに、おかしいっ」

ビクビクと痙攣《けいれん》しっぱなしで、おかしいと何度も言っているのに揺さぶられる。もう出るモノがなくて、僕の性器には力がない。

やめてほしいのに——なぜか、彼の求めに応じてしまう。

迫ってくるサモンの肩に腕を回すと、彼も抱きしめてくる。

漆黒の瞳が僕だけを見つめて――

「フラン、……ずっと前から」

「……」

「ずっと好きだ」

彼の告白に耳がジンジンする。

視界が涙で揺れる。

もっと聞いていたい気がするけれど、意識が薄れ、瞼《まぶた》が閉じていった。

◇

「う……」

筋肉痛、関節痛、喉の痛み、受け入れたところの熱っぽさ。

起き上がろうとするとプルプル身体が震える。

男同士の行為の体勢、快感で手足に変な力が入ったこと、色々な要因があるけど……何より、サモンの絶倫が悪い。何度果てても、すぐに回復して求めてきた。

やりすぎだ。

昨日帰ってから、夕食を食べず日付が変わるまでずっと行為に耽っていた。

「……お、ぎあ、が、れなぃ」

すると、部屋を出ていっていたサモンが戻ってきた。たぶん、汚れ物などの後片付けをしてくれていたのだろう。

「大丈夫か？」

ベッドに近づいてくるサモンに首を横に振る。そのスッキリ顔を見ると腹が立ってくる。睨んでも飄々《ひょうひょう》としている彼は、献身的に僕の介護をし始めた。

僕の後頭部を支えて、水が入ったコップを口にあてがい、ゆっくりと飲ませてくれる。腰を擦ってくれたり、軽食を持ってきてくれたりと甲斐甲斐しい。

いつもなら自分ですることも、今は動けないので甘んじることにした。


夕方になった頃、ようやく座れるまでに回復したけれど、僕の足が床に付くことはない。サモンがひょいひょい僕を持ち上げて運ぶからだ。

「ひぃ、流石に部屋の外は駄目！」

「なぜだ」

なぜって、寮生に行為がバレてしまうじゃないか。

真顔で不思議がっている彼の腕から離れた。

「もう大丈夫だから」

ベッドの縁に手を置いて立ち上がったはいいが……、歩こうとすると膝が震える。

「うっ……」

「無理をするな。フラン、治癒魔法は自分自身に使えないのか？」

彼がそんな僕を再び横抱きして、一緒にベッドに座った。

……もしかして、サモンってべったりくっつきたいタイプなのか？

そんな風に思いながら、言われた通り、自分に治癒魔法を使ってみる。

いつもなら、〝治れ〟と念じればすぐに魔法陣が浮かび上がるのだけど、出ない。

何度か、彼の横で試してみたが、自分の身体は相も変わらず、重だるい。

「……うん。どうやら自分には効かないみたいだ」

「そうか、……身体はどれくらい痛む？」

僕自身には治癒能力が使えないことにショックを受け青ざめる彼に、大丈夫と声をかける。

「今日明日の話じゃないけど、今後のことはポーションを作ればいいんだよ」

治癒魔法は人前で使わない方がいいとサモンから厳重注意されている。

知られれば国や教会に利用されるからだ。漫画の本編でも、フランの治癒魔法を知るのは一部の人間だけだった。

人助けできることはいいけれど、自由が奪われるのは避けたい。

その点、ポーションならば人前で治癒魔法を使わずに、助けたい時に渡すことができる。まぁ、それで金儲けしたいという欲は置いておく。

ポーション作りが今後の課題だと伝えると、彼は乗り気になった。

「それはいい。フランが自分を治癒できれば俺も困らない」

「……え、どういう意味なの？」

何気に怖いことを言っていないか。

さっきから腰を擦るその手は介護のためだよね？

「あ、あの!?　もう、あんなにしないよね？　初めての勢いというか……」

「足りないが？」

「……っ!?」

絶倫すぎるでしょう!?

これは早めにポーションを完成させないと、僕の身体がもたない。

◇

その次の日から、サモンは本屋や図書館でポーションに関する本を集め始めた。彼と僕の机にはそれらの本が山積みになっている。

研究熱心な彼曰く、〝僕の健康第一〟らしい。他人にだけ使える治癒魔法は彼にとっては〝無価値〟で、なんとしてもポーションを完成させる必要があるのだそうだ。

熱心に研究を始めたサモンに、これはチャンスとばかりに、〝ポーションで金儲け事業計画〟をレポートにして読んでもらった。

レポートは不備だらけ、穴だらけで、事業を始めるための根本的な骨組みがないとダメ出しされまくった。

原材料の調達、人材確保、運営資金が抜けていてリアリティがないなど、彼の指摘は的確だった。

資金面では、ある程度まとまった金はある。もし足りなければ銀行から融資を受ければいい。

ポーションの原材料である薬草に関しても、プリマリアの領地に住む住民に仕事として育ててもらうことだって可能だ。

そう楽観視していたけれど、農民でもない、知識も持たない住民を雇い、事業を破綻させず運営するのは、やはり難しいだろう。

「どれほど高度な治癒魔法を使えたとしても、それだけでは起業後の運営は到底できない」

「……はい」

厳しい意見ばかりだったけれど、僕の案には賛同してくれ、あとから助言をくれた。

出てくる案を聞くと、その有能さを改めて実感する。ぜひポーション事業の協力者としてサモンがほしい。

彼から直接進路を聞いたわけではないが、このまま進めばレイティアス一族が持つ銀行に就職するだろう。無理だと分かっていながらも、手を伸ばしたくなる。

うーんと悩む僕を見て、サモンは口元を手で隠した。

エピローグ

「うん、満点だ」

「やったぁ！」

満点のテストを握りしめ、子供らしく元気にガッツポーズするミゼルに微笑む。

ミケーラの不正事件から三か月。周りの目はまだまだ厳しい中、彼は毎日学園に登園していた。母親を落ち込ませないためだとしても、根性がある子だと見直している。

それからサモンはミゼルの教師として、昼休みに勉強を教えていた。

「貴様は脳みそが入っていないのか。二度言わせるな」

彼らの見守り係として、サモンが教えている様子を見ていると、僕への指導にはすごく愛があったんだなぁとしみじみ実感する。

「鬼！　悪魔！　ドＳ！」

「口を慎め、阿呆。早く次の問題にかかれ。魔法で宙づりにされたいか」

「ひっ……やめっ……」

サモンは子供だろうと容赦ない。そのことを知りながら暴言を吐くミゼルは、なかなかの勇者だ。

だけど、容赦ないスパルタを耐え抜いたからこそ、進学テストに合格できた。僕らも卒業年は忙しくなるため、こうしてミゼルの勉強に付き合えるのも来月までだろう。

「ねぇ、あの悪魔先生は、今日はいないの？」

悪魔先生とはサモンのことだ。

今日の昼休みは、僕がサモンの代わりにミゼルの勉強を見ていた。

「サモン君は、二日前から学園代表として他国の論文発表会に出席しているよ」

サモンの論文は評価が高く、その優秀さは界隈ではかなり有名だ。

名家も落ちたものだ、などと噂をする者も、サモンの活躍を見ると口を閉ざす。それに、彼自身も今までは内に籠っていたけれど、外に意識を向け始め活動的になった。

「そっか、俺はフランに教えてもらえて嬉しいからいいや」

そう言うミゼルは、なんだか張り合いがなさげで物足りなさそうだ。徐々にサモンへ信頼を寄せている。口が悪いけれどサモンの指示をよく聞くようになった。

「あの、さ。母様のことを話してもいい？」

「うん、どうぞ」

それから、ミゼルはサモンの前でミケーラのことを口に出さなくなった。事件が明るみになって、周りのことが見え始めたのかもしれない。

「よかった、あのね……」

でも、僕と二人っきりの時だけは、ミケーラのことや、彼女が仕送りしていた村人たちのことを話していた。

初対面の時の幼稚な印象より、ほんの少しだけ大人になったように思える。

周囲の変化にしがみつき、彼自身も変わらなくちゃいけなかったからだろう。

勉強はそこそこで終わらせ、残りの休憩時間は彼の話をたっぷり聞いてあげた。

その日の放課後、僕は魔法実験室で一人で自習していた。この部屋は、壁や窓が対魔法用に強化されていて壊れにくい。

そこの机に、鞄に入れていた小瓶を置いていく。

この二日間、授業でポーションの原材料を作っておいたのだ。

この小瓶に自分の魔力を注ぐのが至難の業だ。念じるだけで治癒魔法は使えるが、まだ魔法の調整が難しく、操作を間違えて瓶を割ってしまう。

慣れていない操作は魔力を地味に消耗する。

サモンと違って、僕は使える魔力が限られているため、小回復を小瓶で十本生成するくらいが今のところ、精一杯。

それ以上になると、貧血みたいにふらついてしまう。

普段はサモンが横に付き添ってくれて、魔力供給されながらポーションを試作している。

「――でも、疲れたらこのポーション飲んで、続けたらいいんだよね」

自給自足。我ながらいい考えだ。

「よし」

すぅと深呼吸をして、小瓶に手を添える。手元に神経を集中させ、魔力を調整する。

二本までは成功したが、三本目の瓶は割ってしまった。全部で三十本あるため、半分は成功させたい。

いずれ小回復が確実に作れるようになったら、もっと精度の高いポーションに取りかかりたい。

七本目を作り終わると、ふらつきを覚えたため、成功していたポーションを飲んだ。

小回復のポーションだけど、僕の治癒魔法は回復力が高く、市販品レベルで中回復くらいの効果はある。

飲んでは作業を進めるを繰り返し、三本目のポーションを飲んだ時、急に吐き気を催した。

——ポーション酔い？

この胃の不快感は原材料の薬草が原因かもしれない。

後で薬草について調べ直さなくちゃとメモしようとした時、ぐらりと視界が回った。その場に座り込むと、さらに吐き気が込み上げてくる。

……まずい。

保健室に向かおうと立ち上がったが、視界が揺れて歩くことすらままならない。

「……っ」

酷い吐き気を堪えながら、口元を押さえて教室を出る。

なんとかして保健室に行かなくてはと、ふらつきながら廊下を進む。

波の上にいるみたいに廊下が揺れて、気持ち悪い……

グラグラ揺れる視界の中、僕に真っすぐに向かってくる人がいた。その人を認識する前に足がガクリと崩れる。

「フラン⁉　大丈夫かい？」

ブラウドだ。

「……ぐっ……」

急激な吐き気に口を両手で押さえると、その手が僕の身体を抱き寄せた。

「大丈夫。僕が隠してあげよう。こんなところで恥なんてかかせないから」

「……っ」

我慢できず彼の胸に嘔吐してしまった。

そんなことはお構いなしに、ブラウドは周りの目から隠すように僕の身体を抱き上げ、優しく背中を擦りながら移動してくれた。


保健室は養護教諭が不在で鍵がかかっていた。ブラウドは迷うことなく、その鍵を魔法で壊して中に入った。

ベッドに運ばれた僕は、横になって休むように言われる。迷惑をかけてしまったと謝ろうとすると、先に止められた。

「弱っている美人は逃げられなくていいね。……なんてね、冗談は置いておいて少し休みなさい」

「……」

ブラウドは、いつものように茶化した口調で気にしなくていいと言いながら、汚れ物を一つにまとめる。

ドアの閉まる音と共に、静寂が訪れる。グルグルと回る視界が気持ち悪くて、言われたままに目を閉じた。

◇

誰かの話し声がする……

どうやら眠っていたみたいだ。目を開けると、保健室の白い天井、白い仕切りカーテン。ポーション酔いして休んでいたことを思い出し、ベッドの上で上体を起こした。眩暈も吐き気も治まっている。

——ブラウドはカーテンの外だろうか。

ちゃんと謝罪しようと起き上がり、仕切りカーテンにそっと手を伸ばした。

「NTR《寝取られ》は断じて許しません！」

「そうかな。僕はアリだね」

「僕は固定厨です！　断固反対！」

カーテンの外にはブラウドとアーモン。その様子は子犬が獅子に威嚇しているかのようだ。そしてそんな二人を見て苦笑いする養護教諭。

NTR《寝取られ》？　……彼らは一体なんの話をしているのだろう……

隙間から覗いている僕に気付いた養護教諭がカーテンを開き、手前の椅子に座るよう勧める。

「フラン様！」

「フラン、気分はどうだい？」

「うん、大丈夫。吐き気は治まったよ。ブラウド、迷惑かけてごめんなさい」

彼の制服は綺麗になっている。

他の汚れ物と一緒に洗浄魔法をかけたそうだ。気を遣わなくていいと、先ほどと同じ言葉をかけてくれる。

それからアーモンがここにいるのは、養護教諭が寮へ連絡を入れてくれたからだ。心配して迎えに来てくれたアーモンにもお礼を言って、立ち上がる。

「体調は大丈夫そうね。それじゃ、君たちは帰りなさい」

「はい」

今日は寮で安静にしているようにと声をかけられた後、二人に付き添われながら保健室を後にした。


「ブラウド様、僕がいますのでお帰りくださいませ」

右側にはアーモン。

「君ではフランに何かあった時、運べないだろう。ここは僕が責任をもって送っていこう」

左側にはブラウド。

「いいえ！」

なぜかアーモンはブラウドに対してケンカ腰だ。

僕の腕をキュッと掴んで、「サモン様の留守は僕が守ります！」と意気込んでいる。子犬が吠えているみたいで可愛らしい。

そんなアーモンなどまるで眼中にもない様子のブラウドは、僕に声をかける。

「そういえば、魔法実験室で小瓶がたくさん割れていたよ。一人でポーション作りをしていたのかい？」

ブラウドは、実験室の後片付けもしてくれたそうだ。

あの散らばった小瓶を見れば、ポーション作りをしていたことは一目瞭然。

「うん、どうしてもポーションを作りたくてね……」

少し言葉を濁した。

やっぱり、この治癒能力は、サモン以外には秘密にしておきたかったのだ。

練習してみて思うけれど、魔力調整に慣れればきっと超回復ポーションだって難なく作れる。

これほど高い治癒魔法を持つ者は、百年に一度現れるかどうかの逸材だ。

秘密を明かすにしても、しっかり自分の身が守れる年になるまでは秘密にしておいた方がいい。

「実は、卒業したらさ……」

だから、治癒魔法のことだけ隠して、起業したいこと、そのためにサモンとポーション研究をしていることを話した。

アーモンには以前にも少し話していたけれど、ぜひ協力したいと言ってくれていた。

「へぇ。では君のポーションを高値で買いに行くよ。きっと必要なこともあるだろうから」

「そっか、君は……」

既に騎士として実績を積んでいるブラウドは、今より高い地位に就くだろう。

勉強が辛い時には無限に学生生活が続くのではなんて思ったけれど、こうして進路の話を聞くと、長い学園生活にも終わりが見え始めていることを実感する。

今はこうして毎日顔を合わせているけれど、卒業すればもう滅多に会うことも……

「いやぁ、よかったよ」

「よかったって何が？」

「ん～卒業後は君の家に押しかけてやろうと思っていたんだ。客としてなら頻繁に遊びに行ける。実にいいね。太客になって君に貢ごう」

――会う気満々でいる。

ブラウドって何をどう言えば、引くのだろうか。さっぱり分からない。

僕はゴホンと咳払いをして立ち止まり、ブラウドと向き合った。

「君にちゃんと伝えたい。サモン君と恋人になったんだ」

「……」

ブラウドは全く表情を崩さなかった。涼しい顔をして髪の毛を手で掻き上げる。とっくに分かっていたのだろう。

「だから？」

「だから、僕のことを諦めてほしい」

「それはできないよ。だって、僕は君を愛しているからね」

間髪容れずに返事をされる。

突然始まった告白劇に固まったアーモンの隣で、僕は首を横に振る。

ブラウドが一瞬だけ真顔になったように見えたけれど、すぐに笑顔に変わったから見間違いかもしれない。

「僕はNTR《寝取られ》展開が大好きさ」

「はぁ？　君ってなんでそんなにポジティブなの？」

呆れながらまた歩き始める。学園から寮まではそれほど離れていないから、すぐ寮の門が見えた。

視線の先に、真っすぐに僕らに向かってくる人影が見えて、僕は大きく手を振った。

「サモン君――」

その名を呼んだ時、フッと影が射した。

「可愛い子は愛《め》でるものだよね。これからも悪あがきさせてもらおう」

「――へ？」

僕の唇にブラウドの唇が降ってきて、サモンの声が聞こえる。

いつぞやのデジャブ。

僕の〝護符〟が発動したけれど、ブラウドはしたり顔をした後、白目を剥いてパタリと倒れた。

◇

サモンは、寮のベッドに腰掛けている僕に白湯《さゆ》を手渡してくれた。

「フラン、アーモンから具合が悪くなったと聞いた。本当に大丈夫なのか？」

「う、うん」

体調は時間が経つにつれてよくなってきて、もうすっかり元気だ。

白湯《さゆ》を受け取りながら、チラリとサモンを見る。——とてもおっかない。

寮の部屋は真っ黒な靄《もや》だらけ。心配してくれる優しさとは裏腹にとても怒っているのが見て取れる。

原因は、先ほどのあのキスだろう。

不意打ちとはいえ、またサモンの前でブラウドとキスしてしまった。

それを見たサモンは表情を変えて、無言で近づいてきた。

倒れているブラウドを足蹴にすると、手を翳《かざ》し呪いを唱えたのだ。足元に現れた魔術陣から真っ黒な黒煙が出てきて、それがブラウドを包んだ。

横にいるアーモンが「ひぇえええ……」と怯えた声を出し、僕も震え上がった。

——サモンが呪術を使う姿を初めて見た。

『不能にした。俺も鬼ではない、半年間の制限付きだ。だが、それを知らないこいつは悩み苦しむだろう。地獄を味わえばいい』

その表情は冷たく、まるで虫けらでも見るようで、……悪役そのものだった。

寮に戻った今もなお、黒い靄《もや》が全開になっている。寮生たちも何事かと怯えていた。

――悪役フラグは折れている……はずだよね？

先頬のことを思い出しながら黒い靄《もや》を見つめていると、彼は僕の後ろに回り込んで背もたれになった。

「気分が悪くなった原因は分かるか？」

「あっ、うん」

ポーションの飲みすぎによるポーション酔いだ。

それを伝えると、当たり前だと睨まれる。薬にも用法・容量があるように、ポーションだって一度で服用できる量は決められている。

「だが、その量で強い吐き気と眩暈に襲われるなら、原材料を再検討しよう」

「うん。あ、原材料の件だけど、ピエナクはどうだろうか」

「ピエナク。確かに滋養強壮によく使われる魔法植物だが、栽培場所の確保が必要だぞ」

ピエナクは根菜だ。滋養強壮にいいとされ、栄養価が高い。

ニンジンのような色味と形をしているけれど、魚のような顔がある。地面から抜く時にピエーと叫ぶ。叫ぶ前に素早く口に布を含ませるのが抜く時のポイントだ。

ただ、苗と苗の間隔を一メートルは空ける必要があり、多く栽培するとなると、サモンの言う通り場所の確保が問題になる。

その時、昼間ミゼルが話していた村の様子を思い出した。土地は余っているが、金銭的な理由で農業を続けられない村人のこと。

「農民たちに依頼してみてはどうだろうか」

「外部依頼の前に、まずはフランの身体に合うポーション作りからだな」

「うん。そうだね……て、あれ……、なんか、お腹が」

僕の腹部に置かれている彼の手が温かくなっている。

「ん……？」

「倒れたと聞いたから、魔力を足しておく」

サモンから与えられる魔力は温《ぬく》い。僕らは相性がよく、魔力譲渡しても拒絶反応は全く起こらず、温《ぬく》いだけだ。

ただ、中量程度なら心地よいけれど、それ以上になると心地よさから、急激に快楽に変わるのだ。

それが分かってからはちょうどいい量を提供してくれていた。……のだけど、今日は倒れたとあって、いつも以上に魔力を譲渡してくれているのかもしれない。ズシンと下腹部に疼きを感じ、膝頭を擦り合わせる。

「サモ、ンく、ん？　……魔力、足りているよ。はぁ……もういいよ。あ、りがとう」

腹部に置かれた手を離そうとするけれど、全然剥がれない。それどころかますます魔力を足されている。

「んっんぁ、いいってば！　……っあ、……ぁ」

ほら、言っているそばから、気持ちよさが身体の中を駆け巡って反応するじゃないか。

「はぁはぁはぁはぁ……はぁん」

脳みそが甘いお風呂にのぼせたみたいな気分。こうなると思考が蕩けて、身体に力が入らなくなる。

「ぁ……」

自力で座っていられなくて後ろにある身体にぐでっともたれかかる。彼はそんな僕の手から白湯が入ったコップを取って、サイドテーブルに置いてくれた。

振り返ると、彼が僕の頬に軽く口付ける。柔らかい感触にブルリと震えてしまう。

「いい子だ、フラン。俺だけ見ろ」

「ん……」

精悍な顔立ちを見つめているだけで褒めてくれるので、頬擦りして甘えてしまう。近くに唇があるから、キスしたいと思っていると、希望通りに唇が与えられる。

熱い舌が唇を割って歯をなぞり、口の中を掻き回す。

それだけでも身体を興奮させるには充分だというのに、さらに経口からも魔力を注がれる。

「はっぁ……あ」

一緒にされるのは駄目だ。首を横に振って口付けから逃げるが、頬に手を添えられて、すぐにキスに戻される。

舌と魔力の快楽に自然と腰が動く。僕の状況などとっくに分かっているはずなのに、どっちも止めてくれない。

「んっんっ……ぁっ、あ、っ、……サ、モンく……ぼ、く」

「出そう？」

コクコク頷くと、腹に置かれた手が下腹部をトントンとノックする。射精感が込み上げてきて、我慢できずに服を着たままイってしまった。

ビクビク身体を震わせながら呆けていると、身体の向きを変えられて、今度は対面で抱きしめられる。スラックスと下着を一緒に下げられると、いろんな液体でぐちゃぐちゃになっていた。

急に羞恥心が込み上げてくる。一度吐き出したせいで少し理性が戻って、トンッと彼の胸を叩く。

「……っ、恥ずかしい」

「俺しか見ていない」

それが恥ずかしいのだと睨む僕を無視して、また唇が与えられる――魔力譲渡も。

「ふ……っん、ん、んんっ――ぁ、駄目……！　なんで？　魔力……もういれ、ないっで！」

射精したばかりの身体は敏感すぎて、魔力の気持ちよさは毒だ。でも、この甘いキスから逃れられない。それに「駄目」と言われる。

「フランの魔力を受け止める器を拡げているところだ。器が拡がれば使える魔力も多くなるはずだから」

少しずつ拡げているから大丈夫だと耳元で囁かれる。

サモンが大丈夫と言うなら、心配はない。

「けど……あっ、あ。でも、また、我慢でき……、ジンジン、して……出ちゃう、から……」

まるで発情したみたいに身体が疼いて、しょうがなくなる。

我慢できずに彼の腹部に腰をグリグリ擦りつけてしまう。恥ずかしい行為なのに、そうすると彼の口角がゆっくり上がり、その目も情欲に濡れ始める。

「あ……ぁ」

はしたない。自分の身体なのに自由が利かない。

涙目でサモンを見ると、彼は嬉しそうに僕を押し倒した。服を脱がされて、両脚を開かれる。濡れそぼったそこが晒されて、ぎゅっと瞼《まぶた》を閉じた。

「あぅう……、も、だ、め……、ゆる、して」

なんだかんだ、サモンは優しい。僕の頼みは聞いてくれる。

「駄目、許さない」

「っ!?」

彼は熱い視線を僕に向け、尻を掴むとそこを指で拡げた。

「ふぁ、あ……あ、あ、あ……」

「フランの中、全部俺でいっぱいにしないと気が済まない」

「……ふぇ」

――あれ……僕の心配じゃなくって、これは……？

後始末も責任も全部とるって言ってくれるけれど、それは僕の心配じゃなくて嫉妬なんじゃゃ……

そう思いながら、覆いかぶさってくる身体とその快感に飲み込まれてしまった。

◇◇◇

「ミゼル、進級おめでとう」

「わぁい、フランありがとう！」

暖かな花の咲く季節になり、僕らは進級した。

落第生だったミゼルが三か月で進級できるようになったのは、外ならぬサモンのおかげだ。けど、彼はサモンの横にいる僕に抱きついた。

「貴様、馴れ馴れしいにもほどがある」

不機嫌なサモンが僕の身体からミゼルを引き離し、投げ捨てる。そんなワンセットをミゼルは楽しんでいるようにも思えた。

外部生からの視線を感じる中、ミゼルと別れ、サモンとも教室の前で別れた。

教室内の空気は引き締まっている。新学期特有の浮ついた雰囲気はない。

既に卒業後の進路が決まっている者、そうでない者も卒業試験が残されている。テーマを自分で決め、一年間で論文作成、研究、外部活動を行う。

そこで秀でた結果を残さなければ卒業バッジをもらえない。

専攻学部の卒業は容赦なく実力主義だ。今回の学園の不祥事で、教職員、制度に監査が導入され、卒業審査もより厳しくなった。

「そういえば、君は研究テーマを決めているの？」

隣に座っているアーモンに声をかけた。

「えぇ、いろいろ考えています。フラン様はポーションの研究ですか？」

「うん」

僕はこの一年でポーション作りから実用、販売まで実現させる。

栽培場所は衰退が深刻な農地。今まで魔法使いは魔力が使えない人に魔法植物を扱わせなかった。魔力がない人も魔法植物の扱い方が分からず、敬遠しがちだ。

その溝にアプローチしていく。卒論のテーマとしては『農業の過疎化と魔法植物による復興施策案』ってところかな。

それを伝えると面白そうとアーモンは頷いた。彼の反応を見て、チャンスとばかりに早速チームに誘った。

これでチームは僕とサモンとアーモンの三人。二人は複数の研究テーマを持っているけれど、僕は一つに絞った。

忙しい彼らだが、寮生なので寮に帰った後も相談できる。

サモンと二人っきりの相談だと、静かに話し合いが進む。けれど、アーモンが入ると新たな意見が出てきて、あれやこれやと話が盛り上がって楽しかった。朝まで話し合いなんて元気な学生だからできることだ。

計画と準備ができた段階で、農地に出向き交渉を始めた。交渉先はミケーラが助けようとした村だ。

学生だし外部依頼は難航するかと思いきや、プリマリア侯爵の名で給与支払いを約束すると伝えるとスムーズに話は進んだ。

それから、僕の見た目がチートのため、男の人には特に話を聞いてもらいやすい。

「かわい子ちゃん」などと呼ばれて、あっという間に仲良くなった。ただ、それ以上触れようとする者は、後ろに控えているサモンが許さない。

彼は自分の名を明かしておらず、農民たちは僕の後ろにむっすり立つ彼のことを態度のデカい従者だと勘違いしている様子だった。

日本の言葉を使うと〝餅屋は餅屋〟。ピエナクを初めて扱う農民たちだったけれど、栽培を始めると学生の僕らよりも立派にピエナクを育て上げた。

そのまま食べても美味しいけれど、顔が付いているから一般の人にとってはゲテモノの部類に入るのだそう。ピエナク以外の魔法植物も見た目が気持ち悪く、これも敬遠される理由の一つだ。

栽培は順調だし、サモンも論文がレイティアス一族の目に留まり、銀行業務を手伝うようになった。

忙しいけれど、元々努力家で時間配分がうまいサモンは、僕との時間は絶対に確保している。僕に関することは強い意志を感じるし、そういう彼を見るのは楽しい。

物事がいい方向に進んでいるなと思った頃、それが何かのフラグだったのかと思えるくらいのタイミングでレイティアス家から晩餐会の招待状が届いた。

以前、招待状が届いた時はミケーラの企みだった。今回は何だろうと不審に思いながら、サモンの横で手紙を確認した。

「──サモン君の誕生日だ……」

晩餐会の日程は、サモンの誕生日だったのだ。

彼は招待状を興味なさげに無造作に机に置いた。

「この日はアイリッシュ家に招待されているから、断りの手紙を送っておく」

サモンの誕生日は、アイリッシュ家でパーティを開いて家族全員で祝っている。毎年の恒例行事で、今年もその予定だと母から連絡が入っていた。

「いやいやいや！　僕の家よりこっちの方が大事でしょう」

「比較対象にすらならない。そちらの約束が大事だ」

「こっちは大丈夫！　予定ずらせるから！」

露骨に嫌そうな顔をされるけど、僕は首を横に振る。

それにしても、公爵がサモンの誕生日に晩餐会を開くなんて、重大発表があるからではないだろうか。

漫画のストーリー通りならば、そろそろ公爵が爵位を言い渡す時期だ。サモンの悪役フラグがぽっきり折れているか、この目で確認しなくちゃ。

僕も参加できないかと頼み込もうとしたら、彼が封筒からもう一枚の紙を取り出した。

「……フランの招待状もある」

「僕も？」

「あぁ、全く何を企んでいるのか」

サモンが不審に思うのは当たり前だ。僕もなぜ自分への招待状があるのか疑問だ。

万が一サモンの逆鱗《げきりん》に触れ、事故が起きた場合に備えて、ポーションをたくさん持っていくことにした。

◇

晩餐会当日。万全の準備をしてレイティアス家に向かった。

邸宅周辺の景観は、以前と変わらず息を呑むほど美しい。僕らの招待状を確認した従者がゆっくりと門を開けた。

「悪魔先生、フラン！」

邸宅に入ってすぐ、ミゼルが嬉しそうに出迎えてくれた。着飾った僕を見て、綺麗、可愛いなどと褒めてくれる。明るい彼と話していると、緊張がいくらか解れた。

「フラン、そろそろ行こう」

サモンの表情に緊張はない。堂々とした彼にエスコートされながら、公爵たちがいるフロアへ向かった。

以前パーティが行われたホールではなく客間に通される。シャンデリアと、紅色の布地に金糸の刺繍が施された絨毯が彩る、美しい部屋だ。

中心には長いダイニングテーブルがあり、五人分の豪華な料理が並んでいる。そこの椅子に公爵は静かに、夫人は俯き加減に座っていた。

二人の横にミゼルが座ると、後ろに待機していた執事が僕らを席に案内しようとする。

サモンはそれを「結構」と断り、僕の腰に手を添えて公爵と夫人の前に向かった。

「お久しぶりです。格式ばった挨拶は抜きにいたします。――父上、こういった誘いは今後一切不要です。家のことは手伝いますが、家族ごっこをするつもりはありません」

「……っ」

いきなりの言葉に驚く。彼にとって相変わらずここは敵中なのだと思うと、僕も姿勢を正した。

公爵がゆっくりと立ち上がり、背広をピッと手で正した。それと共に夫人も立つ。

「分かった、今後はそうしよう」

「助かります。今日はそれを伝えたくてこちらに来ただけです」

不躾なサモンの言葉にも、公爵は表情一つ変えない。いつも無表情で、サモン以上に感情が読めない人だ。

「食事する気がないのなら、本題に入ろう。サモン、お前にこの爵位を譲ろう」

「……」

「一族の者も皆、お前に期待している」

──漫画の展開と違う。

その一言で運命が確実に変わったことが分かる。

サモンが一族に認められ始めたことが、公爵の考えを動かした。これなら僕が意気込んでくる必要はなかったなと安堵で胸をなでおろした。

そこで気を抜いたのが悪かったのか、次に発したサモンの言葉に、この場に相応しくない驚き声を上げてしまう。

「いいえ、爵位の継承権は放棄します」

「へ⁉」

その場にいた皆が固まった。いや、ミケーラだけは下げていた顔を上げる。

「なぜだ。爵位がほしくないのか？」

「えぇ、自由にできず邪魔です。そこにいるミゼルも努力し始めました。まだ幼く至らないところはありますが、彼に譲ります」

急に名指しされたミゼルが反論しかけた時、ミケーラがミゼルの頭を下げさせた。

そして、彼女もいつもの強気な態度を改め、ゆっくりと腰を低くして挨拶をした。

「サモンさん、そしてフランさん。お久しぶりです。フランさんをお呼びしたのは他でもないわたくしですわ」

「貴方が……？」

「えぇ、お二人にはとても感謝しておりますの」

ミケーラが援助していた村に、僕らが仕事を依頼して介入し始めたことを聞いたそうだ。

彼女は自分に学がなかったがゆえに直接金銭を渡すことしか考えつかなかったと詫びた。彼女の猫撫で声がやけに癪《しゃく》に障る。感謝されたくてしていることじゃないのに何を勘違いしているのか。

「今までのサモンさんへの態度もごめんなさい。ずっと謝りたかったの」

ずっと？　なら、今の今まで何をしていたんだ。

歯が浮くような言葉に、テーブルに置いていたワインがなみなみ入ったグラスを手に持ち、それを公爵夫妻に思いっきりぶっかけた。

「ふざけないで」

「――っ何を……」

「馬鹿にするのもいい加減にしろ」

鳩が豆鉄砲を食らったような二人の顔を見て、サモンは声を上げて愉快そうに笑った。

「くく……フラン、怒る必要はない」

そう言いながら片方の口角だけを上げ、よくやったと言わんばかりの表情だ。

「俺は今よりもっと上へ行く。くれぐれも足を引っ張らないでくれ。それと父上、いつまでもボケているから周りが馬鹿になるんだ」

サモンが二人に怒らないのは、単に相手にしていなかったからだった。

「精進してください。それでは」

サモンは僕の手と腰を引いて、部屋を出る。

ただ、僕はやり残したことがあったので、サモンにロビーで待っているように伝え、客間に引き返した。

呆然と立ち尽くしている公爵の元に大股で近寄り、その胸に小さい箱を押し付けた。

「貴方の誕生日にサモン君が悩み込んでやっと選んだプレゼントです！　大昔の貴方は、厳しくも優しかったと教えてくれたことがあります！　これからはサモン君を裏切らないでください！」

「……」

一方的に言いたいことだけ言って、僕は部屋を後にした。

邸宅から出て手入れされた庭を歩くと、玄関前にアイリッシュ家の馬車が停まっている。

馬車に片足を踏み入れた僕は、後ろを振り向いた。

「……君は、これで本当によかったの？」

「あぁ、この家にいても俺は前を向けない」

「そう」

勇敢な決意だと思う。

馬車の中から手を差し伸べると、サモンは迷わず僕の手を取り乗り込んだ。

出発しようとしたら、ミゼルが門前まで見送りに来てくれた。公爵たちにワインをぶっかけた僕を怒っているかと思いきや、彼は表情を引き締めて僕らに一礼する。

進み始めた馬車の中で、僕は首に巻いていたリボンを少し緩めて息を吐いた。

「それで、これから、君はどうするつもり？」

一族の銀行業務をそのまま手伝うと思っていたけれど、別の道に進む可能性が出てきた。

迷っているなら僕の会社にスカウトできないか。

邪《よこしま》な考え半分で声をかけてみると、思いもよらない言葉が返ってきた。

「あぁ、爵位のある者と結婚したい」

ショックのあまりガンッとぶっ叩かれた気分だ。

「えぇえぇ!?　――け、結婚!?」

サモンの口から出るとは思わなかった言葉に、思わず馬車内で叫ぶ。

「そういうものだろう？」

「……」

そうだ。爵位を持たない次男とかは家督目的で結婚することが多い。

貴族社会では当たり前のことで、公爵の名を継がないと決めた時点で、計画的なサモンなら考えていてもおかしくない。

でも、結婚など考えたこともなかった僕は、頭が真っ白になる。

呆然とする僕の手をサモンがそっと持ち上げた。その手の動きを目で追うと、サモンの真っすぐな視線にぶつかった。

「だから、プリマリア次期侯爵フラン様、俺と結婚してください」

「……へ？」

「俺は非常に役に立つ男ですよ。事業も領地管理もお手伝いいたします。貴方が望むなら富を得ましょう。あと、貴方に欲を向ける虫けら《男ども》から生涯守ると誓います」

僕の手の甲に口付ける行為はキザでサモンらしくないけど、言っていることは彼らしい。

僕が固まっている内に、サモンは御者に声をかけた。

寮へ帰るのをやめてアイリッシュ家に向かわせている。

アイリッシュ家の毎年の恒例行事なら、先日僕の方から行けないと断ったのだけど……

「あぁ、必ず行くと連絡を入れ直したんだ。勝手に断らないでくれ」

「……」

そういえば、彼はアイリッシュ家からの誘いを断ったことがなかった。

我が家に着くと、みんながワッと集まってきてサモンを出迎える。

「サモン君、まぁ、よく来てくれたわ！」

「サモンさん、難しい問題があって、教えてください」

「貴方の知恵を拝借したいのだけど」

僕の家族が、僕よりサモンを頼りにするようになったのはいつからだろうか。

サモンは母の誕生日には毎回花を贈っているし。父も弟も何かとサモンはいつ来るのか聞いてくる。

……あれ？　僕の家の中心にサモンがいる。

「サモン君。ここ最近、よく手土産を持って挨拶に来てくれるわよ」

「母様、最近って……？」

「半年以上前からよ」

結婚……いつから計画していたのだろう。

分からないことだらけだったが、物事は彼の根回しと囲い込みによって、驚くほど順調に進んだ。婚約に疑問を持つ者は身内から誰一人として現れず、僕とサモンの婚約は当たり前のことのように受け入れられたのだ。

それから、サモンは釣った魚を溺愛するタイプのようで、より一層面倒を見てくれるし、丁寧に愛されて身体は骨抜き状態。彼なしでは駄目な身体にされそうで実に恐ろしい。とはいえ、僕もやぶさかでない。

季節が変わり、僕は社交界デビューを果たした。この美貌に一目で恋に落ちる者も多く、ひっきりなしに声をかけられる。

けれど、大抵の人は婚約者がいると伝えると、身を引いてくれる。

『君が美しいからいけないんだ』

しかし、中にはそれが通用しない人もいる。邪《よこしま》な気持ちで触れてくる人には彼が容赦しない。

「触れるな」

彼の長い腕が僕の身体を囲い込むように抱きしめ、強面と強い魔力で相手を威嚇する。

とんでもないやきもち焼きで、それから最強の鉄盾。

愛おしい気持ちが込み上げてきて、顔がほころんだ。

番外編　斜め横から見た彼

フランが十八歳になった頃――。フランは名だたる貴族たちに求婚されていた。

フランの母、ナターシャがフラン本人の意志を尊重し、魔法学園に在学中は申し出を全て断ってくれていたのだ。

週末、アイリッシュ家のお茶会に誘われた時、ナターシャはそれをこそっと俺だけに教えてくれた。

「どうして、俺に教えるのですか？」

「あら。いつもフランを守ってくれているのは貴方だから、当然じゃない。ただ、いつまで守ってくれるつもりなのかしら？」

ナターシャは優しくおおらかだが、聡い人だ。俺が昔からずっとフランに焦がれていることに気が付いているようだった。

「……ずっと、彼の友人として、守っていきます」

彼女の目を直視できなかった。

フランを醜い欲望から守ることが自分の役目なのに、頭の中では自分も彼を汚していたからだ。

つい先日、魔法薬で発情したフランの身体に触れてしまった。

発情したフランは、恍惚とした表情で俺の名を呼び、身体を擦り寄せてきた。

その姿はとても淫靡だった。

喉がカラカラに渇き、身体が熱を持っていく。

すぐにでも抑制剤をもらいに行けば、発情の症状は治まったかもしれない。なのに、俺は意識が朦朧とする彼の頼みを受け入れてしまったのだ。

表面だけではなく、今まで見たこともない秘所に触れた。

自分の欲望が口をついて出てしまうのではないかと思った。それくらい強烈に誘惑されながら、窄《すぼ》まった蕾に指を挿入し、熱くうねる内部を指で掻いた。

——あの日、フランの身体がどんなに甘く熱を帯びるのかを知った。

蕩ける身体の手触り、あの痴態は俺の脳裏に焼き付いて時折夢に出てくる。

思い出しては、猿のように興奮してしまう自分がいるが、この関係はそれを見せたら終わり。

きっと、真っすぐなその瞳が曇ってしまう——それは、俺にとって何よりも怖いことだから、この気持ちは胸の内に大事にしまっておかなければならない。


それからしばらくして、フランが俺を避け始めた。

いつもは彼の方から身を寄せてくるのに、二人っきりになると距離をとられる。

「最近様子がおかしくないか」

「え、そうかな。何でもないよ……」

そう言いながら、ぎこちなく彼は視線を逸らした。

「……そうか」

――頼むから、気が付かないでくれ。

俺の浅ましい欲望などには、気付かないでほしい。

もっと傍にいたいから、俺の傍から離れていかないように、分からないフリをした。

スゥ……スゥ……

勉強に疲れたフランは、机に突っ伏したまま眠ってしまった。部屋の中に寝息だけが響く。

椅子から立ち上がり、眠っている彼を見つめた。

薄桃色の唇、長い金色のまつ毛は微かに震えている。それから、呼吸の度に膨らむ胸。

それを眺めて、気付いたら腰を折り、その薄桃色の唇に口付けていた。すぐに理性を取り戻し唇を離したのに、またそれが、ほしい。

「……っ」

窓の外は深夜の闇。闇と自分が共鳴するかのように胸の内に欲望がじわじわと滲み出す。

――いっそのこと、関係を全部壊してしまおうか。

〝ほしい〟という思いにまかせて、フランの何もかもを奪いたい。奪って、奪って、何もかも食べ尽くしたい。全部ぜんぶがほしい。

その唇を親指で撫でると、形のいい唇が微かに開いた。

「サモン……く、ん」

「っ」

名前を呼ばれてぎくりとする。だけど、彼の瞼《まぶた》は閉じられていて、寝言だったことが分かる。

「サモ、ン……す、き」

『サモン君、僕は君が大好きだよ』

「……」

あぁ、分かっている。

昔からフランはそう言って、俺を励まして温めてくれた。辛い時も俺の態度が悪い時も。彼は不機嫌になりながらも、変わらず傍にいてくれた。

何より大事な人。楽しいことはフランが傍に——

「あぁ。俺も好きなんだ」

なのに、どうして彼は友愛で、俺は醜い欲望なんだろうか。

◇◇◇

——モン。
サ、モ……
「サモン君。そろそろ起きて、こんなところで眠っていると風邪引いちゃうよ」

「……」

太陽の光を浴びたフランの髪の毛がキラキラと輝いて、眩しさに目を細める。

懐かしい夢を見ていた。──夢で見た学生のフランより、目の前にいる彼の方が艶めいている。

上体を起こして、自分がいる場所を確認してホッと息を吐く。

──ここはアイリッシュ家の書斎だ。

グランツ魔法学園を卒業後、フランはプリマリア侯爵の名を継ぎ、社交界デビューを果たした。

フランの婚約者として、俺がアイリッシュ家に住み始めて二か月が経つ。

結婚するまでは、プリマリア領のどこかで家でも借りようと思ったのだが、ここの人間はおおらかだ。もう家族の一員だからと温かく迎えてくれたのだ。

「……寝ていたのか」

どうやら、自分は書斎の机に突っ伏して寝ていたようだ。

自分の肩にはフランの服がかけられていて、意識が途切れる前にフランに頭を撫でられていたことを思い出す。

治癒魔法を使える者が持つ力なのか、それともそのフワフワした雰囲気のせいなのか、彼に触れると心地よくて、時折寝落ちすることがある。

礼を言おうとすると、逆に謝られた。

「ごめんね！　仕事のこと、君に頼りすぎだよね。アイリッシュ家で暮らし始めたばかりで、気だって遣うのに」

在学中に準備を進めていたポーション販売は、卸売業を営むチョコリレ商会と提携を結び、ようやく軌道に乗り始めた。有能な人材が育つまでは、管理全般を自分が引き受けている。

「いや、大丈夫だ。懐かしい夢を見ていた」

「……どんな夢だい？」

「学生の頃の夢だ」

フランに想いを寄せて苦しんでいた時期の夢。

想いを告げれば、友人関係は壊れてしまい、隣にはいられないと思い込んでいた。でも、実際は壊れず、しなやかに自分の想いが彼に受け止められた。

目の前にあるサラサラな彼の髪の毛を梳く。こんな風にいつまでも触ることができるなんて――今でも奇跡のように思っている。

このことだけは、神に感謝してもいい。

「……メイドたちにフランの世話を取られてしまった」

「へ？」

「学園寮にいた頃は、触り放題、結い放題で何でもやらせてくれたのに」

不満を告げると、フランの大きな碧眼がきょとんと丸くなった。それから腕組みをして、ん～っと悩む。

「――僕は本当に罪深い。こんなに君を洗脳しちゃうだなんて。……僕の世話をすることは〝当たり前〟じゃないのだよ？」

「当たり前だが」

「またそんな風に。……はぁ、君ってば恋人になってから、ますます甲斐甲斐しくてまめまめしくて……僕に対して優しすぎるよね。こっちは働かせすぎだって反省しているくらいなのに……」

そう言って、彼は頭を抱えた。

実のところ、フランの世話を焼きたい理由は、彼に触りたい下心あってのこと。

そして仕事や私生活に関しては、フランに本当の意味で俺が必要だと思わせる企みがある。俺から離れられない理由を着々と準備しているのだ。

この婚約に関しても、彼の周囲に自分を売り込み、外堀を埋めた。

ただ、俺の画策などナターシャには通用しないと思ったため、彼女だけは真正面から突破した。

『フランを友人としてではなく、生涯の伴侶として守りたいです』

そう伝えると、彼女はやはり俺の気持ちなど、とうの昔に分かっていたようだ。

『そんな日がくると思っていましたよ。覚悟が決まったのですね』

ナターシャの優しい微笑みを見て、この女性は俺の成長も見守ってくれていたのだと気が付いた。

フランだけじゃなく、アイリッシュ家も守りたい理由の一つ。俺を動かす理由としては充分すぎる。

だから、今、目の前で悩んでいるフランの心配はまるで不要。

さっさと俺に丸め込まれてしまえばいいのに。

こんなにフワフワしているのに、時折生真面目さを見せる。そんなところが彼らしくて――ついムラッとしてしまう。

その細い腰を掴んで、俺の膝上に座らせる。

「フラン、心配してくれるなら癒してくれ」

腕の中にすっぽり収まってしまう彼はとても愛らしい。強請《ねだ》ると、彼は小さく首を横に振った。

「う〜ん、治癒魔法を使えるけど、そうするとますます無理するでしょ？　まずはきちんと休むことが基本だよ」

「そうじゃない」

フランの腕を自分の肩に回すと、彼はハッと気付いたようにソワソワし始めた。

「あ……っ、こっちのこと⁉」

「そう。こっちだ」

「えっ⁉　急にそんな風に甘えるなんて。……ふぅ、君ってば、なかなかのやり手だね」

頬を赤く染めて百面相をし始める。

何がやり手なのか分からないが、彼の反応を見ているのは面白い。

「ふっ、これは婚約者として、僕の包容力の見せどころじゃないか」

——面白すぎるが、一向に望んでいるものが与えられないので、じれったくて自分からその甘い唇に食いつく。

「ふぁっ⁉　……ん」

柔らかい感触を唇で挟むように味わう。乾いた表面だけじゃなく熱い粘膜部分にも触れたくて、舌をその口腔内に忍ばせる。

んっと彼が身じろいだが、肩に回された腕は嫌がっていないし、身体に力も入っていない。

いいように考えて口腔内を舌で弄り堪能する。次第に、彼の呼吸がはぁはぁと大きくなっていくのが愛おしい。

学生の頃は身体を強張らせていることが多かったのに、今は素直に俺に身を委ねて、キスを受け入れるのがうまくなっていく。

唇も吐息も甘くて、一番好きなデザートを食べているようで、止められない。

「ん……」

唇を離すと、彼はフルフルとまつ毛を震わせながら、ゆっくり瞼《まぶた》を開けた。その瞳は、キスの余韻でゆらゆらと快感に染まっている。

恍惚とした表情をする彼は、すぐにでも食べたいほど美味しそうで、頬に軽くキスを落とす。

ちゅっちゅ……

最近のフランは気持ちよくなると、すぐに放心して俺に身体を委ねてしまう。こういう時の彼は凄艶で、この色香に惑わされない男などこの世に存在しないように思う。

マズイな。止まらなくなってきた。

艶っぽい彼を見るのは好きだが、下半身に直結する。ここは書斎で、今は昼間だ。まだ仕事が残っているというのに。

おざなりな愛撫などでフランを傷つけたくはない……と思うと、どうにか唇を離すことができた。

「……」

すると、肩に回されていたその手が温かくなり、優しく背中を撫でてくれる。

――治癒魔法をかけてくれているのか。

休息をとった方がいいのは事実だが、優しいこの手は、いつもちょっとした治癒魔法をかけてくれるのだ。

ピッタリ身体をくっつけていると、再び欲望が浮上する。もうこのまま全部投げ出して、愛おしい身体を堪能してしまおうか。

葛藤していると、フランが俺の膝からふらりと離れて立ち上がった。

「え、へへ。なんか僕がいると邪魔になりそうだから、もう行くね」

「………」

確かに密室でフランといると、発情して仕事どころじゃない。

自制していた分、学生の頃の方が我慢できたような気がする。だが、ここのところは駄目だ。時間があれば彼を抱きたくなる。

時間があれば――の話だが。最後に抱いたのは四日も前。

「あっ、言い忘れていた。後でメイドたちが来るから」

俺に背を向けたフランが、思い出したように振り返った。

「もしかして、今日の夜会のことか?」

「うん」

起業したばかりで横の繋がりがほしい自分たちには、社交界への参加は欠かせない。

「燕尾服、君用に新調しておいたんだ」

「ありがとう。分かった、俺の方からメイドに声をかける」

「うん」

また後で、と部屋を出ていこうとしたフランは――もう一度戻ってきた。

何を言い忘れたのかと思っていると、勢いよく近づいてくる。そして腰を曲げ、俺の唇にリップ音を立ててキスをした。

「……」

「あ、はは……そう、うん……君におねだりされていたから。うん、では、うん……」

彼は羞恥に耳まで真っ赤に染めながら、小声で「癒し、になったかは分からないけど」と目を落ち着きなく動かしながら言った。

だが、俺が手を伸ばす前に猫のように去ってしまう。

一人書斎に残された俺は、大きな溜め息をついて頭を抱えた。

「なんだ、あの愛らしい生き物は……？」

なぜ、あんなにずっと可愛らしくいられるのか。

あの美しい外見のせいでただでさえ多くの虫がたかるのに、中身があれだと他の男に知られてしまえば、一体どうなってしまうのか。想像するだけでも恐ろしい。

絶対保護天然生物。虫がつかないよう厳重に注意しなければ。

◇

――だというのに。

支度を終え、ロビーに向かうと、夜会用に美しく着飾ったフランが俺を待っていた。

俺の姿を見ると、満面の笑みを浮かべて近寄ってくる。

くるりと妖精のように俺の前で回り、全身を見せてくれた。

アイリッシュ家のメイドたちはフランの容姿を活かす術に長けている。白いシャツは清楚可憐であるし、ウエスト位置の高い下衣は美しい身体のラインを強調している。

「サモン君、どうかな？」

あまりの美しさに眉間にしわが寄る。

これではますます彼の輝きに虫が寄ってくるではないか。

「はぁ、……目立ちすぎる。その格好で社交界に行くのは危険だ」

「……」

「せめて、上着は身体の線が出ない物を選ぶべきだろう」

「…………」

メイドたちにフランの服装について声をかけた後、彼を見ると、ジトッと目が据わり、不機嫌そうな顔をしている。

「君という男は、本当に分かっていないね」

「？　何のことだ」

「鈍感！　朴念仁《ぼくねんじん》！　むっつりスケベ！」

だいたい事実なので黙って聞いていると、フンッと俺から顔を背けて自室に戻ってしまった。

完全に拗ねた様子のフランを追いかけようとすると、傍にいたメイドの二人が止める。

「時間になれば、こちらに戻るでしょう」

「ですが、どうやら俺が機嫌を損ねさせたようですので」

「一人になりたい時もあるでしょう。お茶をお淹れしますので、もうしばらくお待ちください」

「……」

この家は使用人たちも仲が良い。この二人はフランが生まれた頃からここで働いているそうだ。

そんな彼女たちから言われてしまえば頷くしかなく、ソファに座り、紅茶を飲みながら待つことにした。

——本当に、フランが怒って拗ねるなど珍しい。

彼は自分の機嫌を取ることがうまい。俺はというと、よく嫉妬するし不機嫌になる。気難しいし面倒臭いと自分でも思うが、彼は大抵、頬を膨らますくらいで許してくれるのだ。

そう考えると——先ほど、彼が怒った理由がどうしても知りたくなってくる。

フランの部屋に向かおうとソファから立ち上がると、彼が戻ってきた。

「お待たせ、じゃあ行こうか」

戻ってきたフランはもういつも通りだった。

拗ねてもいないし、怒ってもいない。それから、彼は身体のシルエットを隠す大きめのジャケットを羽織っていた。

いつも通りすぎて、さっきは何で怒ったのか聞けないでいると、後ろからこっそりメイドが教えてくれる。

「フラン様はサモン様に一言、褒めてほしかったのですわ」

「……そんなことはないでしょう。彼が美しいことは分かりきったことです」

フランは外見を褒められることに慣れている。自分が美しいことも自覚している。男たちが「美しいです」と近寄れば「どうも」と愛想笑いを浮かべるだけ。時には溜め息まじり。

俺が褒めたところで何も変わらないと呟くと、二人のメイドは笑みを浮かべた。

「試しに言ってみてはいかがでしょうか？　面白いことになるかもしれませんよ」

「……」

「では、いってらっしゃいませ、フラン様、サモン様」

メイドに見送られながら、アイリッシュ家を後にして、夜会に向かった。

◇

豪華なシャンデリアの下、貴族たちが談笑している。立食形式の晩餐会だ。

フランの容姿はどんな美姫よりも美しいと評判で、わざわざフランの容姿を拝みに社交界に参加する貴族が後を絶たない。男たちの舐めるような視線が彼に集中していた。

わざとそれらの視線を遮るように立つ。

「プリマリア卿、お噂通りのお美しさですね」

近づいてきた男は熱に浮かされた表情で、フランの手の甲に口付けた。

形式上の挨拶でも腹が立つ。それ以上のことがないように細心の注意を払う。

「ありがとうございます。婚約者がおりますので、ぜひ結婚の際に開催するパーティにはお越しください」

フランは、初対面の自己紹介で必ず婚約者がいることを伝える。それから微笑を浮かべて俺を見る。牽制のための一連の動作だ。

演技じみていても、彼の口から婚約者は俺であると紹介されることは嬉しい。こちらも笑顔を作ることが容易くなる。軽く挨拶を済ませ、その腰に手を添えながらエスコートする。

学生時代は俺の後ろに隠れるばかりだったが、起業して彼は変わったように思う。ナターシャ譲りのしたたかさを見せ始めたのだ。

視線が集中することをうまく利用して会社を宣伝。起業したばかりの無名の会社ならそれほど話題にならないはずが、フランのインパクトの強い見た目が功を奏している。

随分と猫を被っている彼を横目で見ながら、少し離れたところで自分も挨拶をして回る。

「貴方のような見目麗しい人にお会い出来て嬉しいです」

「ありがとうございます」

彼の容姿を褒めることは挨拶代わりのようなもの。彼は愛想笑いを崩さない。

先ほどのメイドの言葉を思い出すが、今更その容姿を褒めても「珍しいね、変な物でも食べたのかい？」と不思議がられるだけだろう。

「なんて美しいのでしょう」

美しさに焦がれる男たちの様子を見ながら、学生の時を思い出していた。

そういえば、彼の容姿を簡単に褒めることができる奴らが羨ましいと思った時期があった。自分が言えば、欲や本音も一緒に駄々漏れになってしまいそうで、信頼関係が崩れるような気がしたのだ。

――なら、もうとっくに言っていいはずで、自分が制限する必要は何もない。

その美貌への賛辞が多く飛び交う中、フランと視線が合う。

「サモン君、どうかした？」

「いや……」

会場の壁際で立っていると、フランが心配した様子で傍に寄ってきた。

「なんでもない。フランが綺麗だから見惚れていただけだ」

水が入ったワイングラスを彼に手渡しながら言ってみる。彼は「はは」と笑ってグラスを受け取った。

やはり言われ慣れているからか、気にもされない。それなら学生の時から言っていればよかったと彼の反応を見ながら思っていると……

「……へ？」

フランは小さく声を漏らした。

グラスを持った彼の手がプルプルと小刻みに震え始める。

「え……と、え？」

俺の方を見て、ハクッと口を大きく開けた。何かを言いかけて止めて下を向き、前髪を手で整える。耳や首までリンゴのような赤さで、眉や目尻をくにゃりと下げた。

「――えへ」

「……」

独り言のように呟くと、目元が潤ってまつ毛が震える。艶やかだがそれだけではなく、口角が上がりニマニマし始めた。

こんな場所だというのに、被っている猫が剥がれ、可愛らしい素が表に出ている。

それは俺と二人だけの時にしか見せない顔だ。誰にも見られたくない。

急に独占欲が込み上げてきて、フランの肩を自分の方に寄せて周囲から隠す。

「フラン」

声をかけると、百面相を繰り返している彼は、ハッとしてふぅ～っと息を吐いた。グラスの水を飲み干すと外行きの表情に戻した。

「だらしない顔をしたね。気をつけるよ」

だらしなくはないが、誰にも見せたくない表情。

そのままを伝えたらきっと誤解を与えるから、口を噤む。

男たちの視線を感じて、〝何が起きても今日はフランを見せたくない〟という気持ちが溢れ、彼の腕を引く。

「挨拶回りは充分だろう。そろそろ出よう」

主催者には適当な理由を伝えて、会場を後にした。

◇

「ふぅ〜、お疲れ様ぁ〜」

アイリッシュ家の寝室に着くや、フランはベッドにダイブして背伸びをした。

彼の入眠は驚くほど早い。横になれば寝てしまう。しわができる前に素早く上着を脱がせた。

フランの上体を起こして、シャツのボタンに手を添えると「くふふふふ」と突然無気味な笑い声を上げ始める。

時折、彼は独り笑いをする。そういう時は理由を聞いても大したことじゃないから、聞くのをやめていた。

上機嫌で百面相をする愛らしい彼を他者に見せる気はさらさらないが、俺だけが見る分には大歓迎だ。

その笑顔に吸い寄せられるように口付ける。

「……ん」

フランは少し驚き、長いまつ毛を震わせるが、受け入れるように唇を少し開けた。

柔らかい唇の感触を味わいながら、彼の口腔内に舌を忍ばせ、甘い舌先を突いて絡みつく。

ビクリと反応する身体を抱き寄せて、腕の中に収めた。

心が狭い自分には、フランを隠して独り占めしたい強い欲がある。宝物は大事に仕舞っておきたい。その思いは弱まるどころか、彼の気持ちがこちらに向いてますます強くなった。

だから腕の中に彼がいると、無性に安堵する。

「ん……ふぁ」

苦しそうな吐息にハッとする。強く抱きしめすぎたようだ。唇を離し、腕の力を弱めた。

「悪い、苦しかったか？」

「……はぁ、ううん……大丈夫」

覗き込むと、潤った大きな瞳が俺を見つめる。思わずゴクリと喉を鳴らした。彼の名を呼ぶ自分の声が欲を孕んでしまう。

共鳴するかのように、彼の表情が自分の欲と同じような……艶めいた色気のあるものに変わっていく。

どうしていつも、フランは俺の欲に反応してくれるのだろう。

くらくらするような色香に当てられては我慢などできず、彼の細い身体をベッドに押し倒し、覆いかぶさる。苦しませない程度に身体を密着させて、また口付けを再開する。今度は初めから深く濃いキス。

フランの熱の高まりをもっと感じたくて、脱がしかけていた衣類を全部剥ぎ取って、自分も服を脱いだ。

眼下に広がる美しい肢体を足先から堪能し、口付けていく。

汚いから止めてと拒否する言葉は無視して、自由に……でも、彼が感じやすい部位を執拗に口淫していく。

彼の身体は敏感で、快感を拾うことがうまい。

快楽に頬を染め、細い腰をくねらせて、甘い声を上げる。

「っ……サモ、ンく、ん」

射精が近いのか、強請《ねだ》るように俺に手を伸ばす。求められる喜びを感じながら、彼の身体を持ち上げ膝上に座らせた。

軽めのキスを顔中に降らせながら、「どうした？」と聞く声は自分でも呆れるほど、甘い。

「ん……も、もう」

「イきたい？」

濡れそぼっている性器に手を添えると、フランは首を小さく横に振る。

「おし、りが……いい」

快感でうっとりしていても、言葉にすることは恥ずかしいのか、羞恥に頬を染める。

そんな彼にゾクゾクしながら、行為のための魔法をかけて窄《すぼ》まりに指を挿入した。

「んっ、んん……」

異物感に身体を震わせながらも、フランは俺の指を根元まで受け入れてくれる。身体の中まで素直で、挿入しただけでも感じるのか、指をよく締め付けるのだ。

彼は快感を我慢するように息を吐いた後、俺の性器に手を添えた。

「サモン君も、っ、気持ち、よくなって……」

「……っ」

既に腹に付くほど興奮している性器をフランの手が上下に扱《しご》き始める。

柔らかい手のひらの感触に興奮していると、彼自身も我慢ができなくなったのだろう、尻に挿入している指の動きに合わせて腰を揺らし始めた。

「ぁ……ん、はぁん……ん」

フランの熱い吐息が首筋に当たり、それすらも興奮材料になる。

彼の身体が大きく震えると、その性器から白濁がトプトプと零れた。自分も興奮を抑えきれず、自身を数回強く扱《しご》き、彼の腹部に精を出した。

荒い呼吸をする愛おしい背中を撫でながら、ほっそりした身体を再びベッドに寝かせる。

上下する胸、ヘソのくぼみ、細い腰……、今日は満月でいつも以上に室内が明るく照らされて、フランがよく見える。

「……フランはどこもかしこも綺麗だな」

「はぁはぁ……は、ぇ？」

先ほど、夜会で綺麗だと言ったからか、いつもは口に出さない褒め言葉がするりと出てくる。

息を整えていた彼だが、その言葉を聞いて目を見開く。

「……えっと……、あっは？　あは……は」

フランはますます顔を真っ赤にしてぎこちなく笑う。

「あは。……そうかな。今日は肌の調子がいいみたいだね。メイドたちが身体を磨いてくれたからかも。それとも、さっき夜会で着ていた大きめのジャケットのおかげかな。彼女たちはピッチリタイプを僕に着せようとするから失念していたけど、君は萌え袖に萌えるタイプだったのだね。ご希望とあらば彼シャツなんかも……」

一気にベラベラ話し始めたフランだが、何を思ったのか急に横にあるクッションを掴んで、それで顔を覆った。

彼の挙動が面白くて、無言で見つめていると、彼は小さく呟いた。

「………嬉しい、です」

「……」

どんな表情をしているのか知りたくてクッションを剥ぎ取ろうとするが、彼はなかなかそれを離そうとしない。

落ち着くまでこうしているつもりなのか。意地でも見たくなる。

「顔を隠して、身体を隠さないその状況はいいのか」

「っ⁉」

つつ……と腹部を指でなぞると、その身体がピクリ……と反応する。

「……君って、時々意地悪だよね」

少し下げられたクッションから覗く瞳。文句を言いたげだが、問答無用でそれを剥ぎ取る。

現れたリンゴ色の肌は、どこもかしこも艶めかしかった。

男を惑わす色気――なのに、垂れ下がった眉、困ったように彷徨う視線、少し拗ねたように膨らむ頬はあどけない。見つめていると、やがて羞恥に我慢できなくなったようにきゅっと瞼《まぶた》を閉じられてしまう。

そのギャップに魅せられる。ますますフランの深みにハマりそうだ。

「綺麗だ」

「っ⁉」

両頬に手を添えて、ぽってりと熱っぽい唇にキスを落とす。

――もっと早く言えばよかった。

臆病で口下手で、他人を羨ましがり、我慢ばかりしていた。

口の中で彼が文句を言うからわずかに離すと、胸を軽く叩かれる。

「っ、君は、嬉しがらせてもくれな……」

「フラン、ずっと言えなかっただけだ」

「え」

フランを知れば知るほど、美しいと思うようになった。

金色の髪の毛も小さくて丸い爪の形も、宝石のような瞳も、くるくる変わる表情にも全部とっくに魅了されていた。

だけど、そんなことを言ってしまえば、フランを守る役目から外されるような気がして、関係が崩れる怖さが勝った。

「貴方の奥まで触りたい」

「……っ」

深まるキスの中で強請《ねだ》ると、彼はぎゅっと俺に抱きついてコクリと頷いた。

許しを得て、再び彼の甘い身体を弄り、秘所を指で拡げながら、――伝えたかった言葉を今更口に出す。

十年以上溜め込んでいた想いだから、簡単には止まらない。伝える度、腕の中で彼の身体がビクビク震える。

「んっ、んっん」

気持ちいい場所を指の腹で何度も撫で、快感でフランを追い詰めていく。丁寧に蕩けさせた蕾に猛り切った欲望を押し込みながら、彼への気持ちを囁く。

「ひゃぁっあ、あ……ぁ、あっ、あっ」

内部はいつもよりも蕩けていて、深くまで挿入を許してくれる。いいところをわざと何度も擦りながら、飛び跳ねて逃げてしまいそうな身体を抱き寄せた。

「可愛い」

「っ」

フランは目尻を下げ、快感でぐちゃぐちゃになって生理的な涙をポロポロ零している。その涙に口付けながら、泣き顔も綺麗だと伝える。

腕の中にいる彼は、ずっと小動物のように震えていて、赤くなっている顔を手で覆った。

「うぅう……分かったってば……、もう、っ、言わないで」

——本当に、可愛い。

「はは……、なんで今まで言わなかったのだろう」

自分の言葉一つで喜んでもらえるなど思いもしなかった。

何度でも言いたくなっていると、彼が俺の唇をキスで塞いだ。必死の抵抗も可愛すぎるから胸が熱くなる。

初めから余裕などない俺は、与えられるキスに夢中になる。この幼馴染は俺を造作もなく喜ばせるのだ。

情欲が溢れるままに、甘い身体を貪った。

◇◇◇

次の日、フランよりずっと早く目を覚ました俺は、横で眠る彼を見た。すぅすぅと寝息を立てて、深い眠りについている。

その全身には、おびただしい数の赤い斑点。――昨日、自分が付けた痕だ。

彼の身体を手で撫でる。こんなに付けても数日後には白い肌に戻ってしまうから、何度も繰り返してしまう。

自分の欲望と執着心に呆れながら、彼を起こさないようにベッドから起き上がり、仕事着に着替えた。

書斎には仕事の書類が積み上がっていて、午後からは商談を控えている。やることは日に日に増えているが、自分には企みがあるため、苦痛でも何でもない。

寝室から出て、メイドたちに寝室に入らないように頼んだ。

「軽食を頼んでもよろしいですか？　後で厨房に取りに行きますので」

「分かりました。二人分ご用意しておきます」

「えぇ。……あと」

自分がどれほど朴念仁か分かったと伝えると、彼女たちはほら見ろとばかりに口角を上げた。

メイドたちと別れた後は書斎に籠り、書類に目を通していく。まだ起業したてでポーションの評価が得られていないため、受注もお試し程度の数だ。これは半年後三倍になっているはず。在学中に在庫を作っていたとはいえ、今後は受注販売になっていくだろう。

今のところ順調に進んでいるが、――フランが「孤児院や病院には低価格で提供したい」などと理想を言ってくるから、問題が増え、俺の仕事も増える。

それで「仕事を君にばかり押し付けてごめんね」と謝ってくるのだ。本当に申し訳なさそうにする彼の表情を思い出して、思わず笑みが零れる。

……フランを誰の目にも触れさせたくないのは本当だ。

だけど、彼の幼馴染、そして親友としての自分は、彼の野望を共に実現させることも心が踊るのだ。小学部の時から、二人でいろいろなことを企んで楽しんできたから、その続きのようで——

「……そろそろか」

書斎の窓から外を見ると、太陽が随分高くなっている。俺は書類を置いて立ち上がった。

厨房に用意されている軽食を取りに行き、寝室に向かう。

昨日は疲れさせてしまったから、フランはまだ眠っているだろう。

もし目覚めていたら、きっと俺のことを睨んで「こんなところにキスマークを付けるなんて、信じられないよ！」と赤い顔をするに違いない。

文句をたっぷり言われようと思いながら、愛しい彼がいる寝室のドアをゆっくり開けた。

この作品に対する皆様のご意見・ご感想をお待ちしております。

おハガキ・お手紙は以下の宛先にお送りください。

【宛先】

〒150-6008 東京都渋谷区恵比寿 4-20-3 恵比寿ｶﾞｰﾃﾞﾝﾌﾟﾚｲｽﾀﾜｰ８Ｆ
（株）アルファポリス　書籍感想係

メールフォームでのご意見・ご感想は右のＱＲコードから、
あるいは以下のワードで検索をかけてください。

アルファポリス　書籍の感想　検索

ご感想はこちらから

本書は、「アルファポリス」（https://www.alphapolis.co.jp/）に掲載されていたものを、改稿、加筆のうえ、書籍化したものです。


だから、悪役令息《あくやくれいそく》の腰巾着《こしぎんちゃく》！

～忌《い》み嫌《きら》われた悪役《あくやく》は不器用《ぶきよう》に僕《ぼく》を囲《かこ》い込《こ》み溺愛《できあい》する～

モト

2023年 12月 20日初版発行

編集－徳井文香・森 順子
編集長－倉持真理
発行者－梶本雄介
発行所－株式会社アルファポリス
〒150-6008 東京都渋谷区恵比寿4-20-3 恵比寿ｶﾞｰﾃﾞﾝﾌﾟﾚｲｽﾀﾜｰ8F
TEL 03-6277-1601（営業） 03-6277-1602（編集）
URL https://www.alphapolis.co.jp/
発売元－株式会社星雲社（共同出版社・流通責任出版社）
〒112-0005 東京都文京区水道1-3-30
TEL 03-3868-3275
装丁・本文イラスト－小井湖イコ
装丁デザイン－AFTERGROW
（レーベルフォーマットデザイン―円と球）
印刷－中央精版印刷株式会社

価格はカバーに表示されてあります。

落丁乱丁の場合はアルファポリスまでご連絡ください。

送料は小社負担でお取り替えします。


ISBN978-4-434-33075-9 C0093